《吕正操传》作者郑尚可先生作序推荐
青岛市书法家王宝利先生题书书名

倚杖赋诗话歌行

武冀新　刘承彦　孙可华　李乐年◎著

华龄出版社
HUALING PRESS

图书在版编目（CIP）数据

倚杖赋诗话歌行 / 武冀新等著. -- 北京：华龄出版社, 2024.2

ISBN 978-7-5169-2663-5

Ⅰ. ①倚… Ⅱ. ①武… Ⅲ. ①诗歌评论—中国—当代 Ⅳ. ①I207.22

中国版本图书馆 CIP 数据核字（2024）第 005979 号

责任编辑 陈 馨 彭 博　　**责任印制** 李未圻
责任校对 张春燕

书　名	倚杖赋诗话歌行	**作　者**	武冀新　刘承彦　孙可华　李乐年
出版发行	华龄出版社 HUALING PRESS		
社　址	北京市东城区安定门外大街甲 57 号	**邮　编**	100011
发　行	（010）58122255	**传　真**	（010）84049572
承　印	运河（唐山）印务有限公司		
版　次	2024 年 2 月第 1 版	**印　次**	2024 年 2 月第 1 次印刷
规　格	710mm × 1000mm	**开　本**	1/16
印　张	18.75	**字　数**	198 千字
书　号	ISBN 978-7-5169-2663-5		
定　价	68.00 元		

迎接歌行体诗创作与研究的春天

——《倚杖赋诗话歌行》序

郑尚可

摆在我案头的书稿，是一部关于歌行体诗的专著。它集作品与评论为一册，既选粹了古代歌行精品和当代歌行新作，又收入了编著者们关于歌行体不乏真知灼见的专论。

这书的编著者——武冀新、刘承彦、孙可华、李乐年诸君，原是我结识多年的文友。刘承彦及其友人，曾著有《倚杖学诗话九韵》一书，并主编"诗画品书系"五册：《诗画品三国》《诗画品春秋战国》《诗画品民国》《诗画品丝路》《诗画品红楼》。这些书，我都一一为之作序：《〈倚杖学诗话九韵〉序》《百年风云会，古今长品吟》《让咏史诗之花灿烂开放》《诗中民国形象画卷》《丝路风光好，史笔写瑰奇》《红学研究新维度》，并表示肯定，向广大读者推荐。从发行效果来看，果然如我预料，它们都在社会上产生了积极的影响。

现在，他们又将推出新作；其创作之勤，精力之盛，对古典诗词的挚爱，对文学事业的热忱，真令人感动、敬佩、叹服！

前些日子正值三伏酷暑，孙可华亲自把这本沉甸甸的书稿送至我家中，并详谈写作的缘起、过程和感受，请我为此书写一篇序言。

关于此书的编著，我一直是支持的。大概是六七年前吧，当契友刘承彦刚提出这一设想的时候，我即欣然赞许，加以鼓励，还写下《关于古体、近体及歌行诗》一文，并在香山诗社内部讲过一次关于歌行体的写作。这是因为：一则迄今为止，尚无一部歌行体的专集、选集、总集和论著，此选题可弥补这一缺项；二则是有感于当今旧体诗创作的现状——多热衷于近体，而对古体歌行罕有问津，试图不自量力地倡导一下歌行诗的创作，以促进当代旧体诗歌的全面发展和繁荣局面早日出现。

《倚杖赋诗话歌行》一书成功脱稿，正是我内心之所愿和期待。作序介绍，并顺便谈谈自己对有关歌行体问题的一些看法，自是我义不容辞、理所当然的了。

一

我国是一个诗的国度。古代诗歌源远流长，瑰丽多姿，灿烂辉煌。仅以诗体而论，在三千多年的发展过程中，已逐步形成了多种多样的完美而齐备的诗歌体裁。

诗经体。诗经体或称四言诗体、四言民歌体。《诗三百》是西周至春秋时期的诗歌总集，它开创了中国诗歌的现实主义传统，后人尊称为“经”。以四言句式为主。

楚辞体。楚辞体又称骚体。楚辞，原指楚地的歌辞，是战国时代产生在楚国的诗歌形式。屈原开创了我国诗歌浪漫主义诗风的传统。以六言、七言句式为主。

乐府体。乐府体诗体的名称源自汉代专门掌管音乐的官署——乐府。原指两汉至南北朝由当时的乐府机关所采集或编制的用来入乐的诗歌，后世作家亦有许多仿作。句式为杂言，其中有不少完整的五言诗。

五言体。五言体其基础由汉乐府民歌奠定，成熟于东汉末期。“建安七子”竞相创作，盛极一时，遂成文坛通用诗体。

七言体。七言体建安时代曹丕著有《燕歌行》两首，南北朝文人创作七言诗日益增多，到唐代大为发展，有七言古诗、七言绝句、七言律诗，成为古典诗歌中的主要形式。

永明体。永明体又称齐梁体。南朝齐武帝永明年间形成的一种诗体。主要创始人沈约是齐梁文坛领袖，他于诗歌创作中融入其对音韵“四声”的研究成果，促进了诗歌由古体到近体的发展，为唐代诗歌的繁荣在形式上奠定了基础。

近体诗。近体诗也称今体诗。唐代形成的律诗和绝句的通称，这是一种格律要求极其严密的诗体形式。近（今）体是唐人对自己新创诗体的称呼。

古体诗。古体诗也称古风。唐人把之前出现过的，与自己新创的律诗和绝句有别的那些诗歌形式——四言诗、楚辞、乐府、五古、七古、杂言古等，一概称为古体诗。从狭义上说，仅指五言古诗和七言古诗，而不包括楚辞和乐府在内。

歌行体。歌行体是古体诗的一种。它是在汉魏六朝乐府诗的基础上建立起来的一种新诗体，形成于初唐，迅即进入鼎盛时期，名篇佳作迭出，形成独具特色、影响深远的诗歌形式。

诗歌发展到宋代，又以“词”名；至元代又以“曲”名。词，亦称诗余、曲子词、长短句。其特点是“调有定格，句有定数，字有定声”。曲，亦称词余、乐府，其格式与词相近，可以在字数定格外加衬字，多用口语。词与曲，实际上也是诗歌发展的两种体式。它们又各有许多词牌和曲牌，分别以百千计。

从这一大略的梳理和叙述，可见古代诗体是怎样的繁富复杂，真可谓千姿百态，蔚为大观矣！

这些诗歌形式，体制不同，功用亦异，各有其自身的长处，不宜妄分轩轾，以高低优劣区分之。古代的诗人们选用诗体进行创作，也是体为己用，各有所长，但都能创作出脍炙人口的优秀诗章。我国诗史已充分地证实了这一点：王昌龄有“七绝圣手”之誉，刘长卿则号称“五言长城”；刘希夷的《代悲白头吟》可算是歌行体开山之作，张若虚则凭《春江花月夜》“孤篇横绝，竟为大家”；杜甫更是诸体兼备，其《登高》《秋兴八首》被公认为七律的巅峰之作，而《兵车行》《丽人行》《茅屋为秋风所破歌》等名篇则有力地推动了歌行诗的创作和发展。

二

较之其他诗歌体裁形式，尤其相对于近体的律诗和绝句，歌行作为一种诗体有着自身独特的优势。

第一，格律比较自由，形式束缚较少。所谓格律，“格”指格式，包括全篇的句数、节奏、对仗等；“律”指音律，包括平仄、押韵等。近体律诗和绝句，以及词、曲，在这两方面都有极其严格的规定，是名副其实的格律诗，严谨的格律诗。歌行体的要求则较为宽松：全篇的句式未加限制，一般以七言（或五言）为主，也可杂以三言、九言的句子，句式灵活，富于变化；对平仄和对仗并无要求，可讲究也可不讲究，允许律句与非律句、对句与散句并存；押韵可用平声，也可用仄声，一篇之中还可多次换韵。

第二，篇幅根据内容表达需要而定，一般较长，可有较大容量。格律诗，绝句仅4句，律诗为8句，词曲按谱可多些，但亦有限；歌行体则不然，诗人尽可放手写去，有着自由抒写、充分表达的广阔空间，为史诗性作品的诞生创造了条件。

前人钱木庵称“歌行本出于乐府”（《唐音审体》）。歌行体保留了古乐府诗擅长叙事的特点，内容充实而具体，描写形象而生动。汉乐府《陌上桑》完整地描述了太守调戏采桑女遭拒的故事，《孔雀东南飞》和《木兰辞》更因分别叙写了焦仲卿、刘兰芝二人的爱情婚姻悲剧和木兰代父从军的故事而被誉为“乐府双璧”。这一长处在歌行诗中得到充分的继承和发展。

关于歌行体，明代徐师曾在《文体明辨》中解题道：“放情长言，杂而无方者曰‘歌’，步骤驰骋，疏而不滞者曰‘行’，兼之者曰‘歌行’。”稍早于徐师曾的吴讷，曾于《文章辨体序说》中有专节论及“歌行”：

夫自周衰，采诗之官废，汉魏之世，歌咏杂兴。故本其命篇之义曰“篇”，因其立辞之意曰“辞”，体如行书曰“行”，述事本末曰“引”，悲如蛩螀曰“吟”，委曲尽情曰“曲”，放情长言曰“歌”，言通俚俗曰“谣”，感而发言曰“叹”，愤而不怒曰“怨”，虽其立名弗同，然皆六义之余也。

徐师曾又在《文体明辨序说》中设“近体歌行”一节专门进行解释：

按歌行有有声有词者，乐府所载诸歌是也；有有词无声者，后人所作诸歌是也。其名多与乐府同，而曰咏、曰谣、曰哀、曰别，则乐府所未有。盖即事命篇，既不沿袭古题，而声调亦复相远，乃诗之三变也。故今不入乐府，而以近体歌行括之，使学者知其源之有自，而流之有别云。

这些论述既阐明了歌行与乐府二者之间的密切关系；又指出歌行体这一诗歌形式有着很大的包容性，可以涵盖许多诗体，算是“大歌行观”吧。

提到古代的歌行诗，人们就会立即举出白居易的《长恨歌》和《琵琶行》。它们确实是歌行体中最具典范性且影响深远的代表作品。唐宣宗

《吊白居易》诗还特意拈出它们："童子解吟《长恨》曲，胡儿能唱《琵琶》篇。"被明人何良俊誉为"古今长歌第一"，复被清人赵翼赞称"千古绝作"的《长恨歌》，以唐代安史之乱为背景，详尽地描述了李隆基和杨玉环爱情悲剧的全部过程，故事情节哀婉、动人，人物形象鲜明、生动，写景状物融入了深沉、浓烈的感情。既有细致的写实描绘，又有浪漫的瑰丽想象。《琵琶行》则可视为作者个人生活的实录，截取被贬官浔阳，因送客而遇琵琶女这一段情节，展开十分细致的描写，结构曲折严谨，步步引人入胜；对环境、人物及琴技、对话的刻绘，无不精彩绝伦，令人叹为观止。此诗最能打动人心的是全篇的警策："同是天涯沦落人，相逢何必曾相识。"可谓饱蘸浓墨、寄托遥深，道出天下失意者的心声。

这两首叙事长诗，对歌行这一诗歌形式的特点和长处进行了最完美的诠释，充分体现出其特有的优势。它是鸿篇巨制，显然不是表现同类题材的其他诗体的作品所能比拟和替代，因而是决不可或缺的。

三

目前，当代诗词创作已进入兴盛时期。无论是诗词社团和参与写作者之多，还是刊物发表和书籍（包括专集、总集和选集）出版的诗词作品数量之巨，肯定是空前的，远远超越前代。

但是，毋庸讳言，诗词的质量还有待提高，诗词的体裁形式也有待多样化。仅就诗体运用来说，常偏重于律诗和绝句，因为它格律谨严、音韵谐和而被宠，本亦无可厚非；但长此以往，势必影响到当代诗歌的长足发展和全面繁荣。已逾百岁高龄的马识途先生曾致信《岷峨诗稿》编辑部：

在此，我有多年未敢畅言的诉求，现告二位：我所见近年出版的传统诗刊，绝大篇幅都刊出五七言律体诗，格于严律，佳作不多。律诗本来难作，反而孜孜求作者占大多数。对此我不以为然，窃以为古诗不受严律所限，反观创作古体诗者不多，古诗叙事抒情，自由挥洒，汪洋恣肆，古来传世名作多矣。……《岷峨诗稿》可否照发律体诗及词、曲之外，也选发古体诗，以申白居易"歌诗合为事而作"之义，仿其讽喻诗之长，目前世风不良，正需发感时喻世的古体诗。

马老诗人的这番话，深合我心，极有见地；其所言古体诗自然包括“歌行”在内。

早在一百多年前，“诗界革命”领军人物梁启超、胡适、刘半农等人，主张用传统诗词来表现新思想、新事物，特别对古风乐府独加青睐，显然就是因为这类诗体形式在反映广阔的社会生活和表达复杂的思想感情方面有其自身独有的优势。继承传统的歌行体，以创造当代新的歌行体，确实仍是当今诗坛刻不容缓的一项任务。

可喜的是，近年来已有一些作者开始创作歌行体诗，且时有佳作出现；还有古代歌行诗个人选注本的出版；并有多篇关于歌行体诗歌的专论发表。这都是很令人鼓舞的现象。

现在，武冀新、刘承彦、孙可华、李乐年四人合著的《倚杖赋诗话歌行》一书问世，可谓正当其时。

全书分为上、中、下三编：上编“歌行漫谈”，算是导言，并交代了“话歌行”的缘起，点了书题；中编“古韵品味”，选辑了前代歌行体佳作，并作了要言不烦的富有启迪性的品评，有助于读者进一步深入领悟与思考；下编“新作专论”则推出当代歌行体新作，并选入编著者关于歌行体的专论数篇。

读着这些歌行体的新作品，我禁不住内心的惊喜：它们初步展示了歌行体创作的最新成果，既可供读者欣赏，获得全新的美学享受；又可供作者借鉴，从而写出更多更好的歌行诗。

我觉得，当代歌行体诗具有以下几个鲜明的特色。

新思想，新语言，新意境。一代有一代的文学，一代有一代的诗风。当代歌行诗，理当具有“当代”特色，而不能对前代歌行体机械因袭、亦步亦趋。当代诗人要出“新”：使用新的语言，表现新的意境，抒写新的思想感情；树立高标尺，以独创性、时代性作为自己的艺术追求。作者们正努力地朝着这个方向和目标创造新歌行诗。袁良本《涪江黄昏行》运用现代汉语，且插入口语，明快晓畅，叙事状物，描写老年人幸福生活的场景，别有情趣；其《黄山行》，更是任情而动，放言长歌，酣畅淋漓，刻绘黄山风光，令人心向往之。刘承彦《十渡行》通过三游十渡的描述，表现出时代的变迁，可谓史笔；其《郑国渠》虽叙写历史——郑国渠的修建，李斯谏逐客，却表达了“人才引进”重要性的主旨，富有现实意义。孙可华《军旗颂》忆历史、展画卷，激情澎湃，讴歌了人民军队骁勇、壮烈的军魂；其《北京雨燕行》托物寓意、借物抒情，以“阅尽丝路古今事”的北京雨燕为载体和线索，于广阔的空间和悠久的时间着笔，展开细致而生动的描绘，塑造了寓意深刻的“凌空展翅似流星”的矫健“小精灵”形象。范文义《泰山行》气势磅礴，登临绝顶，忆古思今，境界高远，读着会深受启迪而奋起；其《一生游了一条河》构思新颖，感情深挚，抒发了爱恋家乡的情怀，极富感染力。

题材广阔，内容丰富；既关注现实，又回望历史。波澜壮阔的社会现实生活和复杂多姿的历史人物故事，是诗人们取之不尽、用之不竭的创作源泉。他们扎根于生活的深厚土壤，与国家和人民同呼吸、共命运，写了许多现实题材的歌行诗。李乐年《社区疫苗接种歌》、孙可华《寒夜魔碰壁》、武冀新《仿太白〈北风行〉咏北京冬奥开幕》和《仿太白〈梦游天姥吟留别〉再咏北京冬奥开幕式》等，都是非常及时地反映现实生活的诗篇。他们执着于当前的同时，又不忘回望历史。武冀新的《咏郑和下西洋》、孙可华《青岛回归路艰行》、李乐年《张翼德歌》、刘双起《文姬归汉歌》等，或着眼于人，或着重于事，都能扬歌行体之长，即人、事而命篇，“放情长言”“步骤驰骋”，条理清晰地展开记叙和描述，并融作者情感于其中。这里，还要特别提及的是，已出现反映革命历史的鸿篇巨制：比如孙可华的《大决战》（四首）等可称为歌行系列。应该说，这对歌行体组诗（或组章）的创作探索是有价值的，值得赞许和学习。

形式多样，语言自由、灵活，风格迥异。一般是七言歌行和五言歌行，也有以五言或七言为主，兼用三言、六言、九言等杂言的。刘承彦《火山杨》、李清善《大金鹿歌》两诗皆用三言，或以三言为主，读起来颇为别致，另具一格。李乐年《张翼德歌》和武冀新《老同学众生相——仿〈红楼梦〉好了歌注》《老同学众生相二》更不求句式的整齐划一，三言、四言、五言、七言、八言、九言、十言以至十多言，意之所至，笔亦随之，字句任调遣安排，真是口若悬河，直泻而下，酣畅淋漓到极点。这正如苏东坡所云：“大略如行云流水，初无定质，但常行于所当行，常止于其不可不止，文理自然，姿态横生。（《答谢民师书》）”押韵也较宽松：可押平声韵，也可押仄声韵；可一韵到底，也可中途换韵，甚至几次换韵。这正实践了鲁迅先生早在1934年就提出过的“押大致相近的韵”“容易记，又顺口，唱得出来”“白话押韵又自然”（《致窦隐夫书》）的主张。由于解除了严谨的格律的束缚，诗人们笔下的歌行体便呈现出更加“姿态横生”的自然风貌：或平易流畅，或清新轻快，或绚丽多彩，或豪放神奇，或细腻深邃，或幽默谐趣……不一而足。

本书编著者还撰写有多篇关于歌行体诗的专题论文。他们深深地挚爱这一诗体，有着亲身的实践经验，了解创作中的甘苦，确实是心得之言，足资学写歌行者参考和借鉴。

四

《倚杖赋诗话歌行》既有名篇品评，也有理论探讨；既有古今歌行诗选，又有对新歌行体的展望。融学术性与资料性为一炉，它既是优秀歌行体诗读本，又可作为歌行体写作的借鉴与参考。因此，这部书无论对读者或学写诗者都会是不可少的重要读物。

2016年12月，华龄出版社曾出版鲁燕、刘双起、李乐年、何清明四人合著的《倚杖学诗话九韵》。《倚杖赋诗话歌行》与之正好为姊妹篇。

《话九韵》是一部诗歌音韵的专著。鲁燕（刘承彦的笔名）等人之所以著此书，是因为有感于原有韵书已不能适应现代汉语，于是提出建立“宜粗不宜细，从合不从分，适用而包容”的押韵系统，即“九韵”。

宋代由朝廷颁布的《广韵》共分206韵，南宋山西平水人刘渊修编成《壬子新刊礼部韵略》合并206韵为107韵；至金代另一山西平水人王文郁再行刊定名《平水韵略》（俗称《平水韵》），成为金代官韵书。《平水韵》比《礼部韵略》又少一韵，即分为106韵。清代改称《平水韵》为《佩文诗韵》。历经宋、元、明、清以至今日，人们作诗一直沿用平水韵。但从韵书的演变来看，韵部是由多到少，由繁到简的。

而且，语言作为一种特殊的社会现象，它是随着时代的发展而发展，社会的变化而变化的。800多年来，汉语的演变已有古代汉语和现代汉语之分。平水韵是古代汉语的产物。为反映现代汉语的实际，1941年出版了新韵书《中华新韵》，1965年又在此基础上修订重印为《诗韵新编》，把平水韵的106个韵目归并为18个，更加简化。这就是一些人使用的所谓“新韵”。刘承彦等人的《倚杖学诗话九韵》，从汉语语音学和音韵学的角度进行详尽的理论阐述，并追根溯源回顾韵书的形成和发展历史，然后在此基础上提出了汉语九韵韵部的构想。

《倚杖赋诗话歌行》把“九韵字表”作为全书的附录，正是考虑到刘承彦等人设计、编排、建立的这套押韵系统，反映了用韵由繁到简的发展趋势，特别适合歌行体诗写作押韵的“适用而包容”的要求。“九韵”恰为初学写歌行体诗者之所必需。

新的时代需要新的诗歌，需要新的歌行体。

诗歌大家李白、杜甫、白居易等人曾用如椽大笔创造出许多歌行体名篇，在新的时代歌行体必将发扬光大，涌现出更多更好的华彩篇章。

当代诗词必定呈现百花齐放的繁盛局面。

人们呼唤新歌行体诗，也希望有新的理论探讨来促进歌行体创作的发展。

让我们用自己的手和笔来迎接歌行体诗创作与研究的春天吧！

2022年8月

于北京回龙观寓所

【序作者简介】本书顾问郑尚可，教师、作家、学者。1938年出生，四川合江人。1956年考入四川大学中文系，毕业后即分配到北京工作，长期从事语文教学和文学创作与研究。北京作家协会会员，香山诗社副社长。已出版《吕正操传》《旷世通才苏东坡》《诗国大成杜少陵》《锦瑟华年》《春风吹过平原》《翰墨流香》《雪泥留踪》《云影涵波》《清风闲咏》《唐代僧诗精品笺释鉴赏》《板桥诗文释赏》等20余部，包括长篇传记、长篇小说、报告文学、散文、诗词及古典文学研究的著述，共500万言，并结集为《郑尚可文存》（20卷）。

目录 CONTENTS

上编

歌行漫谈

引言——燕山五皓话歌行

话说庚子年前，瘟疫未发，四海升平，这北京城里，也是一派祥和与发展景象。隆冬一日，一众文友，在某酒楼饮聚，庆祝几本《诗品画》新作付梓出版。席间赋诗作画，吹拉弹唱，劝酒划拳，好生热闹，自是不表。

各自回府后，在那文友微信群里，又纷纷发表席间意犹未尽之论，话题竟集中到歌行体诗歌上来。现将当日及之后一段时间，有关微信聊天记录，略做整理，剔除无关碎语，只将那与诗歌有关的宏论，择其要者，编录如下，是为本书之引。

（人物网名：刘汉，李唐，孙吴，武周。以上四老皆为文艺老年，存姓改名。郑尚老，真正科班文科出身，文豪大家。）

武周：诸兄早上好，昨日上雅江南酒楼一聚，相谈甚欢。雅阁内那一幅“太白遗风”匾额，更激起良多遐想，特制《咏李白》小诗一首，供诸兄一笑。

咏李白

（调寄古歌行体）

君不见诗林茂如山，千篇万首疑咏完，君不见酒池起狂澜，千杯万盏醉谪仙。屈子庄生化一气，亦儒亦道亦狭义，闲赋羽衣霓裳曲，醉吟天姥游空际。天子呼来不上船，履践歌咏蜀道难，天马行空信如是，古风拈来赋新篇。御羹食罢妃子嫉，力士侍靴仕途闭。了却君王天下事，太白谪凡纵玉宇。朝堂或失一宰辅，文坛平添一坛主，下野方知民间苦，大路难行歧路堵，且将权贵作粪土，椽笔只对苍穹舞。桂冕罔替尊诗仙，恣情纵意诗酒间，醉酒只为得诗境，赋诗只为开心颜，锦心绣口齐咏唱，咏唱千首逾千年，心颜开时开心智，心怀荡荡智绵延。

孙吴：武周，你信口唱来《咏李白》，列历酣事装心怀。后辈略解诗仙意，透过时空认奇才。

武周：读唐诗，最喜李太白，读李白诗，最喜其歌行体！这么好的诗和体，不知后人传承若何？！我等何不袭其衣钵，敷衍几首，只当玩耍。

刘汉：好！可称其为新歌行体。

武周：刘汉提出了新歌行体之概念，我以为很有创意，其详准定义且不论，其作品是否可圈定为唐以后，起点为初唐卢、骆之代表作，其后为张若虚、李、杜、白等，一千多年传承，到郑老师的《丝路花雨歌》，一脉相承，如出一辙！

其最重要特征是作者了解以至掌握了格律知识，却不受其约束，追求古朴自由之风格，从而趣从中来。

刘汉：前日向郑尚老汇报了《诗品画》四书发布会情况，顺便提及“新歌行”。我谈到了“四轮驱动，振兴诗坛”的想法。这“四轮”是：新诗（自由）体、格律体、新歌行体、其他体。郑老很是赞扬。

武周：重读郑老《丝路花雨歌》，更觉功力深厚，对于这样的题材，较之新自由诗，非歌行不足以保持其古风雅气，较之律绝诗，非歌行不足以展现其跌宕蹉跎，较之曲艺说唱，非歌行不足以体现其文字功法。郑老大作，可作为新歌行的范文经典啊！

孙吴：刘汉的“四轮驱动”，我的理解，就是比较，选择易于大众理解与接受的“一轮”，加以推广、发扬。“新歌行”，就是一种较之“老歌行”而言，范围更广泛的一种体制，可融进现代的一些文学文艺体裁，诸如，快书、快板、数来宝与现代诗之类的艺术形式，以“歌行”的方式书写。

武周： 新歌行既有源有流，又当顺应当代文艺现实，文人可发扬其古韵雅致，艺人可取用其流利谐趣，“白丁”可提高其“打油”水准，“老干”可充实其文白功底。所以广义的新歌行体确可涵盖当今多种文体，影响或吸引广大诗坛人群。

但同时可考虑限定一狭义新歌行体，专指以七言古风为主体兼有少量长短句文白相间的有韵无律诗体，其范本即《春江花月夜》《琵琶行》《丝路花雨歌》等。大家讨论。

武周： 新歌行体应有利于提高和挽救老干体、说唱体。而对于民间顺口溜、打油体，则采取：可，使由之；不可，使知之。

李唐： 武周，这是新的发现非常可行。但这仅是从形式上的挽救，老干体缺乏新意，没有陌生感，缺少具体生动的形象……诸如此类的内容上的不足，如能弥补过来，老干体方能脱胎换骨。

武周： 传统的格律诗基本属书面体，除小量口占外，作诗是要拿着韵书、辞书、经典去校准推敲的，老干部缺乏这样的训练，故未得要领和章法，遭人诟病。而鲁迅、郭沫若等人是有文字功底的，故其搞笑体形俗实雅，又当别论。比如曹雪芹创作了薛蟠体，反得传承。

足见格律诗太难，在后生中会失传的。保卫中华文化，是中华儿女的共同使命。

酒桌上听李唐兄一曲竹板歌，如饮甘饴，唱到知青生活，又添酸涩，仿乐天《琵琶行》，试作半阕《竹板行》，单叙其中况味，请诸兄续貂赐玉。

竹板行

上雅江南聚文客，节至初冬风瑟瑟。做东曹公客十名，举酒三巡无歌吟。酒已成欢众将别，别时风狂黯日月。忽闻座下竹板声，主人忘归客不发。

寻声暗探击者谁？竹板声停欲语迟。移目相近邀相看，添酒回锅重开宴。千呼万唤始出来，犹摇竹器半遮面。转腕调音三两声，未成曲调先有情。板板掩抑声声思，似诉平生不得意。低眉信手款款敲，推敲心中无限事。轻拢慢搓抹复挑，不似《霓裳》和《六幺》。

大板嘈嘈如急雨，小板切切如私语。嘈嘈切切错杂传，大珠小珠落玉盘。间关鸟语花底喧，幽咽泉流冰下滩。冰泉冷涩板凝绝，凝绝不通声暂歇。别有幽情暗恨生，此时无声胜有声。暖瓶乍破热水迸，铁骑突出刀枪鸣。曲终收板当空画，双板一声如裂帛。东座西座悄无言，唯见墙上李太白。沉吟放板插囊中，整顿衣裳起敛容。

自言本是京城佬，家在酒仙桥边住。十三学得快板成，名属坊间第一部。少年老成亦才子，青春却被时势误。知青年少争下乡，一众同学算无数。广阔天地击坯碎，血色芳华翻酒污。今年劳作复明年，秋月春风等闲度。发奋图强研学问，暮去朝来壮志固。忽思乡关何处是，天阙北朝返城路。

李唐：武周，您的半阕《竹板行》颇有诗豪遗风。清代佟法海有诗：

琵琶一曲断肠声，触拨当筵谪宦情。
为语江州白司马，留将眼泪哭苍生。

武周：粗读了一下诸兄的大作《倚杖学诗话九韵》，启示颇多，“新体诗歌”（毛泽东语）的前程，首先要解决“韵”的问题，诸兄提出了方案，功莫大焉，其次要解决“体”的问题，新歌行不失为一种选择。虑及于此，拟将歌行研讨包装成《倚杖学诗话九韵》的姊妹篇，不妨暂名为《倚杖赋诗话歌行》。诸兄以为如何？

李唐：武周将“歌行体”纳入“话九韵”类型，作为姊妹篇，是一个绝佳的提议。《倚杖学诗话九韵》一书在文友们出版的图书中，市场营销名列前茅，让我们共同努力，把“歌行体”也编著成一部有新意、有特色、有影响的书。

武周：李唐，是否可再搞一部《倚杖赋诗话老干》，为老干体正名，历史上最著名诗圣大家都曾是干部啊，屈原三闾，孔丘司寇，白居易、苏轼、王安石、欧阳修等，都曾是政府高层官员。当今的一大批离退休干部，喜欢舞文弄墨，何过之有，唯须学习提高，改进官腔而已，苏轼、李白就改得很好，应树为学习榜样！

孙吴：武周，看了鲁迅先生的打油诗后面的“评论”，应该对我们的“新歌行”评论有所启发。无论新旧诗，一个内容下来，总会让人乏味的，因此“变”字，是关键，既不能跟风，也不能没有内容与深度（就是可读性、耐琢磨），我们的水平虽不能与大师比，但总得让自己满意。

李唐：武周，再议吧，列位文坛先贤，似乎大都是官当不好、不顺，才成就为文史方面的翘楚。如果继续做官，而且很顺利的话，恐怕就要埋没他们诗文的才华。另，我对“老干体”了解太少，就仅有的接触来看，为“老干体”正名，我等恐怕量级不够。

武周：世上本没有老干体，老干部们献艺多了，就形成所谓“老干体”，就引来诟病。培训引导得当，可成为团结对象和同盟军。我认识一位省级干部，数十年来写了大量七言八句和四言八句诗，在省内广泛登载传颂，许多书法家纷纷录其诗以扬名，这些诗常常被确定为律、绝。我读了其数百首，竟无一首符合格律，又不好指点，岂不痛哉！

对老干体解救法只有一端，就是将其归入歌行一类，但必须要求，不得写四句或八句，若非要写就去学格律知识。老同志须学一点文言文和成语、典故，以歌行体式长篇叙事抒情，必得好评！

变即创新耳，科学文学，都应以创新为第一要务。

孙吴：武周，新歌行体研讨群，就是我们的畅言场所。

我认为，“老干体”是一种“诗风”之争，不是“诗体”之争。

说到古代（我主要指唐宋）能作诗之人，基本是士大夫，他们读书的目的，就是仕途，就是当官，他们的赶考科目就有“诗赋”一类，能参加考试、考取及做官的，均是一层又一层的优秀人物，所以写诗作赋是他们的本分。他们的经历，使之创作出来许多的不朽之作，这是一般百姓无可企及的，因为百姓没有能力与条件。

从诗人的经历来看，大都有不错的社会与家庭背景，这一切都是他们创作的基础。这里面我还没有看到有谁是从小就为吃、穿、住而奔忙劳作之人。以我自身的生活体会，我如果有一块钱，就会先拿出两毛来以备艰难之需，而绝不会有李白“五花马，千金裘，呼儿将出换美酒，与尔同销万古愁”的气概。而“云想衣裳花想容，春风拂槛露华浓……”这是诗仙李白的才能。我的体会就是，基础、才能、性格、社会状态决定了人生。今天，也是如此。

之所以啰唆这一些，就是要再回到关于“老干体”的正名。

“老干体”，并非是皇帝的“应制诗”及官员作诗就是老干体。我认为，现在所标的“老干体”，是对有些人诗作的“讽刺”，因为这种诗以口号为主，所以“空洞”。正如你先前上传的《鲁迅打油诗》中最后的解释“鲁迅为何要写这样一首打油诗，因为当时诗歌界有一股思潮，不关心时事，总是在那里不管不顾的为赋新诗强说愁，将新诗赶进了一个死胡同，让诞生不久的新诗，面临着夭折的危险，于是鲁迅写了这首诗，对这种现象进行了讽刺。爱情诗不是不能写，但总是要死要活的，听腻了，哪里还会感动人？”同样，“老干体”的口号诗，“不是不能写，写多了，听腻了，哪里还会感动人？”这句话不但适用于“老干体”，还适用于我们现在许多类似于“老干体”的诗作。

所以，我认为现在的“老干体”，与古时的“应制诗”完全不一样。

武周：说得很对，目前诗坛，自由诗媚俗秽语成风并频频得奖，格律诗大家多为老学究在坚守，能否守住不表乐观，用功严谨的老学究们掌握了学问和技法，却热衷于在小群体里竞赛对联、诗钟、折枝技法。一批从各级岗位退下来的老者，包括干部、学者、企业家、科技工作者，老来诗意诗情涌动，试手作诗，每有所得，必引来家人、部下、各路后生一片称颂，因而热情陡涨，作品日丰。一旦有人讽其为老干体，很伤自尊。唯须对这一人群的结构、学养详加考察，从困境中解救出来，善莫大焉！

郑先生曾说，唐以前的古风歌行，即自由体或半自由体。因而这是自由体的正根、正源。

诸兄在这里制订九韵，规范歌行，万千诗友们并不这么做，不这么想！

刘汉：诸兄，看看我初中老学长，83岁黄老先生的快板。此类我看应归于“新歌行”。

武周：黄老的快板书是说唱文学精品，韵掌握得很好。应该是与口语化的古风歌行一脉相承！

刘汉：我们的“新歌行”，要有新概念、新定义，不一定套古人的。否则就不叫“创新”或“创作”了。

武周：是的，一条是合辙押韵，一条是句式整齐（基本），一条是篇幅较长，一条是修辞讲究，朗朗上口，这几条都是要具备的！望共同研究其定义及外延、内涵。

武周：新歌行体从时段上来讲，我建议起于初唐，这时律诗成形，音律、格律理论明确了，作歌行体的诗人们，懂格律了，并能做格律诗，在这种知识背景下去做有韵无律的歌行诗，主观上是明晰二者的区别的，并有意避让，不使混同。正如行车，唐以前是在荒原或单行道上探索前行（自发），唐以后是双行道，主动避让，各行其道（自觉）。风格区别显著了。

刘汉：我基本赞成武周的观点。白居易用的是“新乐府”之名。白的真正名作是《长恨歌》和《琵琶行》。这是典型的歌行体。我们提倡的“新歌行”，应继承而区别于白的“新乐府”。

武周：今日购得沈德潜的《古诗源》和朱光潜的《诗论》二书，当仔细研读。

我们地震系统几位文友整理的地震古韵文之一部分，多为歌行体，也可研究取用。

刘汉：天津范文义先生写了不少歌行体，可选用。从我们做的市场调查看，单纯的诗词作品集，好像市场不大。反倒是有点分析的诗论类作品尚有市场。

武周：好的作品，或者说对社会能产生影响力的作品，窃以为应具备以下几点：

一要针对焦点、热点问题；

二要具有建设性意见和方向；

三要能引发学习和研讨兴趣，甚至可引起争论；

四要有学术和工具价值。等等。

《倚杖学诗话九韵》具备了这些特质。如果形成系列，即倚杖学诗系列，或许真有市场。

刘汉：老武评价过高了。对于《倚杖学诗话九韵》，郑老师曾风趣地说：也许三百年后，你的观点能得到认可。

武周：现在诗坛队伍庞大，焦点、热点问题很多，讨论得很热闹，前所未有的繁荣，这大概也是中国特色，或是中国文化的特色。一部分人坚守格律，一部分人争取自由。歌行体当年是属于自由体的，与当下的争取自由，易于上手、易于创作是一致的，但区别于新自由体：一是必须押韵；二是句式较整齐；三是有古风韵味；四是文白相间，有古汉语传承和底蕴；五是容量应较大，便于叙事；六是您所主张的，能够涵盖民间说唱文学。

刘汉：郑老师将古诗或古风称作自由体或半自由体，是有道理的。老武提出“新自由体”的概念值得重视，它应是“新歌行”的重要内容之一。格律诗的押韵是相当不自由的。一是必须押平韵（押仄韵的格律诗很少），二是不能重韵、赘韵等，有人还坚持非平水韵不可等。

“新自由体”的押韵规则，应以元曲为基础，适当改造和扩充。一是采用现代汉语拼音的“四声”，兼顾“平水”；二是平仄通押；三是可重韵（重字）、赘韵和用邻韵；四是必要时可偶尔出韵。韵字按九韵表选用。因为新韵（不管是中华新韵还是其他新韵）划分太细。如“来回”二字，新韵视为两韵，平水韵则为一韵。九韵综合了两韵特点，减为一韵。如此一来，韵或辙就宽广多了，便于用韵，防止所谓出韵，但又不是没有规则，随便胡来。

武周：用韵原则，可明确遵从九韵。新歌行、新自由体规矩较少，但最重要的规矩就是合辙押韵，使其回到诗歌的本源上去，也可谓不忘初心吧。合辙押韵对大部分人不困难，难得是那几本科举用书……老学究们死抱老官韵，作诗必须查书，稍不慎，即出韵，大不幸也。今倡九韵，简约易记易用，因而当尊为新歌行体的经典。九韵、新歌行，可视为诗歌改革系统工程中的两环，或作为两块奠基石。

刘汉：不知你有无注意到我发你的电子版“歌行体素材”中“九韵韵部表”？只要查韵母就可以了。“适宜表现”也可参考。

武周：看到了，两项工程互为犄角，有传承，有呼应。

刘汉：我认为，歌行体应从荆轲的《易水歌》算起，各朝代都有一些代表作，唯宋代差点。把有关的书买下来。网上可获信息，不能当凭证，新闻出版署有规定。

武周：新歌行体的传承源流从时段上来讲，前面提到，我建议起于唐，这时律诗成形，音律格律理论明确了，作歌行体的诗人们，懂格律了，并能做格律诗，在这种知识背景下去做有韵无律的歌行诗，主观上是明晰二者的区别的，并有意避让，不使混同。

另外从风韵上讲，继承唐风，更能保持较高格调。唐风豪放直白，用语文白相间，口语、俚语入诗，更适合今人鉴赏！

刘汉：所谓“新歌行”，白居易当年称之为“新乐府”，有理论，有实践。注意这方面文献资料，并下载保存。

下载文献，一定要注意“出处”。没有的，尽快尽早补充。只有有了明确的出处，最好是两处以上，才算完成了文献标注，出书才可用。接受《诗画品丝路》的教训，随便下载几首诗，不问出处，再补充要费许多事。

以唐为界，分为新老歌行，是武周的一大创意。但须做解释和说明。我们现提倡的“新歌行”，应以唐新歌行为基础，又有所发展，比如应包括某些京剧唱段和板话艺术等。

被称作唐诗第一律的崔颢的《黄鹤楼》，实际是歌行与格律的混合体。前四句，连用三个“黄鹤”，用的是歌行的“蝉联法”，好听好记。七律是格律诗最完美的形式。也正因为“完美”，于是成了“阳春白雪”。真正会写的人很少，能背诵的也不多。反倒是七绝和五绝，流传较广。

武周：是的，有了祖宗，有了基因，便可殖造子孙。

另，唐以前的诗体类型太复杂，众说纷纭，不必搅到里面。

绝句篇幅太小，相当于“一声叹息”，适合于懒人快餐。有如一些书画家，大写意，五分钟出一篇作品。

刘汉：写诗，也要有点群众或人民观点。你自认为写得很好很快，但读的人不买单，其有何用?

武周：律绝太高雅多忌，因而很多人写不出，现在转而搞诗钟，折枝了，做嵌字游戏。大众诗坛被散文诗占据（比如《诗刊》），新歌行体要夺回一席阵地!

朱光潜在《论诗》中说：总之，诗应该用“活的语言”，但是“活的语言”不一定就是“说的语言”，“写的语言”也还是活的。就大体说，诗所用的应该是“写的语言”而不是“说的语言”，因为写诗时情思比较精炼。

我理解，即使是说唱体作品，也必须经文人之手写出来，而不是由艺人直接唱出来，比如京剧唱词，可称为诗，而数来宝乞者，在人门前随意唱出来的词，不能算歌行诗。一是没有文化底蕴，二是没有经过精炼过程。界限是否在这里?

孙吴：武周，我也同意“新歌行”以唐为界的划分之说。

因为文学艺术的发展，都离不开当时的历史背景，那就是政治、经济、军事、文化这四样，在唐代时达到了巅峰，尤其是盛唐时期的诗人，他们有着强烈的“济苍生”“安社稷”的思想。唐朝的经济繁荣、政治统一、国力强盛，这就激发了诗人们的各种幻想，所以唐代诗人揭露社会矛盾、同情人民的诗篇就会大量涌现，这夹叙夹议的“新歌行”正可完成这一历史使命。

七言新歌行创新的领军人物，我认为非李白莫属。许多乐府旧题在他的笔下获得新生。他的“歌行”打破初唐整齐骈偶的拘束，杂用古风和《楚辞》的句法，成就了一种崭新的诗体。李白由于意气豪迈，才思横溢，为了表现胸襟，秉足笔力，把许多原来只用散文写的内容也写进诗，把一些散文的特点带到了诗里。

我们现在要推广的“新歌行”，我认为，也是要在“唐新歌行”的基础上，形体上要以七言为主、朗朗上口的韵文体，以区分于现在无韵的“散文诗”，但是，要揉进一些民众可接受的现代文学艺术的表现形式，例如明捷的快书、快板等艺术语言，以更好地表现现代生活。

从历史发展的脉络来看，之所以出现了“唐诗”“宋词”“元曲”三个明晰的历史发展阶段，我认为，这是在艺术形式发展之中，以适用当时政治环境的需要，是一种心声表达形式的变化，是一种进步，也是受众群体的变化需求，在语言要求上越来越大众化、口语化的需要。

所以我认为，我们现在的氛围在艺术形式方面，有倾向于向古典文学学习的发展趋势，社会生活中的许多方面都在引古典为今用，不再是外语水平一统天下，外语一票否决一个人的才能、一个单位的成绩，全国上下学外语，以外语做评价一切的时候，更注重人与社会的文化修养，这也在全国掀起了古典文学欣赏与学习的热潮。我们在这个时候提出一个“新歌行”新的发展与推广正合时宜。

对于朱光潜在《论诗》中说：诗应该用“活的语言”，但是“活的语言”不一定就是“说的语言”，“写的语言”也还是活的，我是赞成的。对“说唱体作品，必须经文人之手写出来，而不是由艺人直接唱出来”的观点，我有异议。

艺人们能够直接唱出来，是一种水平，不是每个人都能做到的。以前，大多的艺人不识字、不会写剧本，只能依靠口口相传的死记硬背，这一种方式只有达到一定的能力水平，才能现场自由发挥，如同文人的“口占”。他们是不识字不会写，而肚子里有剧本。我们现在许多民间文化的抢救，就是这样一种状态。无论是“说的语言”，还是“写的语言”，只要受众欢迎，就会有生命力。

对于文化底蕴与精练过程，有许多的文化人写出的诗文也不一定有阅读的价值，这也主要看受众是否接受。所以无论京剧唱词，还是数来宝，无论是经过精练，还是随意唱出，只要符合“新歌行”诗体要求，均可加入我们“新歌行”的内容之中。

刘汉：我赞成孙吴的观点。要以诗（包括内容与艺术形式）存人，而不以人存诗。一个乞食者，说或唱的数来宝（以句句押韵即所谓赘韵为特征），难道就无内容与形式俱佳的好作品吗？历史上许多佚名者，也不乏传世佳作。相反，乾隆写了四万多首诗，有几首流传的？我倒读过几首，如《涿州行馆有咏》，平仄韵律都很讲究，就是无特色。文人在诗的创作方面，功不可没，但也有负面影响。这，鲁迅早已说过。我们可以考虑尊重名人专家的意见，但最主要的还是从当前诗坛的现实出发，提出我们有见地和说服力的新主张。

武周：有道理！

刘汉：找准“新歌行”在当代诗坛中的定位，不是件容易的事。

李白继承庾信，文学史早有评论或定论。我们只有将诗史研究透了，才能提出我们的新观点。我们写《倚杖学诗话九韵》深有体会。

歌行简论

武周：欢迎郑老师有暇参加群聊讨论，请您谈谈中国古典诗歌的体裁形式，好吗？

郑尚老：中国古典诗歌体裁形式之丰富、多样，远为他国所不及。通常我们是诗词歌赋连说，其中除“赋”是“半诗半文”，介于诗歌与散文之间外，诗、词、曲都属于诗歌这一体裁。其鼎盛时代，向有所谓“唐诗、宋词、元曲”之说。到现代，自五四运动后新诗诞生，遂称之为旧体。近二三十年来，按旧体写诗的人越来越多。如就诗歌数量而论，肯定已以万计，相当可观；但客观地讲：好诗不少，而平庸者仍居多。而且，就诗体来说，绝大多数人爱写七绝和七律，它们属旧体诗中之“近体”，而与“古体”有别。

从狭义上说，古风仅指五言和七言的古诗，而不包括诗经、楚辞和乐府在内。古体诗在格律上比较自由，可从下面几点看出：诗句字数虽大体有规定，但每首句数却无限制，可长可短。句式基本整齐。不要求对仗，因修辞需要用对偶句，亦任其自然。不讲究平仄，其时尚未有明确的平仄概念。

孙吴：常见到一些古典诗歌，其韵音很难理解。

郑尚老：是的，有的诗句似不押韵，其实是古、今读音有别的缘故，如屈原《离骚》：

帝高阳之苗裔兮，朕皇考曰伯庸。摄提贞于孟陬兮，惟庚寅吾以降（降，古音读“洪”）。……冀枝叶之峻茂兮，愿俟时乎吾将刈。虽萎绝其亦何伤兮？哀众芳之芜秽（秽，古音读“易”）。

诗歌的各种体裁形式，无论近体或古体，包括古体中的歌行，本身并无优劣等次之分，关键是运用何种诗体写出了怎样的作品。当然，诗人们都各有自己擅长的形式，或者兼而用之。李白的七言绝句可称唐人七绝的冠冕，但他最擅长的还是“古风”，其代表作多为歌行体：《蜀道难》《将进酒》《梦游天姥吟留别》等。杜甫的七律代表着唐代近体的最高成就，如《登高》《秋兴八首》等，同时他也有名篇《兵车行》《丽人行》《茅屋为秋风所破歌》等。白居易不仅创作了不少近体佳作，更是唐代新乐府运动的倡导者和主将，其长篇《长恨歌》和《琵琶行》，堪称歌行体最优秀之诗章。张若虚，现存诗仅两首，其《春江花月夜》也是古体，闻一多誉之为“诗中的诗，顶峰上的顶峰”，真是“孤篇横绝，竟为大家”。

武周：近日浏览古人诗词集，凡较知名作者，作品流传百首、千首以上者，均有歌行（古风）作品，这一现象说明歌行在古诗词结构中的地位和生命力。

郑尚老：现当代也有不少运用歌行古体写作成功的佳作，王季思的《卖鸡蛋》、吕剑的《答荒芜》、袁良本的《涪江黄昏图》等便是其中的佼佼者。

歌行古体因是长篇，尤须注重结构布局。沈德潜论诗，特别讲究章法。他认为“五言长篇，固须节次分明，一气连篇。”论七古又说：“歌行起步，宜高唱而入，有‘黄河落天走东海’之势。以下随手波折，随步换形，苍苍莽莽中，自有灰线蛇踪，蛛丝马迹，使人眩其奇变，仍服其警严。至收结处，纡徐而来者，防其平衍，须作斗健语以止之；一往峭折者，防其气促，不妨作悠扬摇曳，语以送之，不可以一格论。（《说诗晬语》）”这番话，极为中肯。

近体格律严，有人称是“戴着脚镣跳舞”，古体歌行稍宽，但也是另有要求的，不可随意为之。关于格律，还是闻一多先生讲得好：“只有不会跳舞的才怪脚镣碍事，只有不会作诗的才感觉得到格律的束缚。对于不会作诗的，格律是表现的障碍物；对于一个作家，格律便成了表现的利器。（《闻一多全集》卷3《诗与批评》）”

武周：是的，格律既是古诗人的创作总结，又是与音乐音律的科学结合，格律诗是会永远存留和发展的，写歌行的人，掌握了格律知识，写作会更得心应手，其作品也必古雅高致。

郑尚老：望多研读古歌行的经典作品，如：唐代张若虚《春江花月夜》、唐代李白《将进酒》、唐代杜甫《丽人行》《茅屋为秋风所破歌》、唐代岑参《白雪歌送武判官归京》、唐代白居易《琵琶行》、宋代苏东坡《吴中田妇叹》，等等。

武周：感谢郑老师详解，受教了！

为新歌行鼓与呼

郑尚老：微信群既以“研讨”为名，就须认真研究、讨论，收集佳作，切磋修改，才能提高。也只有这样，才能编著出一部高质量的“新歌行体”书来。诸君看，是否如此?

武周：论述歌行体之沿革与发展，实学者、专家之事业，倡导歌行体之方向与流潮，当由文化部门作导引，本翰林中事也。

登高一呼，大吁歌行体，欲救诗坛于水火，近乎绿林中事。刘汉兄以梁山泊风格领袖“文友群”，我等数人呼应，亦属管窥蠡测，匹夫之勇。此举得郑老师认可，则有了底蕴和旗识。

搞“新歌行体”，小则独善其身，大则兼济天下，必是一件有意义的事情。愿在郑老师旗下鼓与呼，并实践之，在当下诗坛上，或可得抛砖引玉之效。应充分肯定格律诗的艺术价值，在此基础上，不忘初心，在新时代，使不受格律约束的歌行体升华。

郑尚老：关键是要涌现出一批新歌行体的作品和作者，不断提高，以至臻于完美。勇于实践和创新，拿出诗作精品来。

步骤是：

（1）主编、副主编拿出一个编写方案——关于此书的基本设想。

（2）搜集稿件（编委个人的、外约的）。这是基础，稿件质量高且数量多就有挑选的余地。编委每人提供若干首。外约作者，应是编委熟悉的；牵涉著作权益，要有委托书。

（3）审改、编排，最后定稿。这是关键的一步。

（4）送出版社，三审三校，配合做好工作。

当前要做的，是第一步。每位编委拿出几篇像样的新歌行体诗来。以编这部书为纲，带动对课题的研讨。

有几点建议：一是说明出处来源；二是简介作者；三是根据需要加一

点注释，因为一般读者会有语言、文化、背景障碍。

新歌行体可包括两部分：一是歌行谈；二是作品。要有：古代、近现代、当代。作品是主要的，读者要看的是书，而非诸君的议论。诸位不可能“谈”一部书，读者也不可能耐心读下去。学术气太浓，会让一般读者远离。他们要读的是“诗”。

武周：古人为源，今人为流。今人之作更易领会，可供我等学习借鉴，不必都入书。

郑老师所言极是，我们原来也是考虑以歌行谈为切入点，引出一些问题和分析，最终归结到对歌行体的认识和喜好上，因而学习，因而创作，关键是出作品。

刘汉等曾出《倚杖学诗话九韵》，此书近于《倚杖赋诗话歌行》，成姊妹篇，在倚杖研讨方面，成掎角之势。突出学、话、作。以编辑一些作品为主要目的，若能引起微澜，抛砖引玉，则幸甚。

郑尚老：很好！当选相关资料，可根据需要做些处理。作者可简介，不用过长。注释难字，加注音。括号内加汉语拼音，以字典为据。以有助于理解其人其作为原则。要注明原始出处，供人查阅。诗必有据。

从网上搜得，算是有一线索，再据此找其诗集才行。要注明诗出于何书、何出版社、出版年月才算数。作者介绍、注释，须根据编书需要删改，决不可完全照抄。切记！当然，编书人自已及友人的诗，可选，因不牵涉著作权益——已获同意。出版社对此要求严格，不然会打官司。

非古体歌行，不选。

武周：刘汉兄，以下想法请兄批示：

（1）有了郑老师的鼓励、引导、把关、示范，我等当努力推进研讨与创作，庚子年内形成一草稿传阅。

（2）用一个月时间研讨一题目：中华诗词坛各阶层分析，或叫流派分析或现状分析，此题有必要，但意义不大，故限一个月。孙吴兄文笔好，可集结成一章。

（3）年前（公历）每位作歌行体若干篇，以命题作文方式，限一百至八百字，请郑老师出一二题，其他则自拟。妥否，请示。

刘汉： 好，听你这店长兼村主任的。关键是要有个草稿。有了此草稿，就可向华龄出版社报选题了。

武周： 是，庚子年内拿出一个言之有物，物有所值的东西（框架）来。

此附上新疆兵团的歌行诗人团队诗作节选。

李唐： 王翰林的大作非常棒！当事人亲历，写出了真情实感。在此不得不提到的是，您和新疆也有地缘关系。

另，递交本人的两首拙作，可否放入"新歌行体"资料库备选，请各位酌定。《观越剧〈梁山伯与祝英台〉》一首，故事完整，且具有现实意义，当天的剧目由越剧名家方亚芬领衔主演。《饮张峰战友赠茶感言》一首，既有知青岁月，又有后知青时期以助兴。

刘汉：《饮张峰战友赠茶感言》不错，只是简单了些。

李唐： 您好！拙作发到兵团连队群中，有的知青深有同感。

郑尚老： 写作歌行体诗，要取法乎上，多读古代名家，体会其格调、味道及写法。

幼时即闻谚云：熟读唐诗三百首，不会吟诗也会吟。心中有标杆，就明白什么是诗和好诗。

兵团人有生活，有真情实感，放歌直言，气势磅礴，正是"歌行"特色。

歌行长于记人叙事，要善于记叙和描写。不能概述，要细致，要有故事，要波澜起伏，讲究章法。叙述，有顺叙、倒叙、插叙、补叙。描写对象有人物、景物、环境等，方法多得很，细读《琵琶行》便知。

要在选材、构思、立意上下功夫，要以人、事、景、情感人；主旨应在记叙和描写中体现出来。有点题之笔即可，不要以议论为诗。诗要用形象思维、比兴手法。

选用之"材"，人所共知，自难出新意。要选自己熟悉而又感触最深的事来写。

先是自己受感动，如能形象抒写出来方能感动他人。新歌行体，

“新”在何处？要研究，更重在实践中探索；但绝非空发议论，甚至标语口号化。

李唐：郑尚老，您的读歌行杂感，提出了很重要的指导意见，我当认真领会，克服不足，不能总是停留在一个水平上。

郑尚老：是这样。诗，以至整个文艺，都是以小见大，融宏大叙事于个人经历之中。比如：电影《魂断蓝桥》、小说《战争风云》、戏剧《桃花扇》等。要大处着眼，小处落笔。

另外，我早就想对你说：你过去在《北京晨报》上发表的短文甚佳，应继续写下去，过几年再编为一个集子出版。那会很有意义。

我送你徐城北两本小册子，意亦在此。并非所有事都要写成诗。比如你常观剧，多写一些观感和评论就很好。文体无高低上下之分，关键是写得怎么样。

武周：李唐，《观越剧〈梁山伯与祝英台〉》一诗启示：歌行体的优势之一是其容量，以您对戏剧的爱好与研究，可在此方向创佳作，戏剧本身已具完整内容，换一种体裁叙述、表现，较简单易行，文学坛上改编之法，正可一用。章炳麟在《文学说例》中讲：“韵文完具而后有散文，史诗功善而后有戏曲。”难道不可返其道而行之，即由戏曲功善而后作史诗吗？您拟意中的《诗话品戏剧》，何不用长歌行，体量加大，以示对剧的尊重！假如只口占五绝二十字，则不相配伍也。

李唐：武周，歌行体的容量非格律诗可比，您看得非常准确。对这个问题，我是逐步认识的。近年来，听戏观剧，尤其是现代剧、新编戏，剧目情节复杂，人物关系较多，再用格律诗这种形式，表达起来很困难。于是，我就尝试着写点像歌行体一类的东西。比如编入《诗画品丝路》一书中的一篇观剧诗，《观大型现代眉户剧〈六盘春雨〉》就是这样。

武周：李唐，您是一个能唱的人，《豆汁儿》创作，一定是由吟而唱，且行且歌，得歌行真味也！品戏剧，也一定有大段唱词汹涌于喉咙间，其乐可想象也。

郑尚老：好！有一个提纲草案就可以着手准备资料并进一步开展编写的工作了。难点是你们“四人谈”，属理论探讨，学者意见又不尽一致。不过你们亦算一家之言，只要持之有故、言之成理即可。

我意这部分占篇幅不宜过长。可多说说新歌行体之“新”在何处。作品品味部分亦须突出“新”作，与前之“理论”相呼应。你们四位一定要畅所欲言，认真“研讨”，对提纲加以补充、完善。

刚才翻阅诸位关于歌行体讨论的实录，很踊跃，且都有个人见解。当然得重新整理，围绕中心，分题展开。

另有两点：

（1）概念，新歌行体，当是我们提倡的一种诗体，并非白居易等人所创作的离我们已一千多年的新乐府，何言“新”？我们心目中的“新”在何处？这是要讨论的。

（2）“老干体”，此词含贬义。我们可正面提出自己的主张，并在自己的创作中实践。我们指出诗歌创作中的问题当然是可以且应该的。

前人论歌行与论前人歌行

郑尚老：汉乐府题中已有“歌”和“行”，但未有“歌行”之称。其体制和名称始于唐代，刘希夷《代悲白头吟》、张若虚《春江花月夜》为代表，登峰之作当然是白居易的《长恨歌》《琵琶行》了。

建议：是否编一篇《前人论歌行》。

武周：好，这一篇就叫《前人论歌行和论前人歌行》吧。

翻阅历代《诗话》，专门论述歌行的似乎并不多，白居易著有《金针诗格》《文苑诗格》。对诗歌的总体要求颇有可取之处。

例如，在《金针诗格》中文：

“如诗有内外意。一曰内意，欲尽其理。理，谓义理之理，美、刺、箴、诲之类是也。二曰外意，欲尽其象。像，谓物象之象，日月、山河、虫鱼、草木之类是也。内外含蓄，方入诗格。

又如诗有上中下三等。一曰纯而归正者上等也。（几席延尧舜，轩墀接禹汤。）二曰淡而有味者中等也。（闲欹太古石，醉卧洞庭秋。）三曰华而不浮者下等也。（山花插宝髻，石竹绣罗衣。）

再如诗有四得。一曰有喜而得之者。其辞丽：有时三点两点雨，到处十枝九枝花。二曰有怒而得之者。其辞愤：癫狂柳絮随风舞，轻薄桃花逐水流。三曰有哀而得之者。其辞伤：泪流襟上血，发变镜中丝。四曰有乐而得之者。其辞逸：谁家绿酒饮连夜，何处红妆睡到明？”

郑尚老：汉魏即有“乐府”，中唐白居易等人又特意提倡“新乐府”，显然二者也是有区别的。它“新”在哪里？如加以研究，对我们或许有些启发。

武周：白居易的诗歌理论《与元九书》也是我们应该认真学习研究的内容。其中说到：

唐兴二百年，其间诗人不可胜数。所可举者，陈子昂有《感遇》诗二十首，鲍防有《感兴》诗十五首。又诗之豪者，世称李、杜。李之作，才矣奇矣，人不逮矣，索其风雅比兴，十无一焉。杜诗最多，可传者千余首，至于贯穿今古？缕格律，尽工尽善，又过于李。然撮其《新安吏》《石壕吏》《潼关吏》《塞芦子》《留花门》之章，“朱门酒肉臭，路有冻死骨”之句，亦不过三四十首。杜尚如此，况不逮杜者乎！

这些都是旧乐府所不可能呈现出来的新成果。

白居易的诗歌理论《与元九书》，其诗论可归纳为以下四点：

1. 重视诗歌的政治作用和社会意义

白居易认为诗歌一方面可帮助帝王感化人心，治理天下；另一方面还可以通过它了解下情，补察时政。强调诗歌必须负起“补察时政”“泄导人情”的政治使命，从而达到“救济人病、裨补时阙”“上下胥悦，内外文和”的政治目的。又提出“文章为合时而着，歌诗合为事而作”的口号，认为诗歌应该“惟歌生民病”“但伤民病痛”。

2. 阐发了诗歌的特性：情、语、声、义

白居易在《与元九书》说：“感人心者，莫先乎情，莫始乎言，莫切乎声，莫深乎义”，提出了诗的四要素。“情”与“义”是内容，“言”与“声”是形式。“义”即《诗经》的六义，主要是指那种“美刺”的精神。因为只有这样的诗才能感人至深，并感人为善，从而收到“补察时政”“泄导人情”的效果。

3. 文学应植根于现实生活

白居易认为文学应植根现实生活，写作必须关心政治。《秦中吟序》说：“贞元、元和之际，予在长安，闻见之间，有足悲者，因直歌其事。”便是这一理论的实践。

4. 要求形式为内容服务

白居易强调形式必须服从内容，为内容服务。《新乐府序》说：“其辞质而径，欲见之者易谕也；其言直而切，欲闻之者深诫也。”所以他“不求宫律高，不务文字奇”，而力求做到语言的通俗平易，音节的和谐婉转。

关于新乐府运动，经典的说法是：新乐府诗创始于杜甫，但“新乐府”一名则是由白居易提出的。它的基本特点有三：

（1）用新题。从建安时代起，文人乐府也有少数写时事的，但多借用古题，反映现实范围既受限制，题目和内容也不协调。新乐府则自创新题，所以又名“新题乐府”。

（2）用新题写时事，始自杜甫，但并不是所有新题乐府诗都写时事。新乐府则专门“刺美见事”，即反映政治和社会生活中的现实问题。

（3）不入乐。新乐府虽称作“乐府”，但并不入乐。由于它们体现了汉乐府反映现实、讽刺时事的精神，所以又是真正的乐府诗。

查有关资料，唐以后的歌行诗，主要有以下四个特点：

（1）篇幅可短可长。岑参的《白雪歌送武判官归京》共十八句，杜甫的《茅屋为秋风所破歌》就有二十四句，白居易的《长恨歌》竟有一百二十句。杜甫的《兵车行》有三十七句，白居易的《琵琶行》则有八十八句。

（2）保留着古乐府叙事的特点，把记人物、记言谈、发议论、抒感慨融为一体，内容充实而生动。例如杜甫的《兵车行》，诗中既有“行人”出征时的记叙，又有“道旁过者”与“行人”的问答，也有“信知生男恶，反是生女好”的感叹，读后催人肝肠。再如《茅屋为秋风所破歌》，诗中既有风卷茅屋的记叙，也有“归来倚杖”的叹息，更有“安得广厦千万间……吾庐独破受冻死亦足”的强烈抒情与愿望，读后令人唏嘘不已。

（3）声律、韵脚比较自由，平仄不拘，可以换韵。“歌行”体诗歌在格律、音韵方面冲破了格律诗的束缚，由于它要“放情长言”，因而句子也多，再要一韵到底，平仄讲究就很困难了。例如《茅屋为秋风所破歌》，二十四句就换了好几个韵脚。歌行体的形式比较自由，是由内容所决定的。

（4）句式比较灵活，一般是七言，也有以七言为主，其中又穿插了三言、五言、九言的句子。例如，《茅屋为秋风所破歌》基本上是以七言为主的，但也有二言的：“呜呼”，也有九言的：“何时眼前突兀见此屋，吾庐独破受冻死亦足”。

刘汉：我们倡寻新歌行，应有源有流，有继承，有创新。

武周：是的，一千多年来，歌行体的传承脉络是清晰的。

近日浏览古人诗词集，凡较知名作者，作品流传百首，千首以上者，均有歌行（古风）作品，这一现象说明歌行在古诗词结构中的地位和生命力。

因地震研究工作需要，近日在研译清末著名诗人的一首《地震诗》，原文影印如下，没有断句，很难通顺。我试着录出并分行书写，总觉甚不得要领。就教于诸位，指点迷津。

石屏诸天寺双塔，宋阿幺蛮造也，丁亥冬地震折其半，纪之以诗

清末 袁嘉谷

古寺插古塔，双峰耸而峭。戛云摩十寻，凿空通万窍。塔上圆难登，塔下棱可蹈。北阴浸积雪，西阳挂夕照。雄镇石坪上，佛法崇六诏。曰惟阿幺蛮，巍乎问谁造。凌虚磊巨石，鬼工助冥奥。岁历宋元明，赤光涌神妙。一瞬千百春，劫灰几经烧。胡为灵气飞，宝珠失鬼盗。坤厚嗟力薄，扶持苦无效。东塔折其腰，西塔落其帽。塔兮尔何心，化身委泥淖。毋乃厌流俗，归赴天帝召。我来寻古踪，寺中发长啸。愿佛护灵根，留证拈花笑。

刘汉：武周，此地震诗，颇有价值。最好大号字打印出来，含你的译诗。

武周：是的，此诗在科学性和艺术性两方面都很有价值，此诗写于1872年，集中了当时中国地震学的全部认知。艺术性上，仿刘基《二鬼》，而刘基《二鬼》又仿韩愈《二鸟》，基体式是一种比歌行更自由的古杂体，又接近赋（有韵），行文和思绪如天马行空，但一直有一个韵在维系。袁昶为当时同光诗派领袖之一，涉政见被慈禧所杀，也属重要历史人物，值得研究。

另外诗有似未用韵而实暗用韵者，如易哭庵《天童山中月夜独坐》云：“此时闻松声，此时闻钟声；此时闻涧声，此时闻虫声。”初一吟

诵，以为全诗均以“声”字为韵，然仔细寻绎，方知此诗之韵脚实暗藏于“声”字之前，即“松”“钟”“虫”三字是也。此种押韵法，滥觞于《诗经》，唯后人罕用耳。新诗之中，以此法押韵者，亦时有所见，如徐玉诺《小诗》云：“喜悦他们所见到的；希望找着他们所要的。”其中“到”与“要”字是韵。又如卞之琳《慰劳信集》第六首：“你们不是的，是你们的孙子；我也不是我现在的身子。”其中韵脚，分别是“孙”与“身”字。当代诗人，多有倡言诗韵改革者，似尚未注意及此，有兴者盍试诸?

刘汉：资料收集得差不多了。

郑尚老：诸君工作甚勤，今年成书有望，期望能拿出高质量的初稿。

我为《诗画品民国》作序后，可华还拿出两厚册为编著此书整理汇编的资料，这种认真、谨严的治学态度，让我十分感动，并常对友人提及，赞许有加。治学就当如此！当然选用应谨慎、严格，且有一定之规。

八个字：选材要广、取舍得严。

我著有古典释赏多部，以前人语为准的：以诗存人，不以人存诗。（沈德潜）诗只论工拙。（袁枚引徐嵩语）

武周：诸位师友，今特在计算机中设一账号“数据库”放置群中，以便编撰过程中资料传输入计算机备用。再有：

（1）刘汉之素材稿，既积累大量资料，又搭起了基本框架，应留用。

（2）序，请郑老再拟定。

（3）引言，用聊天记录切入，以求新颖，两年来记录很长，只取了少部分作为引。若多取，篇幅甚大，则应自为一篇。请诸兄酌。

（4）刘汉罗列题目：①歌行与乐府和古体。②歌行与近体。③歌行与散曲和曲艺。④歌行与歌词和民歌。⑤歌行与新诗。⑥歌行体特色。⑦新歌行探微已糅合在四期聊天记录中，拟不单述，一是避免重复，二是上述议题多有文献在案，且多争议，不做定论为妥。有请诸兄斟酌。

（5）录古人、今人作品，请诸兄直接添加，最后统一审定。

刘汉：武周，我几年前的东西，只能作参考。望另起炉灶为好。

郑尚老：“五老村”诸君，我那篇关于歌行体的文章，作于几年前承彦提出编著此书之时。今如作为“序言”，当在我阅读书稿后再作大量补充——本书的特色、编著此书的旨趣等。

我那《鼓吹集》所选歌行，如是我学友袁良本所作，当然可选入；其余则按规定，必须取得授权。我已与袁说过编书一事，他表示还可提供几篇。

武周：理论部分，总觉得应经典、规范、系统，且标准要高，不宜太过泛泛。因而将郑老师序的内容，改编为一篇关于“中国古典诗歌体裁论”的歌行谈。

不知妥否。若这样搞，将来郑老师的“序”，需另行谋篇了。

郑尚老：武周，我觉得可以，“序”专就书稿本身议论，并阐明我们倡导歌行体的主旨所在。

武周：有人提出，西方的《十四行诗》受我国古歌行体诗的影响和启迪，我认为是可能的。

中华文化的最大亮点就是单音节汉字做成的诗章。随着陆上、海上丝绸之路，传播几首诗，是可能的。

（1）中华识字的人都会写诗。好诗很多。

（2）胡人、夷人来朝，学汉字的同时都学了诗。一部分人被打动。

（3）漫漫丝绸路上吟点诗，是一定有的。

（4）避雨的洞窟里，绘画的同时，题壁诗是一定会有的，诗人们有这个爱好。

（5）文化的东西，一时不会传播很远，几百上千年，一定传播很远。

（6）文化的传导是双向的，自西向东传来的是佛经，自东向西，最有可能传播的就是中华诗词，因这东西轻巧，夹在丝绸和茶叶里也未可知。还有口头传播等。敦煌藏经洞里的，必有一部分是向西走的，包括汉文经卷，向西走的居多，汉字诗章更是产于东而走向西。凡此种种，均为常理。

东方人诚实，从西方取了经就如实记入史册，而西方文化庞杂，兼之文化优越感，老祖宗从东方学了诗，而闭口不谈，也是有的。

刘汉：此论有些牵强。

武周：关于“歌行”概念，是否可统一到如下定义：

《汉语大词典》：歌行，古代乐府诗的一体。后从乐府发展为古诗的一体，音节、格律一般比较自由；采用五言、七言、杂言，形式也多变化。宋·姜夔《白石诗话》：“体如行书曰行，放情曰歌，兼之曰歌行。”明·胡震亨《唐音癸签·体凡》：“（乐府）题或名歌，亦或名行，或兼名歌行。歌，曲之总名。衍其事而歌之曰行。歌最古；行与歌行皆始汉，唐人因之。”明·徐师曾《文体明辨序说·乐府》：“放情长言，杂而无方者曰歌；步骤驰骋，疏而不滞者曰行；兼之曰歌行。”明·徐师曾《文体明辨序说·近体歌行》：“歌行有有声有词者，乐府载诸歌是也；有有词无声者，后人所作诸歌是也。”

武周：诸位师兄好。遵郑老师关于议论不宜太多的要求，觉得要强调、主张的话已经积累了不少，除进一步斟酌、充实、完善、调整、提高外，重点是组织作品。目前情况是，古人作品浩繁，取舍无据，今人作品尚少，精品待辑。提议各订一限量，如古人、今人各百篇，不知当否。亦请诸老遴选、推荐。

郑尚老：关于作品取舍：

古代。一是歌行体；二是已有定评代表作。

近现代。一是我们心目中的“新歌行体”；二是精品。

当代。一是我们诗友中的佳作；二是能体现我们希望的那种“歌行体”；三是已获授权他人之作，如袁良本等。

另外，古体诗是一个区别于近体诗的很大的概念。它包含了古风、乐府、歌行等，不要随意混淆，一概而论。我们今日提倡“新歌行”，当然可有自己的主张，确定其内涵和外延；但它肯定来自“古歌行”（标题中常有“歌”或“行”）。

“巧”与“拙”相对，有成语“弄巧成拙”。在你所说的词语里，“拙笔”与“秾丽”既指语言，亦可指诗风，视其所处语境而定。两者紧密相关，因为诗风离不开其表现形式。拙笔，指朴直、古拙，这是古风的特色。秾丽，指艳丽、工巧，这是歌行讲究的，要有细致、生动的描绘，要铺叙，从名篇即可知。

我意以为：粗知其别即可，要在多读名篇上下功夫，深入领会其写法。

孙吴：郑尚老对“巧”“拙”的理解辨识与应用，使人醒思。

郑尚老：孙吴，对过去写的歌行诗，修改好了吗？要具体展开描写，要有典型细节，忌纯概括叙述，因为诗的本质，以形象感染人，而非以概述事件为目的。

《北京雨燕》就很好，以小见大，富有诗意。

孙吴：郑尚老你好。歌行体的诗，我一直都在不断地修改。可是，每次修改后，都感觉不满意，所以就有一种，似乎明白了，而又糊涂了的感觉。

改的时候信心满满，改完后，又感觉哪儿都不得劲。所以，还在改。你的意见，对我确实有惊醒的感觉。

郑尚老：你勤于写作，热心歌行体，成绩可观，让人赞叹！

重大题材难写，要大题小做，找到切入口，以小见大，比如《北京雨燕行》。诗，不是历史，不求全求多；而是以少许胜多许。必须有具体的人和事，展开人物、景物、对话、场面描写。读《长恨歌》《琵琶行》可知。最忌过多议论，有一两句点题即可。

孙吴：郑尚老说的好。“重大题材难写，要大题小做，找到切入口，以小见大”。让我心里开了一条缝。我就是太求全了，就怕落下什么，留下遗憾。这正是我的问题所在。郑老师，谢谢你。一语中的。

武周：我们的文友范文义老先生十分勤奋，著述颇丰，诗品博而杂，状物叙事生动细致，于歌行亦必有兴致。是否烦请鲁燕兄与范兄沟通一下，请赐玉支持。

新歌行本质上属于自由体，但还是有一些基本体式，表现在句式、韵式、修辞方式、篇幅布局等，请诸位发表意见。

在之前的讨论中，在句式中多主张七言为主，五言次之，少量杂言。韵式中，宜隔句押韵，平仄韵不限，并可互押，随时转韵。修辞上多样性，多管齐下。篇幅上应较长，比如三十句、五十句以上，甚至百句千句。其他还有一些反映体式的方面，望讨论。

刘汉：除格律诗外，其他诗体皆可称自由体。

孙吴：武周，我认为“自由体”仅是一个宽泛的概念。就如近期的“秽语体”，亦称为“自由体”，而且还是当今诗坛的主流配置。使人不敢苟同。

我想，我心目中的“新歌行”，应该是类似于白居易提倡的“新乐府诗”，就是将“老歌行”赋予新的元素。这个新元素，就是近代与现代社会中的人事、社会、自然、风俗等进行叙说、评论、讴歌，促人善于利用此，表达自己的内心感受，同时可融入其他艺术形式中的语言及风格。

在我的体会中，写一首好的“新歌行”，比写格律诗词要难。所以，“新歌行”不是现代语义中的“自由体”，我们也决不落于此。

武周：我以为，自由是相对的，如刘兄所言，相对于讲究格律的诗、词、曲，凡不讲求格律的，面对格律，都是自由的。但诗之所以为诗，应有韵，属韵文体，面对韵，又是不自由的。当下偏有人不讲韵，则无讨论之必要。若伊仍自命为诗人，并出诗集，得诗奖。则只好不予理会。

歌行体，或称新歌行体，目前须明确的是一个“体”字，或叫“体式”。

从词典中查“体”字文义：体，其本义为身体，是全身的总称，本体、主体，又可引申为本质、法式、准则、规矩之义。用引申义，那么，歌行体的本质、法式、准则、规矩，须略有阐述。

句式、韵式、修辞手法（指字法、句法、章法）是构成歌行体裁的三个基本要素，加上后出的声律，歌行的体裁特征即体现在这些要素上。这些体裁要素在歌行发展的各个阶段有不同的形态，它们的结合形式也多种多样，形成了多种体式。

古七言歌行的五种体式，从七言歌行发展史考察，唐代之前的歌行体式可以确定为古七言体、骚体、乐府杂言体、齐梁体、赋体五种。

例如，李白的《蜀道难》。五种体式交融一体的是《蜀道难》的一个奇迹，它原本乐府杂言，句子极为参差，但又有许多骚体句式，开篇的惊呼像楚辞《九辩》的开篇，下面的“之”字句、四字句仿效的是楚辞句式，明许学夷在《诗源辨体》中认为此诗“实与屈子互相照映”，在后半部又使用了不少古七言句式、韵式。《蜀道难》在李白歌行中算是较长的大篇，所写景观极为雄峻壮阔，在材料的组织、层次的安排上又运用了赋体手法，明陆时雍就认为“近赋体”，通过比较认为此诗与其所作《剑阁赋》“极为近似”。一诗而具五种体式实前所未有，所以时人赞其“奇之又奇，然自骚人以还，鲜有此体调也！”

融合众体是李白歌行区别其他众多歌行的一大特征，以前的歌行作家真是“鲜有此体调”。

武周：对新歌行体之体式，是否可提广、狭二义，广义可扩为一切不讲求格律的基本整齐（可兼少量杂言）之韵文。狭义则为有句式、韵式、修辞要求的歌与行。

孙吴：武周，我赞成你的观点。

对于歌行体的讨论，我认为，郑老师已经给我们导引出了，在讨论、学习、思考、提倡中应有的辨识。不管是否同意，我们都应该有“正”“反”的观点提出与辩驳。你叫争论也好，叫讨论也罢。总之，要用这种方式，归总到我们要提倡的“新歌行”上。我们提倡的“新歌行”，一定要是“韵文”。

我们没有李白《将进酒》的气魄，所以，这个“自由”，是要有约束的。歌行体属于“古风”，但与“古风”还是有区别的。这一点，郑老师与许多书上都明确提出。

既然是“歌”或“行”，它就与“乐府”有联系和区别，与白居易提倡的“新乐府”联系更紧密。

郑尚老：关于歌行体，我已有专文，不再重复。

我以为讨论课题，应以诗歌发展的历史和创作实际为根据。

各种诗体都是在不同的历史时期形成的，各有其内涵，不宜混为一谈。

歌行体实际上是唐代七言古诗的流变。前人或把其与四言、五言、七言并列，或置之于七言古诗之内。歌行体是古体诗中的一种，是一个小概念。决不能把别的诗体都归入其中。

还是先选出古今歌行体佳作来吧。

至于“新歌行”有何特点，也得从今日的歌行诗中归纳出来，而不是外加的。如有“新特色”，可以“新”名之；如没有，我看那就不如去掉。关键是我们要选出、创作出一批优秀的歌行诗来。

诸君以为如何？

中编

古韵品味

一、先秦汉魏晋南北朝

易水歌

［战国］荆轲

荆轲（？—前227），战国末期卫国人，春秋时期齐国大夫庆封的后代，战国时期著名刺客，也称庆卿、荆卿、庆轲。

风萧萧兮易水寒，壮士一去兮不复还！

［品评］

这首送行歌语言简练、通俗易懂。短短两句将环境的渲染与壮士的行止融为一体。其上下联两句尾字“寒”与“还”，极尽天地愁惨之状、悲凉萧瑟之感，更加烘托出荆轲“君子死知己”，慷慨赴国难的凛然正气和不完成任务势不还的坚定信念。

大风歌

［西汉］刘邦

刘邦（前256—前195），沛县丰邑中阳里人，汉朝开国皇帝。中国历史上杰出的政治家、卓越的战略家和指挥家。对汉族的发展以及中国的统一有突出贡献。

大风起兮云飞扬，威加海内兮归故乡。安得猛士兮守四方。

［品评］

这首《大风歌》语言质朴、风格雄劲。

刘邦衣锦还乡时，与民同乐，不用雅乐，而用熟悉的楚地流行曲调，敲打一种叫“筑”的击弦乐器，唱了起来。刘邦兴奋地离开座位，边唱边舞起来。高昂、悲凉，千种情怀，引英雄热泪盈眶。乡邻父老子弟们也禁不住流下串串泪珠。

孔雀东南飞

［汉］佚名

序曰：汉末建安中，庐江府小吏焦仲卿妻刘氏为仲卿母所遣，自誓不嫁。其家逼之，乃投水而死。仲卿闻之，亦自缢于庭树。时人伤之，为诗云尔。

孔雀东南飞，五里一徘徊。

“十三能织素，十四学裁衣，十五弹箜篌，十六诵诗书。十七为君妇，心中常苦悲。君既为府吏，守节情不移，贱妾留空房，相见常日稀。鸡鸣入机织，夜夜不得息。三日断五匹，大人故嫌迟。非为织作迟，君家妇难为！妾不堪驱使，徒留无所施，便可白公姥，及时相遣归。”

府吏得闻之，堂上启阿母：“儿已薄禄相，幸复得此妇，结发同枕席，黄泉共为友。共事二三年，始尔未为久，女行无偏斜，何意致不厚？”阿母谓府吏：“何乃太区区！此妇无礼节，举动自专由。吾意久怀忿，汝岂得自由！东家有贤女，自名秦罗敷，可怜体无比，阿母为汝求。便可速遣之，遣去慎莫留！”府吏长跪告：“伏惟启阿母，今若遣此妇，终老不复取！”阿母得闻之，槌床便大怒：“小子无所畏，何敢助妇语！吾已失恩义，会不相从许！”

府吏默无声，再拜还入户，举言谓新妇，哽咽不能语：“我自不驱卿，逼迫有阿母。卿但暂还家，吾今且报府。不久当归还，还必相迎取。以此下心意，慎勿违吾语。”新妇谓府吏：“勿复重纷纭。往昔初阳岁，谢家来贵门。奉事循公姥，进止敢自专。昼夜勤作息，伶俜萦苦辛。谓言无罪过，供养卒大恩；仍更被驱遣，何言复来还。妾有绣腰襦，葳蕤自生光。红罗复斗帐，四角垂香囊。箱帘六七十，绿碧青丝绳，物物各自异，种种在其中。人贱物亦鄙，不足迎后人，留待作遗施，于今无会因。时时为安慰，久久莫相忘。”

鸡鸣外欲曙，新妇起严妆。着我绣夹裙，事事四五通。足下蹑丝履，头上玳瑁光。腰若流纨素，耳着明月珰。指如削葱根，口如含朱丹。纤纤作细步，精妙世无双。上堂谢阿母，母听去不止。“昔作女儿时，生小出野里，本自无教训，兼愧贵家子。受母钱帛多，不堪母驱使。今日还家去，念母劳家里。”却与小姑别，泪落连珠子。“新妇初来时，小姑始扶床；今日被驱遣，小姑如我长。勤心养公姥，好自相扶将。初七及下九，嬉戏莫相忘。”出门登车去，涕落百余行。

府吏马在前，新妇车在后，隐隐何甸甸，俱会大道口。下马入车中，低头共耳语：“誓不相隔卿。且暂还家去，吾今且赴府，不久当还归，誓天不相负。”新妇谓府吏：“感君区区怀。君既若见录，不久望君来。君当作磐石，妾当作蒲苇，蒲苇纫如丝，磐石无转移。我有亲父兄，性行暴如雷，恐不任我意，逆以煎我怀。”举手长劳劳，二情同依依。

入门上家堂，进退无颜仪。阿母大拊掌：“不图子自归。十三教汝织，十四能裁衣，十五弹箜篌，十六知礼仪，十七遣汝嫁，谓言无誓违。汝今何罪过，不迎而自归。”兰芝惭阿母：“儿实无罪过。”阿母大悲摧。

还家十余日，县令遣媒来。云“有第三郎，窈窕世无双，年始十八九，便言多令才。”阿母谓阿女：“汝可去应之。”阿女衔泪答：“兰芝初还时，府吏见丁宁，结誓不别离。今日违情义，恐此事非奇。

自可断来信，徐徐更谓之。”阿母白媒人：“贫贱有此女，始适还家门。不堪吏人妇，岂合令郎君。幸可广问讯，不得便相许。”

媒人去数日，寻遣丞请还，谁“有兰家女，承籍有宦官。”云“有第五郎，娇逸未有婚。遣丞为媒人，主簿通语言。”直说“太守家，有此令郎君，既欲结大义，故遣来贵门。”阿母谢媒人：“女子先有誓，老姥岂敢言！”阿兄得闻之，怅然心中烦，举言谓阿妹：“作计何不量。先嫁得府吏，后嫁得郎君。否泰如天地，足以荣汝身。不嫁义郎体，其往欲何云？”兰芝仰头答：“理实如兄言。谢家事夫婿，中道还兄门。处分适兄意，那得自任专！虽与府吏要，渠会永无缘。登即相许和，便可作婚姻。”

媒人下床去。诺诺复尔尔。还部白府君：“下官奉使命，言谈大有缘。”府君得闻之，心中大欢喜。视历复开书，便利此月内，六合正相应。良吉三十日，“今已二十七，卿可去成婚。”交语速装束，络绎如浮云。青雀白鹄舫，四角龙子幡。婀娜随风转，金车玉作轮。踯躅青骢马，流苏金镂鞍。赍钱三百万，皆用青丝穿。杂彩三百匹，交广市鲑珍。从人四五百，郁郁登郡门。

阿母谓阿女：“适得府君书，明日来迎汝。何不作衣裳，莫令事不举！”阿女默无声，手巾掩口啼，泪落便如泻。移我琉璃榻，出置前窗下。左手持刀尺，右手执绫罗。朝成绣夹裙，晚成单罗衫。晻晻日欲暝，愁思出门啼。

府吏闻此变，因求假暂归。未至二三里，摧藏马悲哀。新妇识马声，蹑履相逢迎。怅然遥相望，知是故人来。举手拍马鞍，嗟叹使心伤。“自君别我后，人事不可量。果不如先愿，又非君所详。我有亲父母，逼迫兼弟兄，以我应他人，君还何所望！”府吏谓新妇：“贺卿得高迁！磐石方且厚，可以卒千年。蒲苇一时纫，便作旦夕间。卿当日胜贵，吾独向黄泉。”新妇谓府吏：“何意出此言。同是被逼迫，君尔妾亦然。黄泉下相见，勿违今日言。”执手分道去，各各还家门。生人作死别，恨恨那可论。念与世间辞，千万不复全。

府吏还家去，上堂拜阿母：“今日大风寒，寒风摧树木，严霜结庭兰。儿今日冥冥，令母在后单。故作不良计，勿复怨鬼神。命如南山石，四体康且直。”阿母得闻之，零泪应声落。“汝是大家子，仕宦于台阁，慎勿为妇死，贵贱情何薄。东家有贤女，窈窕艳城郭。阿母为汝求，便复在旦夕。”府吏再拜还，长叹空房中，作计乃尔立。转头向户里，渐见愁煎迫。

其日牛马嘶，新妇入青庐。奄奄黄昏后，寂寂人定初。我命绝今日，魂去尸长留！揽裙脱丝履，举身赴清池。府吏闻此事，心知长别离。徘徊庭树下，自挂东南枝。

两家求合葬，合葬华山傍。东西植松柏，左右种梧桐。枝枝相覆盖，叶叶相交通。中有双飞鸟，自名为鸳鸯，仰头相向鸣，夜夜达五更。行人驻足听，寡妇起彷徨。多谢后世人，戒之慎勿忘。

［品评］

此诗为我古今第一长诗，通过全篇的对话以及讲话中不同的态度，刻画出了刘兰芝与仲卿、焦母、小姑子、哥哥和母亲等人物的鲜明特点，这是短诗篇难以比拟的。最终二人以死抗争封建家长制和封建礼教，反映了人民群众对被迫害者的无限同情和追求婚姻自由、珍惜爱情生活的强烈愿望。

蒿里行

［汉］曹操

曹操（155—220），字孟德，沛国谯（今安徽亳州）人。东汉末年杰出的政治家、军事家、文学家、书法家，三国中曹魏政权的奠基人。建安二十一年进爵为魏王，死后被尊为魏武帝。

关东有义士，兴兵讨群凶。初期会盟津，乃心在咸阳。军合力不齐，踌躇而雁行。势利使人争，嗣还自相戕。淮南弟称号，刻玺于北方。铠甲生虮虱，万姓以死亡。白骨露于野，千里无鸡鸣。生民百遗一，念之断人肠！

［品评］

《蒿里行》，汉乐府旧题，属《相和歌·相和曲》。它本是挽歌，是讲人死后魂魄要归于蒿里。蒿里，指死人的居所。曹操借用此曲来叙述汉末关东义军讨伐董卓而内部群雄争权的史实。真实、深刻地揭示了人民的苦难，对当时社会现实进行了批判，堪称“汉末实录”的“诗史”。

代出自蓟北门行

［南朝］鲍照

鲍照（约414—466），字明远，南朝宋文学家。东海（今山东郯城一带，江苏涟水县北）人。著有《鲍参军集》。与北周庾信并称“鲍庾”，与颜延之、谢灵运并称“元嘉三大家”。

羽檄起边亭，烽火入咸阳。征师屯广武，分兵救朔方。严秋筋竿劲，虏阵精且强。天子按剑怒，使者遥相望。雁行缘石径，鱼贯度飞梁。箫鼓流汉思，旌甲被胡霜。疾风冲塞起，沙砾自飘扬。马毛缩如猬，角弓不可张。时危见臣节，世乱识忠良。投躯报明主，身死为国殇。

［品评］

此诗属杂曲歌辞，通过对边庭紧急战事及恶劣的边境环境的渲染，表现了军旅生活的艰难，将士英勇赴难的壮志和激情，及为国尽忠的崇高气节，穿插了当地风物奇观的描写。

木兰诗

［南北朝］佚名

唧唧复唧唧，木兰当户织。不闻机杼声，唯闻女叹息。问女何所思，问女何所忆。女亦无所思，女亦无所忆。昨夜见军帖，可汗大点兵。军书十二卷，卷卷有爷名。阿爷无大儿，木兰无长兄。愿为市鞍马，从此替爷征。东市买骏马，西市买鞍鞯，南市买辔头，北市买长鞭。旦辞爷娘去，暮宿黄河边。不闻爷娘唤女声，但闻黄河流水鸣溅溅。旦辞黄河去，暮至黑山头。不闻爷娘唤女声，但闻燕山胡骑鸣啾啾。

万里赴戎机，关山度若飞。朔气传金柝，寒光照铁衣。将军百战死，壮士十年归。归来见天子，天子坐明堂。策勋十二转，赏赐百千强。可汗问所欲，木兰不用尚书郎，愿驰千里足，送儿还故乡。

爷娘闻女来，出郭相扶将。阿姊闻妹来，当户理红妆。小弟闻姊来，磨刀霍霍向猪羊。开我东阁门，坐我西阁床。脱我战时袍，着我旧时裳。当窗理云鬓，对镜帖花黄。出门看火伴，火伴皆惊忙：“同行十二年，不知木兰是女郎”。

雄兔脚扑朔，雌兔眼迷离。双兔傍地走，安能辨我是雄雌？

［品评］

《木兰诗》是中国南北朝时期传唱的乐府民歌。记述了木兰女扮男装，替父从军，征战沙场，凯旋回朝，建功受封，辞官还家的故事，充满传奇色彩。表现了古代劳动人民的爱国情怀及对和平的向往。

二、隋唐

从军行

［隋］卢思道

卢思道（535—586），字子行，范阳涿县（今河北省涿州市）人。北齐到隋朝大臣、著名诗人，隐士卢道亮之子。北齐建立，任给事黄门侍郎。隋初，历任武阳郡太守、散骑侍郎。

朔方烽火照甘泉，长安飞将出祁连。犀渠玉剑良家子，白马金羁侠少年。平明偃月屯右地，薄暮鱼丽逐左贤。谷中石虎经衔箭，山上金人曾祭天。天涯一去无穷已，蓟门迢递三千里。朝见马岭黄沙合，夕望龙城阵云起。庭中奇树已堪攀，塞外征人殊未还。白雪初下天山外，浮云直上五原间。关山万里不可越，谁能坐对芳菲月。流水本自断人肠，坚冰旧来伤马骨。边庭节物与华异，冬霰秋霜春不歇。长风萧萧渡水来，归雁连连映天没。从军行，军行万里出龙庭。单于渭桥今已拜，将军何处觅功名？

［品评］

《从军行》是一首著名的边塞题材乐府诗。该诗巧妙地处理了叙事与抒情的关系，所抒发的情境丰富了诗人由景入情的转折过渡。勾勒出一幅辽阔的边塞风光图，展现出雄壮浑厚的盛唐气象，刻画了边疆戍卒怀乡思亲的深挚感情。

代悲白头翁

［唐］刘希夷

刘希夷（651—680），字延之。汝州（今河南省汝州市）人。高宗上元二年进士，其诗以歌行见长。

洛阳城东桃李花，飞来飞去落谁家？洛阳女儿颜色好，坐见落花长叹息。今年花落颜色改，明年花开复谁在？已见松柏摧为薪，更闻桑田变沧海。古人无复洛城东，今人还对落花风。年年岁岁花相似，岁岁年年人不同。寄言全盛红颜子，应怜半死白头翁。此翁白头真可怜，伊昔红颜美少年。公子王孙芳树下，清歌妙舞落花前。光禄池台开锦绣，将军楼阁画神仙。一朝卧病无相识，三春行乐在谁边？宛转蛾眉能几时，须臾鹤发乱如丝。但看古来歌舞地，唯有黄昏鸟雀悲。

［品评］

《代悲白头翁》是唐代诗人刘希夷的代表作。此诗虽是拟古乐府，但构思精妙，多处运用对比手法、重叠语句，循环复沓。以问句引领，叹吟韶华不再的无奈与辛酸，具有强大的穿透力。因其艺术性较高，历来被传为名篇。

春江花月夜

［唐］张若虚

张若虚（生卒年不详），初唐诗人，扬州（今属江苏扬州）人。曾任兖州兵曹。与贺知章、张旭、包融并称为“吴中四士”。

春江潮水连海平，海上明月共潮生。滟滟随波千万里，何处春江无月明。江流宛转绕芳甸，月照花林皆似霰。空里流霜不觉飞，汀上白沙看不见。江天一色无纤尘，皎皎空中孤月轮。江畔何人初见月？江月何年初照人？人生代代无穷已，江月年年望相似。不知江月待何人，但见长江送流水。白云一片去悠悠，青枫浦上不胜愁。谁家今夜扁舟子？何处相思明月楼？可怜楼上月徘徊，应照离人妆镜台。玉户帘中卷不去，捣衣砧上拂还来。此时相望不相闻，愿逐月华流照君。鸿雁长飞光不度，鱼龙潜跃水成文。昨夜闲潭梦落花，可怜春半不还家。江水流春去欲尽，江潭落月复西斜。斜月沉沉藏海雾，碣石潇湘无限路。不知乘月几人归，落月摇情满江树。

［品评］

本诗是一首七言歌行，用春、江、花、月、夜五种意象，营造出动人的夜晚美景，抒发了相思离别的深沉情感以及由此而引发的人生感慨。闻一多誉之为“诗中的诗，顶峰上的顶峰”。张若虚因此“孤篇横绝，竟为大家”。

将进酒

［唐］李白

李白（701—762），字太白，号谪仙人。生于碎叶（今吉尔吉斯斯坦托克马克附近），当时属唐安西都护府管辖。5岁随家人迁居蜀中绵州昌隆县（今四川江油）。伟大的浪漫主义诗人，被后人誉为“诗仙”，与杜甫并称为“李杜”。

君不见，黄河之水天上来，奔流到海不复回。君不见，高堂明镜悲白发，朝如青丝暮成雪。人生得意须尽欢，莫使金樽空对月。天生我材必有用，千金散尽还复来。烹羊宰牛且为乐，会须一饮三百杯。岑夫子，丹丘生，将进酒，杯莫停。与君歌一曲，请君为我倾耳听。钟鼓馔玉不足贵，但愿长醉不复醒。古来圣贤皆寂寞，惟有饮者留其名。陈王昔时宴平乐，斗酒十千恣欢谑。主人何为言少钱，径须沽取对君酌。五花马，千金裘，呼儿将出换美酒，与尔同销万古愁。

[品评]

此诗由黄河起兴，其感情的发展也像黄河之水那样奔腾激荡。全诗情感饱满，以冲天的激情，展现了诗人强烈的豪纵狂放的个性，以通达的情怀，表达了对怀才不遇的感叹。但是，也流露出了消极与悲观的情绪。

燕歌行

[唐] 高适

高适（约704—约765），字达夫，唐朝渤海郡（今河北景县）人，后迁居宋州宋城（今河南商丘睢阳）。唐代著名的边塞诗人，曾任刑部侍郎、散骑常侍、渤海县侯，世称高常侍。

开元二十六年，客有元戎出塞而还者，作《燕歌行》以示适。感征戍之事，因而和焉。

汉家烟尘在东北，汉将辞家破残贼。男儿本自重横行，天子非常赐颜色。摐金伐鼓下榆关，旌旗逶迤碣石间。校尉羽书飞瀚海，单于猎火照狼山。山川萧条极边土，胡骑凭陵杂风雨。战士军前半死生，美人帐下犹歌舞。大漠穷秋塞草衰，孤城落日斗兵稀。身当恩遇常轻敌，力尽关山未解围。铁衣远戍辛勤久，玉箸应啼别离后。少妇城南欲断肠，征人蓟北空回首。边风飘飘那可度，绝域苍茫更何有。杀气三时作阵云，寒声一夜传刁斗。相看白刃血纷纷，死节从来岂顾勋。君不见沙场征战苦，至今犹忆李将军。

［品评］

此诗揭露了主将骄逸轻敌，不恤士卒，以使战事失利，伤亡惨重。吟唱了征人、思妇的两地相望，重会无期，战士在无望生还下以身殉国，对战士的悲惨命运寄予深深的同情。全诗对边塞军中生活进行高度的艺术概括，笔力矫健畅达，风格悲壮沉雄。

哀江头

［唐］杜甫

杜甫（712—770），字子美，出生于河南府巩县（今河南省巩义市）。曾任检校工部员外郎，故世称杜工部。其诗大胆揭露当时社会矛盾，对穷苦人民寄予深切同情，内容深刻。显示了唐代由盛转衰的历史过程，因而被称为“诗史”。

少陵野老吞声哭，春日潜行曲江曲。江头宫殿锁千门，细柳新蒲为谁绿？忆昔霓旌下南苑，苑中万物生颜色。昭阳殿里第一人，同辇随君侍君侧。辇前才人带弓箭，白马嚼啮黄金勒。翻身向天仰射云，一笑正坠双飞翼。明眸皓齿今何在？血污游魂归不得。清渭东流剑阁深，去住彼此无消息。人生有情泪沾臆，江水江花岂终极！黄昏胡骑尘满城，欲往城南望城北。

［品评］

此诗回忆唐玄宗与杨贵妃游幸曲江的盛事，感伤贵妃之死和玄宗出逃，哀叹曲江的昔盛今衰，描述了长安在遭到安史叛军洗劫后的萧条冷落景象，表达了诗人真诚的爱国情怀，及对国破家亡的深哀巨恸之情。

石鼓歌

［唐］韩愈

韩愈（768—824），字退之，河南河阳（今河南省孟州市）人，自称“郡望昌黎”，世称“韩昌黎”“昌黎先生”。唐代杰出的文学家、思想家、哲学家、政治家。韩愈是古文运动的倡导者，主张继承先秦两汉散文传统，反对专讲声律对仗而忽视内容的骈体文。

张生手持石鼓文，劝我试作石鼓歌。少陵无人谪仙死，才薄将奈石鼓何！周纲凌迟四海沸，宣王愤起挥天戈。大开明堂受朝贺，诸侯剑佩鸣相磨。搜于岐阳骋雄俊，万里禽兽皆遮罗。镌功勒成告万世，凿石作鼓隳嵯峨。从臣才艺咸第一，拣选撰刻留山阿。雨淋日炙野火燎，鬼物守护烦撝呵。公从何处得纸本，毫发尽备无差讹。辞严义密读难晓，字体不类隶与蝌。年深岂免有缺画，快剑斫断生蛟鼍。鸾翔凤翥众仙下，珊瑚碧树交枝柯。金绳铁索锁钮壮，古鼎跃水龙腾梭。陋儒编诗不收入，二雅褊迫无委蛇。孔子西行不到秦，掎摭星宿遗羲娥。嗟余好古生苦晚，对此涕泪双滂沱。忆昔初蒙博士征，其年始改称元和。故人从军在右辅，为我度量掘臼科。濯冠沐浴告祭酒，如此至宝存岂多！毡包席裹可立致，十鼓只载数骆驼。荐诸太庙比郜鼎，光价岂止百倍过。圣恩若许留太学，诸生讲解得切磋。观经鸿都尚填咽，坐见举国来奔波。剜苔剔藓露节角，安置妥帖平不颇。大厦深檐与盖覆，经历久远期无佗。中朝大官老于事，讵肯感激徒媕婀。牧童敲火牛砺角，谁复着手为摩挲。日销月铄就埋没，六年西顾空吟哦。羲之俗书趁姿媚，数纸尚可博白鹅。继周八代争战罢，无人收拾理则那。方今太平日无事，柄任儒术崇丘轲。安能以此尚论列，愿借辩口如悬河。石鼓之歌止于此，呜呼吾意其蹉跎。

［品评］

韩愈主张“以文为诗”，善于用散文的章法结构，铺张罗列，浓彩涂抹。《石鼓歌》体现了诗人对文物的热爱，呼吁朝廷对石鼓予以保护和重视。全诗行文似流水，运用多种比喻对石鼓文书法的妙处进行淋漓尽致的渲染，在枯燥的“金石学”中表现出的是美感与魅力。

琵琶行

［唐］白居易

白居易（772—846），字乐天，号香山居士。祖籍太原，到其曾祖父时迁居下邽，生于河南新郑。白居易与元稹共同倡导新乐府运动，世称“元白”，与刘禹锡并称“刘白”。

元和十年，余左迁九江郡司马。明年秋，送客湓浦口，闻舟中夜弹琵琶者，听其音，铮铮然有京都声。问其人，本长安倡女。尝学琵琶于穆、曹二善才，年长色衰，委身为贾人妇。遂命酒，使快弹数曲。曲罢悯然，自叙少小时欢乐事，今漂沦憔悴，转徙于江湖间。余出官二年，恬然自安，感斯人言，是夕始觉有迁谪意。因为长歌以赠之，凡六百一十二言，命曰《琵琶行》。

浔阳江头夜送客，枫叶荻花秋瑟瑟。主人下马客在船，举酒欲饮无管弦。醉不成欢惨将别，别时茫茫江浸月。忽闻水上琵琶声，主人忘归客不发。寻声暗问弹者谁？琵琶声停欲语迟。移船相近邀相见，添酒回灯重开宴。千呼万唤始出来，犹抱琵琶半遮面。转轴拨弦三两声，未成曲调先有情。弦弦掩抑声声思，似诉平生不得志。低眉信手续续弹，说尽心中无限事。轻拢慢捻抹复挑，初为霓裳后六幺。大弦嘈嘈如急雨，小弦切切如私语。嘈嘈切切错杂弹，大珠小珠落玉盘。间关莺语花底滑，幽咽泉流冰下难。冰泉冷涩弦凝绝，凝绝不通声暂歇。别有幽愁暗恨生，此时无声胜有声。银瓶乍破水浆迸，铁骑突出刀枪鸣。曲终收拨当心画，四弦一声如裂帛。东船西舫悄无言，唯见江心秋月白。沉吟放拨插弦中，整顿衣裳起敛容。自言本是京城女，家在虾蟆陵下住。十三学得琵琶成，名属教坊第一部。曲罢曾教善才服，妆成每被秋娘妒。五陵年少争缠头，一曲红绡不知数。钿头银篦击节碎，血色罗裙翻酒污。今年欢笑复明年，秋月春风等闲度。弟走从军阿姨死，暮去朝来颜色故。门前冷落鞍马稀，老大嫁作商人妇。商人重利轻别离，前月浮梁买茶去。去来江口守空船，绕船月明江水寒。夜深忽梦少年事，梦啼妆泪红阑干。我闻琵琶已叹息，又闻此语重唧唧。同是天涯沦落人，相逢何必曾相识！我从去年辞帝京，谪居卧病浔阳城。浔阳地僻无音乐，终岁不闻丝竹声。住近湓江地低湿，黄芦苦竹绕宅生。其间旦暮闻何物？杜鹃啼血猿哀鸣。春江花朝秋月夜，往往取酒还独倾。岂无山歌与村笛？呕哑嘲哳难为听。今夜闻君琵琶语，如听仙乐耳暂明。莫辞更坐弹一曲，为君翻作《琵琶行》。感我此言良久立，却坐促弦弦转急。凄凄不似向前声，满座重闻皆掩泣。座中泣下谁最多？江州司马青衫湿。

[品评]

白居易的诗歌创作，多取材于现实生活，以反映时代的政治状况，并在《与元九书》中提出了“文章合为时而著，歌诗合为事而作”的现实主义创作原则。

《琵琶行》是一篇叙事诗，诗人截取被贬官浔阳，因送客而遇琵琶女的情节，展开十分生动形象的细节描写，特别是描绘琵琶的演奏，细致入微、化虚为实，令人叹为观止。“同是天涯沦落人，相逢何必曾相识”为全篇的警策，可谓饱蘸浓墨、寄托遥深，道出天下失意者的心声。

三、宋元明清

地　动

［北宋］曾巩

曾巩（1019—1083）字子固，建昌南丰（今属江西）人。嘉祐二年进士，唐宋八大家之一。奉召编校史馆书籍，官至中书舍人。著有《斗类稿等》《隆平集》等。

居闻元气判为二，升降相辅非相伤。今者无端越疆畔，阴气焰焰侵于阳。阳收刚明避其势，阴负捷胜尤倡佯。地乘是气亢于下，震荡裂拆乖其常。齐秦晋代及荆楚，千百其堵崩连墙。隆丘桀屈不自定，翩若猛吹摇旌幢。生民汹汹避其所，如寄厥命于湖江。有声四出嘻可怕，谁击万鼓何雷硠。阴为气静乃如此，天意昧密宁能详。或云蛮夷尚侵轶，已事岂必垂灾祥。意者邪臣有专恣，气象翕翕难为当。据经若此非臆决，皎如秋日浮青霜。祖宗威灵陛下圣，安得直语闻明堂。朝庭肃穆法度治，岂用懔懔忧胡羌。

［品评］

此诗出自曾巩《元丰类稿》。诗中评析了地震的原因，及造成的损失与百姓的惊恐，据此进行议论，同样延续了“借灾言政”的传统。将地震灾害的发生归因为“蛮夷侵轶”或“邪臣专恣”，最后表达了希望皇上能整肃朝纲、有备无患的愿望。

流民叹

［北宋］黄庭坚

黄庭坚（1045—1105），字鲁直，号山谷道人、涪翁，洪州分宁（今江西省九江市修水县）人，江西诗派开山之祖。著有《山谷词》，与杜甫、陈师道和陈与义素有“一祖三宗”之称。

朔方频年无好雨，五种不入虚春秋。迩来后土中夜震，有似巨鳌复戴三山游。倾墙摧栋压老弱，冤声未定随洪流。地文划劙水觱沸，十户八九生鱼头。稍闻澶渊渡河日数万，河北不知虚几州。累累襁负襄叶间，问舍无所耕无牛。初来犹自得旷土，嗟尔后至将何怙。刺史守令真分忧，明诏哀痛如父母。庙堂已用伊吕徒，何时眼前见安堵。疏远之谋未易陈，市上三言或成虎。祸灾流行固无时，尧汤水旱人不知。桓侯之疾初无证，扁鹊入秦始治病。投胶盈掬俟河清，一箪岂能续民命。虽然犹愿及此春，略讲周公十二政。风生群口方出奇，老生常谈幸听之。

［品评］

此诗出自宋任渊《山谷诗集注》卷一。记录了北宋熙宁元年因地震造成众多灾民无家可归，形成流民。作者为此而叹。诗中用“尧汤水旱”“讳疾忌医”等典故，认为赈济灾荒要未雨绸缪，表达诗人的爱国爱民的深切情感。

梦从大驾亲征歌

［南宋］陆游

陆游（1125—1210），南宋山阴（今绍兴）人，生于淮上舟中。考进士时，因名列秦桧孙子秦埙之前，被黜免。著有《剑南诗稿》等。

五月十一日，夜且半，梦从大驾亲征，尽复汉、唐故地。见城邑人物繁丽，云：西凉府也。喜甚，马上作长句，未终篇而觉，乃足成之。

天宝胡兵陷两京，北庭安西无汉营。五百年间置不问，圣主下诏初亲征。熊罴百万从銮驾，故地不劳传檄下。筑城绝塞进新图，排仗行宫宣大赦。冈峦极目汉山川，文书初用淳熙年。驾前六军错锦绣，秋风鼓角声满天。苜蓿峰前尽亭竮，平安火在交河上。凉州儿女满高楼，梳头已学京都样。

［品评］

此诗以记梦形式，通过“梦随大驾亲征”，描述了一场极其壮观的王师凯旋美梦，抒发诗人强烈的爱国情怀。表达了生活中无法实现理想的苦衷，“驾前六军错锦绣，秋风鼓角声满天”。全诗通贯着一种豪迈乐观的气势。

渔　父

［元］揭傒斯

揭傒斯（1274—1344）字曼硕，号贞文，龙兴富州（今江西丰城杜市镇大屋场）人。延佑初年由布衣荐授翰林国史院编修官，修辽、金、宋三史，为总裁官。著有《文安集》等。

夫前撒网如车轮，妇后摇橹青衣裙。全家托命烟波里，扁舟为屋鸥为邻。生男已解安贫贱，生女已得供炊爨。天生网罟作田园，不教衣食看人面。男大还娶渔家女，女大还作渔家妇。朝朝骨肉在眼前，年年生计大江边。更愿官中减征赋，有钱沽酒供醉眠。虽无余羡无不足，何用世上千钟禄。

［品评］

用渔父为题材的诗歌很多。文学上常用磻溪渔父的典故书写文武全才的隐士。庄周写过散文《渔父》，屈原写过品文《渔父》，陶渊明在《桃花源记》中叙述一个武陵渔夫的发现。

揭傒斯的《渔父》叙述了一个披蓑戴笠讨生活的渔父的生活窘况："全家托命烟波里，扁舟为屋鸥为邻"。企望"更愿官中减征赋，有钱沽酒供醉眠"的生活。

二郎搜山图歌

［明］吴承恩

吴承恩（1501—1582），字汝忠，号射阳山人。淮安府山阳县（今江苏省淮安市楚州区）人。《西游记》的作者。

二郎搜山卷，吾乡豸史吴公家物。失去五十年，今其裔孙醴泉子，复于参知李公家得之。青毡再还，宝剑重合，真奇事也，为之作歌：

李在唯闻画山水，不谓兼能貌神鬼。笔端变幻真骇人，意态如生状奇诡。少年都美清源公，指挥部从扬灵风，星飞电掣各奉命，搜罗要使山林空。名鹰搏拿犬腾啮，大剑长刀莹霜雪。猴老难延欲断魂，狐娘空洒娇啼血。江翻海搅走六丁，纷纷水怪无留踪，青锋一下断狂虺，金锁交缠擒毒龙。神兵猎妖犹猎兽，探穴捣巢无逸寇。平生气焰安在哉，牙爪虽存敢驰骤。我闻古圣开鸿蒙，命官绝地天之通。轩辕铸镜禹铸鼎，四方民物俱昭融。后来群魔出孔窍，白昼搏人繁聚啸，终南进士老钟馗，空向宫闱啗虚耗。民灾翻出衣冠中，不为猿鹤为沙虫。坐观宋室用五鬼，不见虞廷诛四凶。野夫有怀多感激，抚事临风三叹息，胸中磨损斩邪刀，欲起平之恨无力。救月有矢救日弓，世间岂谓无英雄？谁能为我致麟凤，长令万年保合清宁功。

［品评］

《二郎搜山图歌》是吴承恩的一首七言题画诗，见于吴承恩诗文集《射阳先生存稿》卷一。此诗写于《西游记》写作之前。胡适在《西游记考证》中指出“这一篇《二郎搜山图歌》很可以表示《西游记》作者的胸襟和著书的态度了”。

吴承恩一生不入流俗，刚直不阿。他厌恶官场腐败，不愿违背本心、曲意逢迎。他认为“民灾”的形成，在于统治者用人不善，让“五鬼”“四凶”当道而致。他想“致麟凤”，行王道“保合清宁”，以扭转乾坤，但是怀才不遇，壮志未酬，只能空怀慷慨，抚事临风多叹息。

铁狮歌

［明］王绪

王绪，出生年月及简历不详。

昔年飞骥踏东沄，遥见黑云蓦地生。途人指点铁狮形，威风凛凛镇空城。东吸大海蛟龙水，北吞契丹虎豹兵。步武腾超千里势，貔貅百万敢争雄。平生踊跃乾坤久，独立潮头扶世宗。海口并咽臊腥风，一团豪气摧崆峒。终年不见河东吼，徒借春雷隐隐声。为怜后主黄袍去，忍气吞声吼无成。电目终身射西南，昂头直望月复圆。一夕陈桥兵势变，云遮宝月不旋团。锦绣乾坤辄姓赵，何必足下舞蹁跹？铁狮尚且悲故主，文武宁无一沄然。君不见铁狮浑身黑漆漆，止挂一张铕子皮。衣冠礼乐尽属谁，铁狮何必用毛翳？铁狮铁狮尔何太峥嵘，丹心不忍洛阳倾。而今国势已三更，华夷一统属大明。百兽率舞总无惊，麟游郊薮凤凰鸣。笑尔爪牙空峥峥，不闻万国贺升平，何不回首仰神京？

[品评]

沧州铁狮子铸造于后周广顺三年。有人根据铁狮的别名“镇海吼”，猜测为当地居民镇海啸而建造的异兽。

它镇守滨临沧海，避免海啸为害，民不聊生。全诗用词充满激情，比喻形象逼真，寄托着作者“而今国势已三更，华夷一统属大明”的愿望。

葬花吟

[清]曹雪芹

曹雪芹（约1715—1763），名沾，字梦阮，号雪芹，又号芹溪、芹圃。祖籍辽宁铁岭，生于江宁（今南京）。江宁织造曹寅之孙。

花谢花飞飞满天，红消香断有谁怜？游丝软系飘春榭，落絮轻沾扑绣帘。闺中女儿惜春暮，愁绪满怀无释处；手把花锄出绣帘，忍踏落花来复去？柳丝榆荚自芳菲，不管桃飘与李飞；桃李明年能再发，明年闺中知有谁？三月香巢已垒成，梁间燕子太无情！明年花发虽可啄，却不道人去梁空巢也倾。一年三百六十日，风刀霜剑严相逼；明媚鲜妍能几时，一朝漂泊难寻觅。花开易见落难寻，阶前闷杀葬花人；独把花锄泪暗洒，洒上空枝见血痕。杜鹃无语正黄昏，荷锄归去掩重门；青灯照壁人初睡，冷雨敲窗被未温。怪奴底事倍伤神？半为怜春半恼春；怜春忽至恼忽去，至又无言去不闻。昨宵庭外悲歌发，知是花魂与鸟魂？花魂鸟魂总难留，鸟自无言花自羞；愿奴胁下生双翼，随花飞到天尽头。天尽头，何处有香丘？未若锦囊收艳骨，一抔净土掩风流；质本洁来还洁去，强于污淖陷渠沟。尔今死去侬收葬，未卜侬身何日丧？侬今葬花人笑痴，他年葬侬知是谁？试看春残花渐落，便是红颜老死时；一朝春尽红颜老，花落人亡两不知！

[品评]

中国四大文学名著《三国演义》《水浒传》《西游记》《红楼梦》中，用诗词刻画社会与表达书中人物的思想感情，比比皆是，尤其用长篇歌行更是小说作者惯用的重要手法。为此，《倚杖赋诗话歌行》选取了《红楼梦》中的这首著名的歌行体诗供读者欣赏。

《葬花吟》写尽黛玉葬花的悲切泣唱之吟，曹公以黛玉葬花来发泄自己清高苦闷的不能言之言，借黛玉之口抒胸臆、诉悲怀。写得真挚朴素，哀怜感人。

寄怀曹雪芹

[清]爱新觉罗·敦诚

爱新觉罗·敦诚（1734—1791），字敬亭，号松堂，努尔哈赤第十二子阿济格之五世孙，爱新觉罗·敦敏之弟。

少陵昔赠曹将军，曾曰魏武之子孙。君又无乃将军后，于今环堵蓬蒿屯。扬州旧梦久以绝，且着临邛犊鼻裈。爱君诗笔有才气，直追昌谷破篱樊。当时虎门数晨夕，西窗剪烛风雨昏。接罗倒着容君傲，高谈雄辩虱手扪。感时思君不相见，蓟门落日松亭樽。劝君莫弹食客铗，劝君莫扣富儿门。残羹冷炙有德色，不如著书黄叶村。

[品评]

《寄怀曹雪芹》出自爱新觉罗·敦诚《四松堂集》。作者与曹雪芹曾经朝夕相处，交谊颇深，因思念而作此诗寄怀。诗中追忆了他们的情谊，及曹雪芹傲岸不羁的性格与艰苦的条件下的文学创作，“感时思君不相见，蓟门落日松亭樽”“残羹冷炙有德色，不如著书黄叶村”。此诗用典虽多，但贴切而自然，没有枯燥、生僻之感。

佩刀质酒歌

［清］爱新觉罗·敦诚

秋晓遇雪芹于槐园，风雨淋涔，朝寒袭袂。时主人未出，雪芹酒渴如狂。余因解佩刀沽酒而饮之。雪芹欢甚，作长歌以谢余，余亦作此答之。

我闻贺鉴湖，不惜金龟掷酒垆。又闻阮遥集，直卸金貂作鲸吸。嗟余本非二子狂，腰间更无黄金珰。秋气酿寒风雨恶，满园榆柳飞苍黄。主人未出童子睡，斝干瓮涩何可当？相逢况是淳于辈，一石差可温枯肠。身外长物亦何有？鸾刀昨夜磨秋霜。且酤满眼作软饱，认暇齐鬲分低昂。元忠两褥何妨质，孙济温袍须先偿。我今此刀空作佩，岂是吕虔遗王祥？欲耕不能买犍犊，杀贼何能临边疆？未若一斗复一斗，令此肝肺生角芒。曹子大笑称快哉！击石作歌声琅琅。知君诗胆昔如铁，堪与刀颖交寒光。我有古剑尚在匣，一条秋水苍波凉。君才抑塞倘欲拔，不妨斫地歌王郎。

［品评］

《佩刀质酒歌》，从序中可以知道，是曹公到好友敦敏家时主人未出，恰遇其兄敦诚，敦诚与曹公解佩刀豪酒作歌唱和。从“曹子大笑称快哉！击石作歌声琅琅。知君诗胆昔如铁，堪与刀颖交寒光”中可知，两人推心置腹何等畅快。同时可知当时曹公生活是何等困顿。

四、民国

夜雨狂歌答沈二

陈独秀

陈独秀（1879—1942），原名庆同，字仲甫。安徽怀宁人。“五四”新文化运动的主要领导人之一。

黑云压地地裂口，飞龙倒海势蚴蟉。喝日退避雷师吼，两脚踏破九州九。九州嚣隘聚群丑，灵琐高扃立玉狗。烛龙老死夜深黝，伯强拍手满地走。竹斑未泯帝骨朽，来此浮山去已久。雪峰东奔朝岣嵝，江上狂夫碎白首。笔底寒潮撼星斗，感君意气进君酒。滴血写诗报良友，天雨金粟泣鬼母。黑风吹海绝地纽，羿与康回笑握手。

［品评］

此诗作于1915年,北洋统治时期,是一首与沈尹默的赠答诗。袁世凯恢复帝制并与日本秘密签订了丧权辱国的“二十一条”，随后全国掀起了反袁运动。这首诗就是这样的背景下写出的。

诗中痛批了袁世凯复辟帝制的企图“九州嚣隘聚群丑，灵琐高扃立玉狗”，号召民众团结起来改天换地扭转乾坤。“黑风吹海绝地纽，羿与康回笑握手”。

好东西歌

鲁迅

鲁迅（1881—1936），原名周樟寿，字豫才，后改周树人，笔名鲁迅。浙江绍兴人。著有《鲁迅全集》等。

南边整天开大会，北边忽地起烽烟，北人逃难南人嚷，请愿打电闹连天。还有你骂我来我骂你，说得自己蜜样甜。文的笑道岳飞假，武的却云秦桧奸。相骂声中失土地，相骂声中捐铜钱，失了土地捐过钱，喊声骂声也寂然。文的牙齿痛，武的上温泉，后来知道谁也不是岳飞或秦桧，声明误解释前嫌，大家都是好东西，终于聚首一堂来吸雪茄烟。

［品评］

此诗是一首民歌体近代诗。描写了当时国内政治形势，勾画了国民党两派自我标榜、互相指骂的丑态。在此期间，日军长驱直入，直逼锦州。而国民党却明争暗斗，向人民骗取救国捐款。鲁迅此诗对国民党进行了无情的讽刺。

公民科歌

鲁迅

何健将军捏刀管教育，说道学校里边应该添什么。首先叫作“公民科”，不知这科教的是什么。但愿诸公勿性急，让我来编教科书。做个公民实在弗容易，大家切莫耶耶乎。第一着，要能受，蛮如猪啰力如牛，杀了能吃活就做，瘟死还好熬熬油。第二着，先要磕头，先拜何大人，后拜孔阿丘，拜得不好就砍头。砍头之际莫讨命，要命便是反革命。大人有刀你有头，这点天职应该尽。

第三着，莫讲爱，自由结婚放洋屁，最好是做第十第廿姨太太。如果爹娘要钱花，几百几千可以卖，正了风化又赚钱，这样好事还有吗？第四着，要听话，大人怎说你怎做。公民义务多得很，只有大人自己心里懂。但愿诸公切切死守我的教科书，免得大人一不高兴便说阿拉是反动。

［品评］

《公民科歌》是鲁迅针对国民党湖南省主席1931年在国民党第四次“全国代表大会”提出“中小学课本增设公民科”提案创作的政治讽刺诗，诗中深刻揭露了“奴化教育”的反动教育实质。提醒大家“切莫耶耶乎”。

老人谈话

冯玉祥

冯玉祥（1882—1948），字焕章。安徽巢县人。著有《冯玉祥诗选》。

傍晚行村外，古庙门半开。入内细观看，三官泥塑胎。见有一老人，面瘦骨如柴。满脸尽皱纹，含泪三徘徊。衣服难蔽体，足穿露趾鞋。两手粗且黑，言时痰壅塞。我问这老人，在此何所赖？他言逃难者，庙里作香卖。问他有何人？是从何处来？家中人九口，汜水匪旱灾。老夫妇两个，五儿一孙孩。长子有媳妇，均住庙内斋。问他生意好？未答声先唉。生活这样贵，作香亦支差。此种小营业，年摊五十块。糠秕填肚内，春日仗野菜。人生到此境，不如早活埋！我问生意坏，何不种粮麦？老人闻我言，眼泪流两腮。种地更不易，一亩二十块。肥料须六元，种子还在外。若种十亩地，大洋须二百。利息是三分，又须六十块。地亩尚未种，租价送老财。来年收与否，不敢说成败。老夫逃难者，怎敢去安排？

问他不种地，造香生意坏。此后应何如，始能不受害？老者吸口气，两肩又一抬。我辈受压迫，生活是悲哀。无衣与无食，谁也不来睬。私有不打破，如何脱此灾！问答方到此，叫饿两小孩。一子并一孙，褴褛颜不开。本想再问话，落泪口发呆。对之一磨首，两袖拭面回。

[品评]

《老人谈话》反映了时代背景——连年的战争、匪患，导致民不聊生。“糠秕填肚内，春日仗野菜。人生到此境，不如早活埋！”穷人在饥饿死亡线上挣扎的悲惨情景，真是一字一泪，一句一叹，读之扣人心弦。

乙卯残腊，由横滨搭法论赴春申，在太平洋舟中作

李大钊

李大钊（1889—1927），字守常，河北乐亭人。中国共产党早期领导人之一。著有《李大钊选集》等。

浩渺东流水，客心空太息。神州悲板荡，丧乱安所极。八表正同昏，一夫终窃国。黯黯五彩旗，自兹少颜色。逆贼稽征讨，机势今已熟。义声起云南，鼓鼙动河北。绝域逢知交，慷慨道胸臆。中宵出江户，明月临幽黑。鹏鸟将图南。扶摇始张翼。一翔直冲天。彼何畏荆棘。相期吾少年，匡时宜努力。男儿尚雄飞，机失不可得。

[品评]

此诗为李大钊在日本留学时，因袁世凯称帝而回国“讨袁”。从江户转横滨回国的船上所作。抨击袁世凯的黑暗统治，及辛亥革命后的“中华民国”的不作为。期待“男儿尚雄飞，机失不可得”。

呜呼三月一十八

刘半农

刘半农（1891—1934），原名寿彭，改名复，号曲庵。江苏江阴人。著有《扬鞭集》《刘半农诗选》。

呜呼三月一十八，北京杀人如乱麻。民贼大试毒辣手，半天黄土翻血花。晚年城廓啼寒鸦，悲风带雪吹飈飈。地流赤血成血注。死者血中躺，伤者血中爬。呜呼三月一十八，北京杀人如乱麻！

呜呼三月一十八，北京杀人如乱麻。养官本是为卫国，谁知化作豺与蛇。高标廉价卖中华，甘拜异种作爹妈。愿枭其首籍其家。死者今已矣，生者肯放他？呜呼三月一十八，北京杀人如乱麻。

［品评］

这是一首歌词，真实地写出了民国时期1926年的“三·一八”惨案，记载了段祺瑞政府开枪镇压北京请愿爱国群众，制造的流血事件。

国难日有感

续范亭

续范亭（1893—1947），山西省崞县（今原平市）西社村人（西社村今属定襄县）。著有《续范亭诗文集》。在延安时与董必武、徐特立、吴玉章、谢觉哉、林伯渠情深意笃，他们互相赠诗，共勉共慰。

乡邦不可问，有家若无家。奔驰三十载，国危空咨嗟。北守贺兰缺，西征入流沙。未遂区区志，苍苍鬓已华。黄金身外物，美女雾中花。我惟爱宝剑，干将与莫邪。我亦爱名马，骐骥与骝骅。

剑马求不得，狂歌走天涯。

[品评]

此诗作于1936年九一八事变纪念日，全篇用典自如，揉进了充沛的情感，有军人特有的犀利笔锋。他痛斥国民政府的腐败无能，抱着爱国之心跨骏马、握宝剑，励志“狂歌走天涯”。

老妇行

续范亭

偶适西山谷内行，踽踽老妇山南路。我问老妇何所适？老妇滚滚泪如注。言来语长先生听，我真世间奇苦妇。家本定兴西乡人，二十年前移此住。小儿鬻为外人奴，大子漂零不知处。一翁一婆一儿媳，抱得三孙苦日度。谁知天降不测灾，三孙儿媳一旬故。垒垒小丘山坡上，俱是亡人大小墓。两老无食且饿死，幸得群羊为人牧。今年夏天雨泽少，老汉入井取水饮羊肚。井深力衰落井底，至今臂折股裂不能步。幸积秋草千百斤，今年或可羊无虑。不意昨日军爷来，欲将羊草尽攫去。我今入营去哀求，不知能否少如数？但愿天爷爷，将我苦人度。我闻妇言怒发冲冠起！军阀盗贼真可恶！苛政猛虎向谁诉？归来闷坐为此句。

[品评]

此诗作于1921年，作者路遇老妇而与之对话，揭露了军阀混战带来的民不聊生。痛斥“军阀盗贼真可恶！苛政猛虎向谁诉？”充满了对苦难民众的同情与自己的苦闷而“归来闷坐为此句”。

移　狱

刘伯坚

刘伯坚（1895—1935），原名永福，四川平昌人。1935年3月4日在信丰唐村负伤被俘，3月21日英勇就义。狱中写有《带镣行》等诗篇。

大庾狱中将两日，移来绥署候审室，室长八尺宽四尺，一榻填满剩门隙；五副脚镣响锒铛，匍匐膝行上下床，狱门咫尺隔万里，守者持枪长相望。狱中静寂日如年，囚伴等吃饭两餐，都说欲睡睡不得，白日睡多夜难眠；檐角瓦雀鸣啁啾，镇日啼跃不肯休，瓦雀生意何盎然，我为中国作楚囚。夜来五人共小被，脚镣颠倒声清脆，饥鼠跳梁声啧啧，门灯如豆生阴翳；夜雨阵阵过瓦檐，风送计可到梅关，南国春事不须问，万里芳信无由传。

[品评]

作者叙写了被俘后，牢房的局促、黑暗和狱中生活的困顿。床铺虽离牢门不过咫尺，可却像万里那么远，亦指牢内和外面革命斗争的隔绝。南方的革命势力春意蓬勃地发展是必然的，不须问得。只是与外边咫尺万里，无由获得消息罢了。

澧沅歌

贺锦斋

贺锦斋（1901—1928），原名文琇，湖南桑植人。1928年9月在石门泥沙镇战斗中牺牲。

澧沅之水清且凉，蜿蜒漂荡入安乡。两岸居民百余万，世代勤苦事农桑。大仓小廪堆谷米，还有棉花运川康。出产丰富衣食足，人人鼓腹乐陶唐。那知好景难再得，一群鬼怪姿妖孽。贪官污吏与豪绅，彼此扭手相勾结。抽税筹款征钱粮，催租逼押夺田宅。张三去了李四来，暮暮朝朝无停歇。新捐旧债紧纠缠，一窝青菜连根掘。门前鸡犬不闻声，灶中烟火久断绝。可怜广大劳动人，难堪剥削与压迫；弃家逃走走无途，处处乌鸦一般黑。到底何处可藏身？恨天无梯地无穴！心中忍爱千般苦，面面相对只悲咽。自从南昌起了义，澧沅更招匪注意。认为贺龙生其间，定多革命潜伏力。惟恐烈火发高烧，吓得蒋匪心着急。调遣大批强盗军，"剿共""溶共"更积极。漫山遍野紧搜查，硬将人民当仇敌。头上套着红帽子，诬为犯了滔天罪。从早到晚乱抓人，一杀二绑三关闭。地上鲜血流成渠，狱中冤囚挤破壁。许多志士不怕死，愿将肉身抗刀锯。尤有一事更痛心，婴儿也当纸撕碎。妇女不愿受奸污，悬梁投河甘自缢。眼见滨澧八九县，山川改色人绝迹。灾难实在比水深，欲想排荡无良计。也曾不断作斗争，结果总是败下去。常从事后追原因，无人领导空叹息！大家抬眼望贺龙，只有他能吞魔魅。党为人民谋解放，必须靠他作领队。党比父母恩德深，定不使民遭陷溺。果然派他远归来，人人雄心高百倍。一齐投入斗争场，不辞生死与艰巨。斗争可以求生存，这点大家才明晰。从此有党作领导，我们事事都不惧。我今写了澧沅歌，当作一篇讨匪檄。蒋匪已经靠西山，垂死挣扎也无济。尚望万众一条心，努力向前莫后退！手执大刀和枪炮，打遍湘鄂与赣豫。要将全国大片土，一块一块来"割据"。前途障碍要荡平，消灭敌人要干脆。反动统治要推翻，人民政权要建立。党如旭日向东升，霞光早已照大地。人民愤火化怒潮，势如暴风卷残絮。估计不到二十年，定在京沪庆胜利。

[品评]

澧水是湖南四大河流之一，发源于桑植县，故桑植亦称澧沅。

此诗为贺锦斋于1928年5—6月，在澧沅一带休整，触景生情而作。诗中寄望着人民“丰衣足食”的太平生活。无奈“鬼怪姿妖孽”的匪军穷凶极恶，连五六个月的婴儿都不放过。作者作此“一篇讨匪檄”，以“人民愤火化怒潮”，推翻反动统治，建立人民政权，不远的将来“定在京沪庆胜利。”

下编

新作专论

一、歌行新作

八大处行

——与孙老（凤池）、洪珍同游

郑尚可（2014）

西山名胜八大处，荏苒多年未曾顾。主人相邀访旧踪，乐不可支忙上路。路上车行如长河，且听孙老说掌故：“西之山，遗迹古，峰峦岩嶂无重数。四平台，静宜园，一南一北笼绿树。少时常来此地游，观塔抚碑倚残柱。而今夕阳照桑榆，钟情古典度朝暮。”喇叭两声语中断，说话车已入园中。

三山高耸摩云海，八刹错落近闻钟。燕丽寺口笑先迓，入座茶室话从容：“清时崇文盛，文治树功丰。为善最快乐，和谐乐无穷。丛林文化蔚为秀，青山绿水春意浓。”快人说快语，似觉立高峰。我赠僧诗唐宋卷，略表礼数心意融。

参观直上灵光寺，游人鱼贯共朝宗。松柏苍翠野花艳，檐阁金碧耀天穹。成化御碑今尚在，山寺原委一览通。金鱼翔泉水，水心赏莲红。归来庵雅洁，塔寺八面风。小范娓娓道今昔，如数家珍了然胸。洪珍览景又相唤：“快留松下池边容。”忽闻今日有法事，礼节如仪气氛隆。善男信女诚礼佛，平地绕圈口诵功。列队瞻舍利，态度敬且恭。外客亦随喜，礼仪相与同。登塔近前亲睹释家宝，罕见盛典有幸今终逢。

八处三山列，灵光居翠微。翠微在西连二岭，北有平坡东卢师。灵光之外寺相望，香界证果及大悲。佛庙香火盛，碧翠色参差。远近高低随游众，十二景点各称奇。秘魔探幽岩滴水，石上壁间遍题诗。鸟鸣泉响听天籁，已是林壑苍茫时。

此行匆匆过，日晚意迟迟。游兴犹未尽，临别语依依。主人挥手送车道，“再见”非虚应有期。

琼海潭门行

郑尚可（2015）

清晨登远路，睡意未全消。海之角，花木娇，入目顿使兴致高。车行何疾速，不得近相邀。拐弯逶迤进潭门，品茶赏景且逍遥。

渔村临港口，桅樯如林立。鱼虾摆满市，鸥鸟翻飞急。红日耀蓝天，风物颇润湿。乡民致富得真经，游客蜂拥如云集。

主人嗜收藏，宝贝多珍奇。舟楫尽罗列，石玉互映辉。儒商合一体，文化树口碑。“造大船，闯大海”，世代梦想实现定可期。

小小滨海一古镇，十年苦斗换新貌。新式渔家子，世上有多少！有志自当存高远，奋飞冲天发长啸。同伴惊赞还没停，大巴又上高速道。

“候鸟”三亚行

郑尚可（2015）

北国冰封日，“候鸟”三亚行。阳骄花木壮，冬暖享温馨。幽兰吐蕊秀，椰果含液莹。驱车朝登南山寺，坐船夜游港湾城。夹岸灯光艳，丛林梵音清。滨海薰风令人醉，弄潮健儿尽后生。“海角”“天涯”并不远，沙滩巨石耸峙何峥嵘！

开普角行

郑尚可（2016）

绝壁峭岩好望角，直插两洋交汇处。左大西，右印度，哥俩携手并一路。“好望”身后开普角，观景最佳人流注。缆车不坐自由行，走走停停似散步。

纵目四望景色异，风光果然在险峰：远处茫茫无穷碧，浓淡缓急略不同；好望三角如龙爪，稳稳屹立扎海中；惊涛拍岸掀白柱，雪花飞散雨蒙蒙；嶙峋山石斗风采，尽显奇特造化功；曲径通幽百鸟唱，野花烂漫笑绿丛。举相机，且从容，摄下美景乐融融。

五洲游客不辞远，寻美路上相见欢。“哈啰”问个好，点头喜开颜。不问肤色与国度，乐山乐水天地宽。姑娘眉目秀，小伙轻扶肩。伸指夸我“身力健，望八老翁竟登巅！”我道夕阳美，晚霞尤壮观。世界那么大，风景美无边。爬峻岭，涉险川，山山水水久流连。心中有美春长在，旅游养生享天年。

问答尚未已，晚潮涌海滩。滚滚诗情如潮水，灵感倏忽来心间。

游千岛湖

郑尚可（2017）

黄山归来不看岳，厚重徽州万卷书。一路如行山阴道，今日转游千岛湖。

晨发皖深渡，处处枇杷香。欲睹美湖景，先走新安江。蔚蓝江水飘若带，鸥鸟结队逐波翔。两岸青山相对出，仿佛梦中返蜀乡。白墙青瓦笼翠竹，却又添得马头墙。墙柱吊脚插河底，层楼稳屹颇安祥。屋旁停放桑塔纳，滨江公路绕山冈。车如流水匆匆过，坡上葱茏植农桑。江边靠有船三两，渔网沙滩迎朝阳。扁舟荡漾似一叶，鹰立船头正张望。忽然跃入激涛里，倏忽衔鱼出碧浪。面向主人报功切，昂首摆尾气扬扬。船行至浙界，左右顿苍苍。复岭绵延青不尽，高入云端仰天光。林内少人住，老松杂新篁。岸边护堤赤，修眉换新妆。小岛时复见，弥目尽泱泱。

新安富春本一水，钱塘支流都赴东。岛湖万顷原水库，今获盛誉皆认同。名副其实风物美，逾千岛屿波光中。郭老留题褒奖甚，诗味虽淡语非空。画轮穿梭行湖面，大小浮峰雾蒙蒙。游客纷纷船舷站，争先一睹岛湖容。湖水清澈可见底，群山叠翠倒映踪。峡谷何幽邃，峰巅耸巨松。层峦多壮丽，逶迤卧蟠龙。梅峰挺拔一枝秀，客轮罗列泊重重。缆车登峰顶，俯瞰千鸟风。快艇疾如箭，岛湾弯似弓。湖滩任徜徉，谈笑暖意融。春风拂柳旗幡动，天蓝云白日照红。再上五龙岛，齐惊造化工。飞索越天堑，少女气豪雄。同心结连理，锁岛现彩虹。奇石蕴真趣，游乐趣无穷。

返程入舱坐，回味品游途。稍憩暂养目，神怡寸心舒。夕阳映红满江水，最美风景在桑榆。难得徐行且珍重，自在自安又自如。身躯易老心难老，永葆童心忆当初。人生晚景良多悟，美色灌顶胜醍醐。

罗卡角情思

郑尚可（2017）

“大陆止于此，大海始于斯。”诗人发浩叹，警句刻宏碑。终年车似水，士女留芳姿。我来万里外，临此不胜思。

罗卡角巍屹，高耸入晴空。欧陆最西处，虎踞大洋中。洋面何辽阔，一眼望无穷。海鸥没浩荡，船帆尽随风。浪涌击崖石，惊涛气若虹。千堆雪飞碎，化作雨蒙蒙。山花开烂漫，峭壁挺劲松。遍地青青草，林深郁葱葱。天净碧如洗，云白艳阳红。人间景无限，流连情意浓。

欧陆止于此，西洋始于斯。陆上风光美，洋中万象垂。直面朝大海，春暖花开时。心情更澎湃，翻江倒海驰。宇宙如画卷，页页尽如诗。银河光溢彩，群星闪金辉。地球最璀璨，人类乐何其。全球共命运，天下同安危。七大洲壮丽，四大洋神奇。天外有天日，日外更相追。飞船凌虚去，探索喜不疲。海角岂有尽，天涯无尽期。发现诚幸事，创新长有为。有为无止境，止始一局棋。当如掣鲸手，出手勿迟疑。搏弈凭智慧，棋开得胜归。

云台山行

郑尚可（2018）

阴雨生薄雾，云台幻境中：秀峰若仙女，笼纱半露容。淡墨天然画，神奇造化功。清溪潺湲下，连瀑跃九龙。碧池照山影，桥边柳色浓。士女划竹筏，撑篙几顽童。攀缘上窄径，升降随人踪。幽篁尽笔立，松柏郁葱葱。桃花缀坡岭，烁烁夺目红。飞流落涧谷，迸岩堆雪重。溅珠满襟袖，清气荡心胸。人誉小九寨，画意约略同。我本巴蜀子，久客已成翁。闻言惹乡思，暮色渐朦胧。

天公解人意，次日气象殊。晴空碧如洗，艳阳明画图。神女姿婉丽，挽手相与扶。开颜诚迎迓，游人心愈舒。探险红石峡，低头下梯途。逶迤行鸟道，临崖履阶徐。弯腰过悬石，小心碰头颅。抬眼疑无路，穿洞喜相呼。又另开新面，信美如斯夫：铁壁立两侧，层岩似叠书，厚重千万册，余味胜醍醐；岩缝长灌木，丁香八九株，紫白互映衬，浓郁馨气浮。忽听轰雷吼，急步往前趋。瀑布挂绝壁，举机摄无余。鼓劲爬陡岭，登临见人居。青山夹绿水，传说子房湖。古贤勇身退，安享天境庐。

云台多胜境，美色难尽收：玻璃栈道险，凌空赏景幽，悬崖深万丈，漫步任自由；寻秘走低谷，谷中多猕猴，机灵逗人笑，讨食不用求？茱萸遍坡长，摩诘亲情稠，重阳忆兄弟，佳句留九州；药王洞尚在，洞外白云悠，思邈采百草，功业盖王侯。古迹遗万代，口碑传千秋。山水更生色，神奇饱双眸。云台游历罢，乘兴上高楼。伸手揽明月，回味长吟讴。

挪威峡湾歌

郑尚可（2018）

“峡湾挪威素称王，此去北欧当端详。留下彩影长回味，微信频发永收藏。”亲友叮嘱时在耳，行远任重挂心肠。途中美景匆匆过，驱车直逼大西洋。

大洋吞万象，魔力似无边。汹涛拍岸舞，咬噬内陆山。造化创奇迹，千年变峡湾。巍峨兼浩瀚，全球一壮观！“哈当厄尔”风光好，近有平原远峰峦。涧溪潺湲垂柳细，牧场羊驼举步闲。偶见驯鹿过马路，旁若无人自在还。瀑布如银挂山谷，木屋点缀绿毯间。百里桦松翠欲滴，雪道斜铺至顶巅。游人心雀跃，一步一美篇。画图多变幻，联翩映车前。大巴铆足劲，盘旋要登天。山顶雪世界，弥目尽棉田。下车赏冬景，夏阳正骄鲜。脚踏绒花吱吱响，鞋袜浸湿何得干？忽见近旁青光闪，雪地汩汩涌碧泉。泠泠水珠映日亮，蒲公英花开正欢。下峡路险隘，狭窄且曲弯。穿桥又越岭，隧洞紧相连。绝壁深不测，巉崖鸟难攀。层峦秀天外，探底见波澜。湾水何澄澈！海面渐展宽。沿峡岸边走，途坦心愈安。跨海有通道，斜拉一线悬。女导忙介绍：“建桥曾多艰！华夏献智慧，‘重工’勇挑肩。”说话车停小镇口，座座木楼迎客餐。明日游程更精彩，今夜梦美且酣眠。

清风何其夜，不眠晓光浮。“松恩”最期待，畅游醉双眸。小火车快意，坐客轮闲悠。蜿蜒曲折如蛇道，山中胜景格外幽。一路爬岭车不疲，鸣笛声声震秃鹫。怪石峥嵘倚天立，急浪奔湍日夜流。一峰退后一峰至，一沟刚过又一沟。层峦连绵起伏去，近在咫尺白云稠。登顶瞰环宇，何处觅田畴？视线已模糊，极目难尽收。回首清晨来时路，历历所见唯壑丘。高处不胜寒浸骨，脚踏大地又何求？苍穹缥缈高难问，遥望东方是神州。目骋心驰戛然止，车外惊呼与天侔。声吼震深谷，人潮涌桥头。狂飙从天落，溅珠发际留。千军呐喊急，万马腾未休。松涛阵阵金戈舞，白羽齐发正中喉。排山倒海雷霆动，风驰电掣不系舟。气势横空称绝唱，世间瀑布罕与俦。“交响”才谢幕，“慢板”坐船游。画轮随峡转，碧波逐海鸥。徜徉午阳下，览景上顶楼。海风知我意，拂面轻而柔。岸壁似可及，悬瀑醴泉尤。舟人酌琼液，谓可解尘忧。清冽入口酥骨畅，沁脾舒心权为酬。异国醍醐今灌顶，人生尽欢免烦愁。得意二三已不易，何须汲汲于全优？融入自然愿足矣，自找烦忧无来由！

丝路花雨歌

郑尚可（2019）

观舞剧《丝路花雨》，感其事而歌之。

黄河之水来天上，戈壁舟行百里遥。丝绸之路人来往，驼铃叮当商旗飘。敦煌画工张高手，携女英娘随人潮。骤然狂飙落大漠，卷沙走石似飞刀。平地若闻雷霆吼，沙海顿化浪滔滔。旅客四散匍匐地，但求老天息咆哮。半晌风过旷野寂，渐闻人声始相邀。方见有客昏倒地，张忙上前把手招。四肢无力脸惨白，俯首近察气未消。父女留下作救护，精心照料尽辛劳。直到病愈重上道，丝路相扶共夕朝。此人原是波斯客，伊努斯性刚情豪。感恩好义重然诺，从此结下生死交。途中不幸又生变：盗贼窦虎蛮而骄，暗中耍奸设圈套，强力掳走张女娇。画工失女摧五内，呼天抢地发悲号。外商发誓遍寻找，不让老张心久焦。事已至此无可奈，孤苦伶仃度寒宵。相伴唯有一支笔，寄情画艺抒离骚。

光阴荏苒五载过，故友再会在敦煌。莫高窟像誉中外，商贸互惠聚一堂。百货云集罗珍宝，生意兴隆众业昌。人文交流民心畅，开放包容气轩昂。歌舞杂技助雅兴，谈笑风生频举觞。忽见台上窈窕女，曼妙舞姿时尚妆。端庄妩媚惊鸿降，脉脉含情正朝阳。腾越捧花飞天际，霓裳羽衣颂吉祥。花雨飘洒缤纷下，不绝笙歌三绕梁。金鸡独立凝神处，双眸闪闪流莹光。反弹琵琶最叫妙，喝彩呼声震四方："此舞只应天上有，人间能见岂寻常！"波斯商人若有思，似曾相识久观望。老张盯视忘拊掌，自言自语眼迷茫："人生聚散无定数，莫非果是女英娘？"急忙托人问底细，片刻原委尽周详。舞者正是亲生女，但已沦入百戏班。伊努重金把身赎，父女团圆动人肠。骨肉流离盼重聚，拭泪仿佛在梦乡："悲欢离合全亲历，始知人间真情长。"莫高窟内展绢卷，张工绘图费思量。一笔一画巧勾勒，一颦一笑神飞扬。裙裾飘逸惊风动，舞步轻盈带犹香。留下伎乐天下绝，奇花惊艳吐芬芳。画图壁墙颜不改，至今人道"神笔张"。

天有不测风云起，市曹好色歹念生。竟欲霸占民家女，英娘遭辱悲泪盈。又是伊努施援手，患难与共情意诚："逃脱虎口为上策，波斯避难可安宁。"父女只得暂离别，离别亦胜遭火烹。烈火炼就纯情在，四海之内皆弟兄。经年伊努再出使，商队入关报朝廷。跨境贸易乃国事，随队前来有乐伶。英娘舞技尤出众，兼容域外更娉婷。市曹贼心仍不死，唆使窦虎劫女英。张父怒火不可遏，点燃烽火长安惊："丝路岂能遭破坏？严惩窦虎不容情。缉拿贼匪迅归案，哪许黑恶逞豪横？大唐国策谁能改？力保河晏九州清。商旅平安边关靖，通外大道自畅行。"污吏恶霸落法网，人心大快公道明。神笔奋力救伊努，七尺长躯付幽冥。为保丝路竟一死，死重泰岱百代铭。天地动容人含泪，高山肃穆林木青。千年丝路成佳话，绵延至今更繁荣。一带一路连州海，天地谐和赖经营。长歌一曲颂花雨，花雨馨香静无声。

涪江黄昏行

袁良本（2003）

左绵[1]冬日暖，秋菊犹着花。高阁摇碎影，虹桥披彩霞。老翁携老妪，漫步水之涯。坐晒冬阳暖，怀揣小喇叭。野凫掠江浒，白鸥落平沙。风筝云天里，游船拨水划。忽见冬泳女，洁白胜吴娃。悠然浮绿水，恰似水中蛙。游人驻足看，不觉日已斜。老翁催老妪，天晚快回家。老妪朝天笑："晚景胜朝华。夕阳无限美，何须学暮鸦？"

［注释］

①左绵：绵州别称。

黄山行

袁良本（2006）

千古黟山黑如铁，少时仰慕攀未得。而今白发人已老，方有机缘效霞客。朝辞江夏暮汤口，拜谒名山三叩首。心热不畏雨倾盆，千级石阶抛身后。老妻游兴步步高，杖藜不须乘索道。身背行囊肩扛伞，胜似当年女儿娇。倏忽登上立马桥，桥下洪水震山摇。冰川擦痕百万载，人比苍山太渺小。别桥飞身半山寺，暴雨滂沱正恣肆。非是蹑足不敢前，就此留宿景亦奇。抬头仰望天都峰，山顶藏在云雾中。峭壁处处悬白练，巉岩伸出黄山松。金鸡报晓云雾开，一队仙人翩翩来。眼前景色令人醉，恍若成仙谒瑶台。一夜风雨天放晴，空山鸟语伴我行。吁吁登上龙蟠坡，茫茫浓雾湿衣袖。怪石突兀观景台，脚下深渊看不透。瞬间云开雾气飘，忽见天都百丈高。山石前倾若压顶，满山杜鹃竞妖娆。老夫情急忙摄像，眨眼之间来雾障。岂是神仙变魔法，隐却天都我惆怅！

惊异未已泛朝霞，左边云上现莲花。疑似观音南海去，一座莲台绕轻纱。老妻催我快前行，撑开石缝望天门。苍松迎客伸巨手，一轮红日照游人。天都莲花两相对，中展云海千百媚。群峰尽没大海中，偶露山头皆苍翠。当年宏祖两度游，谓此黄山绝胜处。我到黄山长叹惋，恨不在此早结庐。黄山美，令我醉。岱宗当逊色，嵩岳亦憔悴。衡山自低头，峨眉失妩媚。黄山之美不可言，好景径须自攀缘。不上黄山遗长恨，愧对人生一百年。

十渡行

刘承彦（2006）

京华山水美，好景在西南。苏杭天堂地，上方云水妍。猿人周口店，伟哉世遗产。拒马河水碧，十渡似龙盘。岩溶地质貌，堪比桂林肩。余曾三番度，感悟皆非然。忆得七零秋，激情正当燃。跨出天大门，投身燕化园。出征元旦日，“拉练”拒马川。山从人面起，桥横激流寒。人在画中游，谁个不留连？挥手自兹去，何日再回还！世事多变迁，步入八十年。狂飙从天落，阴霾一扫全。二番赴十渡，妻孥左右环。野餐柳荫下，戏水石河滩。当年影像在，越看心越甜。人生何为乐，野趣最盎然。当今旅游热，观光闹翻天。此番来十渡，一步一感叹。木桥安在否？石路全荡然。昔日破茅屋，今朝农家院。鲜花伴绿树，犹如桃花源。饭馆农家办，野味自天然。尝遍天下菜，不及小牛宴。拦河成湖泊，碧波荡华船。竹排缓缓下，疑似到江南。攀岩蹦极乐，可惜非当年。江山依旧在，夕阳几度妍。骥老难伏枥，可否耕点田？

火山杨

刘承彦（2006）

火山杨，枝叶黄。火山石，是亲娘。茶碗粗，百年长。狂风吼，伴我唱；雷电击，似挠痒。天塌地陷也不怕，咱与火山石共存亡！

人来世，大不易。娘怀胎，悬心蒂。一帆顺，世之稀。遇坎坷，莫泄气。挺直腰，朝前去。顶天立地方为人，别让火山杨瞧不起！

郑国渠

刘承彦（2018）

韩侯巧使疲秦计，郑国无奈下咸阳。巧舌如簧秦王悦，关中大地修渠忙。挖的挖，填的填，挥汗如雨笑声连。东跑跑，西看看，郑国忙得团团转。眼看泾水东入洛，风云突变黎民愁。三尺宝剑悬在头，郑国微笑说缘由：韩侯不过苟延喘，渠成惠民万万年！秦王连说“善！善！善！”，郑国渠就美名传。这事到此并未完，有人借机进谗言。秦国遂行逐客令，李斯上书急忙“谏”：不是商鞅大变法，山东为啥看秦脸？人才引进不能废，不然一统毁一旦！秦王点头“赞！赞！赞！”，爱卿真是太公现。南有都江堰，北添郑国渠。兵强马又壮，全赖民富足。秦王挥剑扫六合，可怜韩侯鞭先着。疲秦之计成笑柄，成就秦皇大一统。

文姬归汉歌

刘双起（2015）

华夏古时多才女，首选当属蔡文姬。出身鸿儒蔡邕后，生来聪慧高天资。擅长辞赋通音律，雄辩博学字出奇。隔壁能知几弦断，单音听出调高低。行草蕴楷线条美，飘逸自然钩捺提。心有灵犀情激荡，半生坎坷集诗词。《胡笳十八》多娓婉，感泣神妖《悲愤诗》。血泪春秋画卷展，雪霜摧残独芳枝。新婚一年夫入棺，克夫恶言猛于剑。胡儿铁蹄猛于虎，马驮少妇向胡天。黄沙漫漫难睁眼，朔漠飕飕透骨寒。幸有左贤心相恋，风风雨雨十几年。魏王赎琰重金支，举棋不定难落子。北漠中原天壤隔，弱男少女怎抛离？诗书漫卷千行泪，笳声凄婉万人啼。不愿残生之蹉跎，委身董祀做夫妻。残花败柳再三婚，年长色衰布阴云。文姬半生少温馨，精神恍惚倍思亲。董君犯法罪当死，老妻求曹赦董身。秀美山林溪水畔，唯有安康才谛真。

泰山行

范文义（2015）

夜阑人静望太空，北斗错落长庚明。眼前灯火相辉映，忽忆当年游泰峰。泰峰巍峨高万仞，耸拔齐鲁接天庭。银梯石级八千丈，盘旋曲折上云层。清泉淙淙照客影，碧树森森排奇兵。嫩草芳花语蝶燕，悬崖绝壁舞雕鹰。云腾雾绕山腰转，真迹怪石留骚情。王母池周境地雅，望仙楼外竹叶青。无边风月制哑谜，璀璨石峪耀金经。壶天阁北回马岭，云步桥上大夫松。十八盘过升仙坊，南天门望日观峰。有字碑壁刻唐隶，无字碑侧记登封。高乎哉！我登天门思太白，天门长啸万里风！我登绝顶梦杜甫，一览众山成丘陵！壮乎哉！千百游客聚拱石，盼星盼月注东溟；一团火球冉冉起，霞光迸射旭日升！君若问泰岱何为五岳首？不辞细土方称雄！君若问孔学何为儒教魂？广纳百川乃称宗！我故因之爱齐鲁，一泰一孔耸双峰。孔为学之泰，泰为山之孔；高山仰止敬泰斗，景行拜之求学精。老而弥笃岂敢忘？不登岱顶怎观日出之盛景？文章百炼穷而工！

一生游了一条河

范文义（2015）

村旁有道文都河，流水潺潺荡清波；从小河中常游戏，鱼蹦虾跳同快活。少年古月上中学，回回穿越滹沱河；夏天乘舟浴风浪，冬日冰凌快步挪。津沽深造遇海河，眨眼毕业卌年多；时时海河桥上走，光阴似箭逐逝波。一生游了一条河，文都河入滹沱河；滹沱汇进子牙河，子牙终极是海河。每每三岔河口坐，身旁流淌母亲河；恍惚山乡眼前晃，依稀葱绿西柏坡。一生游了一条河，白发飘潇已蹉跎；感恩母亲河水育，迟暮怎敢太懒惰！朝朝上网发微信，诗文切磋字字磨。情交天下鸥鹭友，登高把酒唱新歌！

大锤歌

李清河（1977）

好伙伴，八大锤，伴我整治山和水。转战八方显神威，多少顽石锤下碎。握大锤，热血沸，历历往事心头汇。刚下乡时学打锤，提起打锤浑身累。手上血泡钻心疼，十锤九锤难定位。支书教我手把手，共学五卷开心扉。四害流毒脚下踩，披星戴月练打锤。扛着大锤走，枕着大锤睡。手上老茧层层厚，悠起大锤劲百倍。锤下生疾风，锤下走惊雷。锤下展出高产田，锤下大坝拦碧水。锤下大寨花更红，锤下筑路铺金轨。锤声谱写跃进曲，锤到之处捷报飞。五届人大送金风，大干更爱手中锤。锤头更高音更稠，锤声助战人生威。山神水神听调令，装点江山更壮美。一代新人凌云志，青春似火闪光辉。广阔天地作为大，永打冲锋不后退。

大金鹿歌

李清善（1996）

小学任教，一晃就是三年半。1975年10月，公社分管教育的领导要调我到白庙小学负责。说实话真不愿意去。妻子天天到生产队劳动，家里一双儿女尚年幼需人照顾。苏王小学离家较近，一早一晚，抽空能照顾家庭。白庙小学离家十几里，还要爬一段山路。

每天上下班往返一趟，要步行二十多里，总不是常法。况且一遇阴雨天，泥泞难行。再困难也要想法买辆自行车。在当时，自行车是奇缺物资，得有公社书记批的条子才能买。没想到白书记爽快地答应了，说来了自行车先照顾你。不久，供销社进了自行车，教育上批了两辆。我向亲友借了钱，凑齐了五张工业卷，花了151元，把没有尾巴的宽把“大金鹿”自行车买回了家，一家人如获至宝。后来又托人从外地买回后尾架安装好，三弟还特意买了一盘塑料皮，把自行车缠了个遍，保护起来。

从此，我每天骑着它，奔波在上下班的路上。沿着张博公路，骑到二里，再转向一道坎坷的土路，才到学校。日复一日，年复一年，风雨无阻。在白庙小学工作十年，行程六万里路，光自行车外胎就换了好几条。

这辆“大金鹿”，一直相伴我20多年，成了我家的重要交通工具。后来实在不能骑了，才把它卖掉。

为了不忘这段难忘的岁月，特写小诗一首以记之。

大金鹿，有缘聚。遇到你，不容易。找书记，批条子。一百五，大数字。胜赤兔，赛奥迪。驮着我，急飞驰。饮甘露，傲霜期。抗雷电，踩淖泥。

栉风雪，沐春雨。十年整，六万里。二十年，才退役。立大功，创奇迹。大金鹿，老伙计。道一声：“谢谢你！”

张翼德歌

李乐年（2015）

虽然拥有富庶之家，却从不愿受四书五经教化。虽然常常酩酊大醉，却粗中有细不乏谋划。管他什么贪官污吏，豹眼环睁也敢打。骂一声三姓家奴催动乌骓马，挺起丈八蛇矛拼个高下。道一声严老将军解缚披衣，扶上正坐咱们本是一家。哥哥叫咱到耒阳县督察，恍然大悟屈待大贤的偏差。倘若评选古代尊重知识分子的伯乐，我愿把大红花在咱老张的胸前挂！

琵琶咏

李乐年（2018）

惯携琵琶出长安，千里阳关大漠连。音调谐和情意切，远处西域故乡牵。清新雅韵沁心脾，妙曼舞姿梦魂缠。敦煌石窟藏瑰宝，反弹琵琶[①]动心弦。古琴回响声乐美，穿越尘埃赤县传。江州商女断肠曲，司马落笔成名篇[②]。香莲花堂琵琶抱[③]，呼天抢地刺凶残。梨园传承千余载，逍遥歌舞伴琴弦。西行万里多风物，琴声悠悠越关山。古往今来衷情诉，丝路文明世永延。

［注释］

①**反弹琵琶**：敦煌绘画中艺术表现手法最具特点的画面，也代表了敦煌艺术的最高绘画水准。②**成名篇**：白居易曾以直言急谏招致权贵怨谤，被贬为江州司马，在此写下著名歌行《琵琶行》，寄托沦落天涯的郁愤。③**花堂琵琶抱**：戏曲《秦香莲》中，秦香莲在驸马府里，丈夫的寿宴上，直刺其忘恩负义、饿死双亲、贪图富贵、不认妻儿的劣迹。

茶香吟

李乐年（2019）

嫩绿茗芽自上古，最老茶树出东方。相传神农尝百草，华佗将其入药方。时人探究茶奥妙，陆羽《茶经》着雅章。唐宋明清千载盛，饮茶文化汇汪洋。清末京城八大轩，铜壶一把待四方。小叶双熏味醇厚，京都众爷日日尝。西湖龙井南方客，商贾文人聚一堂。轻盈曼妙《采茶舞》，郁郁茶岭歌声扬。正阳门外大碗茶，京腔京韵飘茶香。官场端茶呼“送客”，贩夫海碗心花放。世上润喉茶为首，骚人墨客入辞章。博大精深成茶艺，开门七事上厅堂。本人知青赴版纳，猛海普洱原茶乡。茶场写就《春茶赋》，行文稚嫩心愿偿。边陲十载伴滇绿，京兆重闻茉莉香。慨然提笔记往事，“品茗”《茶悟》见报章①。航海开启“茶世纪”，茶马古道互市昌。蒸汽上演协奏曲，茶香魔幻入西方。风雷骤起波士顿，茶箱倾海②怒潮狂。英伦发明“下午茶”，东瀛茶道修身方。出于神州一片叶，传遍四海众口尝。甘泉古井三江水，沏煮茶汤润肺肠。阳春茶树吐新绿，香气四溢五大洋。水陆丝路功不没，传播友谊万年长！

［注释］

①**见报章：**笔者的拙作《品茗的变迁》《茶悟》，曾登载于2016年的《北京晨报》副版。②**茶箱倾海：**1773年12月16日发生的波士顿倾茶事件（最开始被约翰·亚当斯称为“波士顿茶叶大摧毁”），是一场由波士顿“自由之子”所领导的政治示威事件。示威者们乔装成印第安人的模样潜入商船，将英国东印度公司运来的一整船茶叶倾入波士顿湾，以此反抗英国国会于1773年颁布的《茶税法》。

明太祖与茶马互市

李乐年（2019）

草根皇帝朱元璋，务实安邦互市昌。西域诸国均嗜茶，一日不饮六神慌。几天不啜人似病，断茶深恐性命伤。茶属须臾不离物。可令甲兵脱戎装。以茶换马代兵戈，立为良策固边防。片片嫩芽泉水煮，能阻战祸如金汤。倘见某年马匹贵，中原多遭战火殃。所需战马量激增，马价自然就市涨。漫漫古道蕴物理，以茶易马大文章。河曲牧马茶香溢，多少轶事话短长。商贸自古需武备，万般无奈动刀枪。当年茗芽安边境，而今飘香入厅堂。品茗更觉和为贵，睦邻方为济世方。丝路迄今两千载，喜看今朝更辉煌。

观大型现代眉户剧《六盘春雨》

李乐年（2019）

宁夏六盘山，脱贫摆战场。春雨带头人，立下军令状。穷根不拔除，不离青石乡。同学名麦穗，在闽事工商。已立合作项，帮扶返故乡。村头讲习所，冒雨聚同乡。满腹振兴言，畅叙群言堂。家乡兴旅游，巍峨秦城墙。萧关点将台，巾帼帅旗扬。长征红军餐，西风古道旁。再建制花厂，绢花越大洋。村里办新厂，家门工人当。筑起拦水坝，青山绿水长。盛产土特产，网络建电商。扶贫先扶志，用人当用强。老病贫困户，送粮煎药汤。补贴养殖户，优先固危房。全村踏征途，天公突逞强。雷电暴雨降，山洪汇汪洋。设备被吞没，大棚亦遭殃。支书领头雁，抗洪激流闯。挺身救麦穗，牺牲俱悲伤。有人心低沉，有人索补偿。怀念老支书，感佩新栋梁。闽宁知灾情，火速伸手帮。生产靠自救，重建志气昂。转眼两冬过，老村换新装。怀抱诸梦想，一一现身旁。堤坝淌清泉，就餐也觉香。书记牵挂事，如今心愿偿。闽宁两地情，携手奔隆昌。南北丝路连，碧空雁成行。

春风度六盘，甘霖润山乡。致富秧歌扭，乐曲更悠扬。

胡杨赞

李乐年（2019）

茫茫大漠有奇观，铁骨胡杨入眼帘。曲干虬枝龙盘似，亲历丝路两千年。武帝遣使大月氏，丝绸西运树旁过，张骞拴马树桩前。风沙扑面马不前。瓷器茗芽驼铃伴，良马胡麻返长安，胡杨挺立烈日下，干渴冰霜只等闲。神树驼队经风雨，岁月镌刻年轮间。枝繁叶茂迎风舞，历史足音世代传。时代开启新丝路，动车飞驰过山川。长龙绿洲汗水洒，青山碧水高天蓝。胡杨招手同奋进，再铸鸿猷更无前！

一部西域风情的画卷

——参观“万里同风——新疆文物精品展”感赋

李乐年（2019）

“万里同风”展，生活气息浓。陶器与驼铃，胡汉民族融。要富先修路，驼队商旅行。骆驼喻财富，手牵蕴象征。胡汉循一理，丝路贵双赢。带流[①]彩陶杯，饮品热腾腾。倾倒无遗洒，发明贵实用。地毯毛毡厚，西北度严冬。抵御地下寒，双脚暖融融。红砂大陶罐，彩釉画分明。串串葡萄绘，庄园见佐证。胡人喜金饰，取材种类丰。做工精细妙，池水波澜生。文物一件件，关乎吃穿用。文学和艺术，皆由农牧生。兼收且博采，想象翅生风。洞窟与佛塔，信众最虔诚。和田有三宝[②]，玉石负盛名。中华第一玉，交易久火红。龟兹音乐乡，歌舞云中腾。迄今千余载，曼妙远播名。大国嫁公主，冠藏桑蚕种。远道赴邻国，教民务桑农。“传丝公主”事，青史可印证。另有塑像群[③]，随葬进坟茔。虽已阴阳隔，仍在用度中。女佣头微侧，双手擀面饼。身旁置鏊子，烙饼香气腾。有女发髻高，簸箕端手中。摇动造型美，粮中杂质清。绿衫彩裙女，持杵将谷捣。捣米白如棉，频传悦耳声。尚有唐装女，推磨把粮送。目随磨盘转，神态栩栩生。劳作与生活，文艺此中萌。不尽瑶池水，丝路汇文明。劳动创世界，物饶精神丰。人民作主人，万世享太平。

［注释］

①**带流**：豁口，位于陶器上沿，便于陶内的液体倒出来。②**三宝**：是指丝绸、地毯、玉石。③**塑像群**：该塑像群系指 1972 年吐鲁番阿斯塔那 201 号墓出土的随葬俑——劳作女佣塑像。

饮张峰战友赠茶感言

李乐年（2019）

国庆前夕，部分在京的兵团战友小聚，欢迎佳琪来京参加观礼。席间，张峰战友赠送在座的每位一份茶叶，来自我们知青的“第二故乡”，猛海的“七子饼”普洱茶。近日品尝，颇多感慨，因而赋之。

久违云南茶，今日到唇边。乡土味醇厚，恍惚回当年。十载红土地，普洱未谋面。那时饮滇绿，清热且价廉。国庆送战友，已去十余天。早到猛景来，相隔在天边。居京近古稀，忙碌年复年。一别四秩整，猛海变新颜。今品七子饼，不禁想联翩。赴边俱青涩，如今皆鬓斑。既历三冬暖，又经六月寒。他乡与故乡，月在同夜圆。唯有身心健，颐养至天年。何时返南国，杯酒再言欢。

德化瓷都歌

李乐年（2019）

华夏出瓷器，自古天下传。英译为“china”，国名似与兼。

南北古瓷都，鼎立足有三[1]。德化产白瓷，始于西周年。兴于唐宋朝，明清盛名传。古镇风景秀，遥看有群山。苍松翠竹映，泉水淌潺潺。村落多静谧，灵秀青峰巅。钟灵戴云山，高岭土不凡。通透白雪润，仙女绽玉颜。手捧细若无，光华充其间。地灵并人杰，瓷艺靠精研。古往而今来，薪火代代传。祖传八技法[2]，品类上万千。独步古瓷林，明珠光耀眼。矿土经洗礼，温和为上善。碾轧令破碎，精挑严筛选。细腻和温顺，务必精磨研。真空练泥土，空气排隐患。拿捏需到位，形态方自然。以瓷塑人品，成器神韵全。微雕技出色，细节求完善。镂刻夺天工，远近与明暗。错落均有致，意境添美感。镌刻分粗细，浮沉与深浅。入木三分功，神采刀锋现。取舍有分寸，去繁以化简。对接神专注，耐心激情满。人物形神备，一体便浑然。修形即修行，品格品相前。再施光洁术，光彩夺双眼。烧制心虔诚，窑内烈火燃。浴火出凤凰，龙窑呈奇观。心手合一贴，差在毫厘间。欲求精品瓷，指尖功足练。屏气凝神绘，线条分浓淡。颜色虚与实，形神为之变。件件“象牙白”，烈焰熊熊炼。旅程不平凡，生命多灿烂。瓷塑清流长，九州大河宽。人物花鸟兽，大千万物全。莲花观世音，祥云态蔼然。救护众生苦，人间造福田。佛称捏土活，般若度愚顽。瓷人含灵慧，禅瓷如光电。光莹且和雅，瓷器洁不染。清净持戒条，生灵度毁犯。东南泉州港，丝路古起点。远自宋代始，“中国白”远帆。迎雪山色美，道旁刺桐繁。诗书沉积厚，歌舞伴丝弦。手巧多灵性，日日争新变。经历三千载，瓷都展新颜。

［注释］

①**鼎立足有三**：德化与醴陵、景德镇并称“中国三大古瓷都”。②**八技法**：古往今来，德化无数陶瓷名家精研制艺，创造并相传了“捏、塑、雕、镂、刻、削、接、贴”八字技法。

马可·波罗[①]篇

李乐年（2019）

出生威尼斯，碧波绕水城。立志学父叔，胸中吐长虹。旅行多神往，华夏尤钟情。随同穿欧亚，策马万里程。逢人勤请教，蒙汉语皆通。火山高原奇，温泉暖融融。野羊体巨大，“马可”命其名。屋脊珠峰巅，云低鸟不经。造饭火势弱，奇观一路逢。有幸到上都，世祖贵客迎[②]。对答如流水，绘色亦绘声。大汗从未闻，脱口赞后生。封为朝中吏，临事常授命。缅战获大捷，巡视赴滇程。就任到东南，运河举世惊。杭州查赋税，荷花水道横。北国生叛乱，御驾随军征。友邦嫁公主，泉州登水程。途中遇海盗，恶浪乌云横。沉着巧周旋，开锁走玉龙。屈指廿五载，名就功亦成。广询而博记，年轮刻初衷。父叔已年迈，脱袍回水城。盛年归故里，海上战事逢，败为阶下囚，敌国负盛名。破格礼遇厚，监狱车马龙。都喜听见闻，无字不远行。狱友一作家，毛遂助笔耕。波罗遂口述，游记[③]终写成。出狱返故国，古稀而寿终。煌煌《见闻录》，欧洲航海灯。众多探险家，捧读启航程。粉丝哥伦布，阅览细且精。书页旁批满，光芒照夜空。传主凌云志，大地任驰骋。求知从不倦，神州展文明。世人皆敬仰，丝路万夫雄。

［注释］

①**马可·波罗**：1271 年 9 月，马可·波罗随父亲、叔叔踏上征途，去完成蒙古国忽必烈大汗赋予的使命，西行出使罗马。他们由帕米尔高原穿过克什米尔，马可在这里发现了巨大的野羊，取名马可·波罗羊。这种著名野生动物至今仍为狩猎者喜爱。②**世祖贵客迎**：1275 年夏天，马可·波罗随同父亲、叔叔到达上都，忽必烈大汗即元世祖在王宫接见了他们。③**游记**：在热那亚监狱，马卡·波罗口述，狱友鲁思梯谦笔录，写成了闻名后世的《东方见闻录》（也称《马可·波罗游记》），被译成多种欧洲文字，广泛传播。

观越剧《梁山伯与祝英台》

李乐年（2020）

梁祝流传久，凄美且动人。建国迎九秩，又逢七夕临。越剧唱经典，老戏更传神。草桥偶相遇，结拜师同门。钱塘读诗书，转瞬历三春。英台家父病，告转返家门。十八里相送，问答含义深。神庙拜观音，不知是钗裙。临别嫁九妹，叮嘱早光临。骤然风云变，祝父择婿门。高攀太守子，爱富许权门。小女抗婚配，宗法阻隔深。山伯临祝宅，楼台实情申。闻之雷轰顶，昏昏血染巾。相互道衷肠，声声泣鬼神。生不能共寝，死亦要同坟。梁兄返即病，不久绝凡尘。贤妹吊亡灵，痛哭撕肺心。花轿迎娶日，红妆裹素裙。路过黄桥镇，面前恋人坟。雷雨忽大作，天地黑沉沉。烈女冲碑去，意气震乾坤。雨后百花艳，彩蝶出丛林。双双翩翩舞，多彩映祥云。如今世道变，旧制已不存。阴魂“祝员外”，不散毒害深。砸开樊笼锁，合理作新人。迈步阳关道，幸福万年春。

广场上的女娃

——参观“共渡——公元2020抗疫影像展”感赋

李乐年（2021）

小妞妞，爱美术，手拿彩笔走出屋。放飞心情到广场，描绘信鸽神专注。飞上蓝天展双翅，融入春光尽情舞。防疫情，情志舒，一颗童心关不住。父母一见心欢畅，手机抓拍传屏幕。亲友见了齐称赞，停课寂寞不服输！和平鸽，传佳讯，飞越山川和江湖。佩戴口罩难歌唱，心中愿景入画图。世间温情暖心房，锦绣大地万象苏！

世间哪有这样的兵

——参观“铭记伟大胜利 捍卫和平正义——纪念中国人民志愿军抗美援朝出国作战70周年主题展览”感赋

李乐年（2021）

赴朝英勇子弟兵，燎原星火一路行。战火扛枪经淬炼，百姓结为鱼水情。春风化雨润心田，井冈延河本色红。忘死舍生驱豺虎，战后重建再称雄。架桥修路称能手，军民并肩填弹坑。春耕汗洒犁铧下，家园新建争先锋。运粮运物行千里，医治创伤保和平。捐衣捐粮亲情暖，悬壶乡里度苍生。修渠筑坝清泉淌，矗立水库稻花风。回国惜别情难舍，“妈妈”相拥热泪盈。依依送别如姐弟，鲜花笑脸胜叮咛。肺腑之言忽哽咽，暖流阵阵涌心胸。彩旗人群汇河流，含泪话别盼重逢。军列驶过凯旋门，悠悠七秩忆军容。鲜血凝成情意厚，世间哪有这样的兵。

劳动节前广场行

李乐年（2021）

“五一”节前细雨蒙，天安门前游兴浓。相伴同窗老拍客，引导清晨广场行。中山像前争留影，民主革命起雄风。女娃男童敬队礼，红袖取景不转睛。观礼台前喷泉舞，佳节喜庆绽草坪。纪念碑旁红旗展，少先队岗守英雄。外地游客结队来，苗女盛装逛京城。呼友唤朋观美景，携幼扶老暖亲情。静好赢得经奋斗，共渡雄关阻疫情。春风催动复工潮，摘帽脱贫举世惊。祝福神州更美好，国泰民安旭日升！

社区疫苗接种歌

李乐年（2021）

疫苗送社区，接种多见闻。排起长龙队，前后紧相跟。上午接通知，下午登车临。杏林大巴到，救护车挨近。一排塑料凳，远近四方邻。翘首望车上，挽袖臂膊伸。后边帆布篷，登记兼垂询。临阵测血压，心里驱疑云。男女老和少，来往人纷纭。出示身份证，信息手机存。年老手无措，志愿帮热忱。医生与社工，问答详且亲。详细报情况，可否把关准。后面木长廊，成排留观人。转眼轮到我，抬腿车厢进。填完“同意书”，天使取药品。嘱咐露上臂，扎针快又稳。穿衣欲下车，车下传语音。叮嘱慢点走，又告第二针。近邻加同事，轮椅忽现身。五年脑出血，见状心一震。当年病急重，险入地府门。平日须照料，每周康复勤。近前忙搭话，答曰已细问。小女今上班，不然来帮衬。注射进车内，登车极费劲。白袍走下车，打针放宽心。长椅且静观，意外防谨慎。又发纪念品，礼轻心意深。鲜蛋十八枚，鼓励情殷殷。转眼近尾声，红日渐西沉。保安志愿者，收拾脚步纷。战斗将继续，傍晚还一轮。面对眼前景，感慨十二分。自古崇上医，未病治其因。何况新冠毒，猖獗寰球奔。保健防温病，枝繁先固根。人民战争强，鉴往可知今。曾灭血吸虫，威力重千钧。伟人夜难寐，椽笔赞尧舜。相隔一甲子，庚子再对阵。纵有妖孽凶，今再送瘟神。种上灭活苗，披起铁甲鳞。万民屏障密，九州壁垒森。高歌凯旋日，神州处处春！

中国人民站起来歌

——参观“站起来”摄影展感赋

李乐年（2021）

影像叙说，岁月峥嵘。开国大典，旭日东升。水笑山欢，歌舞升平。激情满怀，领袖群众。先河开启，再次长征。解放神州，八一红星。横渡大江，百舸待命。浪花飞溅，劈波冲锋。观察哨所，注视敌情。待旦枕戈，目不转睛。英姿勃勃，男女民兵。钢枪在手，弓弦不松。青春热血，钢铁长城。欢庆凯旋，上海职工。劲舞欢歌，锣鼓喧腾。开采乌金，鏖战矿井。挥臂大干，高产攀登。枪架田边，将士支农。开镰收割，物阜民丰。军民鱼水，九州繁荣。人心思进，日上蒸蒸。出生婴儿，元气充盈。光阴七秩，栩栩如生。青史触摸，暖流穿胸。追昔抚今，马啸长空。奉献余热，战鼓咚咚。追随大军，再登征程！

菊花颂

——参观北京市第42届菊花展感赋

李乐年（2021）

我爱菊花美，市花名远传。已逾四十载，盛产在中原。百花作表率，秋韵更好看！我爱菊花美，风姿数百千。色彩有深浅，花瓣窄与宽。大小有其妙，百态赏不完。一种名帅旗，世间实罕见。观众讲故事，花名有来源。曾赠张作霖，起名在当年。另有白茅刺，绒毛长叶尖。奇花人所爱，相识靠有缘。我爱菊花和，广传栽民间。过去开御苑，如今胡同扮。居民成花癖，社区园艺站。秋末游北海，鸳鸯戏水面。红鲤争觅食，猫咪麻雀欢。百花已凋谢，菊花齐争妍。拍客按快门，画家融笔端。宫廷插花久，都城传遗产。我爱菊花洁，高傲尘不染。不争名与利，不计苦和甜。不比牡丹富，不比桃花艳，不比梅花俏，不比荷花鲜。质本清如水，携手连成片。虽遇雾霾重，过后仍灿烂。风尘不迷惑，抱冷枝头绽。生长东篱下，悠然见南山。我爱菊花坚，暮秋经考验。不畏秋风凉，不惧秋雨寒，不畏秋霜打，不惧山峰险。万花凋零后，痴心作奉献。兀自迎寒风，无悔亦无怨。处处闻菊香，花团五彩斑。此季无丛菊，情趣减一半。肃杀秋气中，世间送温暖！

壶瓶山行

贺松桂（2009）

湖南屋脊不虚传，高耸云端气势轩。北望长江云梦泽，西承岳脉武陵源。峦飞峰拥来天外，翠绿葱茏秀色餐。深锁深闺新出浴，陆离光怪盖尘寰。一年四季无三夏，山麓山头不共天。原始森林蔽日旭，藤萝苔蔓互交缠。鱼鳞溶洞天工巧，栉比苍崖翡翠嵌。线密溪流崩玉液，星罗瀑布挂银毡。连群峡谷幽深静，多口平湖常不干。芳草奇花繁野岸，珍禽异兽衍其间。漂流渫水惊心魄，冲浪回旋下险滩。黄虎春潮晖壮景，老山岩劈展雄观。游人到此休轻别，还有奇观真叫绝。亮点银庄天下特，一声呐喊清泉射。龙门出水狂涛泻，何是源头难觅得。风冈听风呼啸烈，但看树静无波折。象沟涧底纹痕白，犹似神弹三里墨。游罢壶瓶兴未竭，头回步返流连阅。

陈毅借粮

黄玉庆（2017）

说的是一九四七年，革命形势大发展，解放战场形势突变，我部队由战略防御转为进攻战。解放大军士气足，犹如猛虎下了山，各个战场传捷报，解放大军横扫顽敌如席卷。莱芜战役打得好，把蒋介石七十三军连兵带将一锅端。陈毅同志率领华东野战部队六十万，从莱芜战场凯旋进淄川。司令部就设在蒲家庄，离淄川城只有十里远。陈老总的部队开进淄川地，把残匪吓得逃的逃来窜的窜。淄川人民得解放，拨开乌云见晴天。欢迎的人群走上街，村里还组织了慰问团。腰鼓队，秧歌队，青年男女挑着花篮，花篮里装着慰问品，有柿饼，有软枣，山楂、米面、肉和蛋。老奶奶组成的秧歌队，红绿彩绸系腰间，封建疙瘩全剪掉，小放脚短发多么利便，手拿彩绸扭呀扭，招呼的人群围了个严，一边扭，一边唱，你听听，唱的是：“解放区的天（哪）……”

别看嗓门不大齐，细品品，感情真挚有多甜！青年妇女爱唱送郎参军调，只管唱，不敢看，见熟人羞得红了脸。锣鼓喧天庆胜利，欢歌笑语遍山川。

这一天正是旧历二月四，桃红柳绿春风暖。淄川县委几个领导正碰头，研究发动群众配合进攻搞支前。陈明达书记正讲话，就听见轻敲房门一声喊：（白）“报告！”“进来。”一推门进来随身通讯员。通讯员进门施个举手礼，又把密件递上前。陈书记看罢收起信，宣布会议马上散。（白）“散会，备马！”“是。”

同志们要问出了什么事？暂时保密不能谈。通讯员立即牵马来，陈书记扬鞭把路赶。不多时来到蒲家庄，司令部就在村中间。坐北朝南三间草房，墙上扯满电话线，电话铃叮叮铃铃不住地响，首长们指挥果断很坦然。屋迎门墙上挂着地形图，几张桌子中间安，陈毅同志就在中间坐，谭震林等几首长坐两边。阿明达书记把门进，一下就认出了陈毅司令员：但见他穿一身带补丁的黄军装，战场上硝烟气味还没散完，面部黑瘦眼带血丝，不用问战场上饭不及时夜不眠。传令兵报告来的是县委陈书记，陈毅同志和几位首长立即起身迎上前。陈老总甭提多么热情，搬座位倒水又递烟。司令员就像普通老百姓，说话风趣可乐观（啦）。

（白）“老陈同志：你们在地方辛苦啦！我又来给你们添麻烦，我这个军长当不了啦，眼看着部队粮草断。我有部队六十万，来休整你们要管十天饭。十天后我的粮食就送到，所借粮食如数还。本来粮食该早运到，敌伪军路上给咱找麻烦。我知道你们淄川刚解放，肯定工作还很困难，我们只要处处依靠人民群众，我相信没有过不去的火焰山！”陈书记越听越激动，陈毅同志的话简直就象火一团。陈明达听着老总来讲话，心里不住暗盘算：（白）“一天一人一斤得六十万斤，十天就是六百万（斤）！

县委和政府还没安下家，六百万斤粮食咋着办？部队若饿着肚子来休整，下一步怎能把敌歼？（白）对，还是陈老总说得对，依靠人民群众，就没有过不去的火焰山！（白）“首长同志，请放心！六十万人吃饭我们管。我们来个扫囤底运动，向淄川人民来动员，让部队就地借粮打条子，凭条子到时我们还。”陈毅同志连说好，其他几位首长也称赞。陈明达同志领了任务，骑上马扬鞭及时还。通讯员立即通知召开紧急会，村村都派人去宣传。群众一听自己部队要借粮，把藏起来的粮食往外搬。

有位老大爷背粮食来到部队上，激动地说话声音颤：（白）“同志，我这点心意您收下，您忍饿我心里似刀剜，就是豁上我吃糠咽菜饿肚子，也不能叫您受饥寒。你们吃饱了可好打仗，消灭国民党反动派和还乡团。”

有位白发苍苍老大娘，小米就用簸箕端：（白）“我说同志呀，我儿子也是刚刚参军上前线，看见您就象看见我儿子，我这心里就舒坦（啦）！俺儿媳妇就要坐月子，这米是准备伺候月子饭，我把米藏起敌人没翻去，给，就是太少不起眼。您吃饱了可赶快消灭国民党反动派，要不然，苦日子啥时是个边。”

收粮的战士、首长心激动，一说话眼圈发红鼻子酸：（白）“大娘，这米说啥我们也不能收。”“您不收？不收就是对您大娘有意见。”（白）“没意见，大娘您拿回去吧！”“我不能拿，您大娘年老有陈病，一生气陈病就会犯，别惹您大娘生气快收下，您收下我这心病就去一半。”

群众纷纷来献粮，战士们歼敌志更坚。司令部召开了莱芜战役评功授奖会，指战员犹如弓张绷紧弦。猛听见公路之上鞭声脆，运粮的车队望不到边：“我们的粮食从黄河北运来啦！”这声音好似春潮涌心间。这就是陈毅借粮一小段，下回是孟良崮战役更壮观。

深刻反思公交案

王宝利（2018）

重庆公交坠入江，听后令人很悲伤。起初不知何情况，众说纷纭陷迷茫。近日捞车到桥上，找出车内存录像。真相大白事实详，原来一妇过站嚷。当时报站未离场，提出停车在桥旁。离站不允乱停放，双方由此互发呛。长达五分缠斗状，愈演愈烈不相让。悍妇竟然把手张，手机当做出气棒。开始司机用手挡，悍妇接连很疯狂。司机右手离方向，直击悍妇左颈方。此时你来我又往，愈演愈烈火三丈。司机分心神志恍，此时驾驶操作慌。只见向左方向傍，瞬间相向红车撞。继续撞开桥护墙，随即车辆桥下降。那时快来说时长，眨眼工夫车消亡。两人争执太倔强，因小失大悲剧酿。车上乘客都陪葬，反思事故多联想。刘姓乘客太刚强，无知蛮横缺教养。多拉一站又何妨，何况报站未听响。恶作剧者恶果尝，连带他人棺材装。实在可恶戳脊梁，不值同情丧天良。司机明知险情藏，然而不顾身在岗。他与女斗太不当，一车性命无保障。责任丧失同遭殃，两人半斤与八两。留下骂名随风扬，已无假如补亡羊。十三乘客竟观赏，竟然无人来打腔。难道同时入梦乡，事不关己睡得香。不能制止两恶将，致使扩大极限闯。谁知同时都中枪，冷漠后果都一样。切勿自私太狂妄，无独有偶案例双。武汉此案应表彰，泼妇缠斗方向抢。司机手刹隐患防，只见乘客不彷徨。快将泼妇放地躺，化险为夷受敬仰。两个案例孪生相，结果却是分阴阳。一个冷漠无痛痒，结果同时生悲怆。一个勇为司机帮，全车平安都无恙。为啥恶剧频上榜，我们寻蒂剖病瓤。当下物质多崇尚，只认金钱是爹娘。缺少礼教人粗莽，自私自利为己忙。缺少沟通少忍让，动辄拳头眼前晃。加强教育莫松绑，娃娃抓起育苗壮。真善美德多培养，假丑恶行无土壤。崇尚英雄树形象，莫拿明星当荣光。家庭孝道多提倡,小家和睦大家昌。分析案例上课堂,从此不再做法盲。人人发挥正能量，社会定会放光芒。

唐山大地震

董立英（2021）

一九七六年，唐山大地震，七二八凌晨，两点四十分。撼天一声响，二十四万人！我在丰南县，出差到田庄，幸免灾灭顶，魂颤永难忘。震前当夜晚，天气极闷热，投宿卫生院，纳凉过夜深。进屋初入睡，地声重且沉，木床颠簸起，窗碎撕人心。猛醒翻下床，声嘶喊地震。房门木棍撑，伸手望脱身，谁料地晃剧，摔趴滚出门。住所房未塌，晃缓略定神。哭喊四面起，天黑任雨淋。稍亮知遮体，未残思救人。死伤八方来，拂晓聚几群。老魏是院长，处置尚沉稳。道边接伤患，牛车上开诊。伤者简调治，死者无可论。纷乱暂停歇，有人周边问，电器线都断，铁轨拧曲伸。内来无信息，外出更交困。老魏自行车，借我回路奔。轮下津唐路，目标是县城。初行十余里，空旷人无踪。野田冒沙水，路面裂深缝。再行程未远，迎面传呼声：唐山成平地，县城房无剩。归心本似箭，闻讯何堪情！急行四十里，县城到眼前，残梁断壁下，废墟如海连。巧遇一同事，落魄城外转。问及单位状，死活尽茫然。城里失投奔，转车向家园。行至稻地镇，陡河桥路断，开裂四五米，乡民挖土填。待过范庄桥，路面降尺半。迎面解放军，步行奔唐山。我自凌晨起，过午水未沾，野地见生瓜，咽下充餐饭。又进六七里，家乡轮廓现，零星几房立，坍倒连成片。村西有沙坨，乡亲齐聚占。坨上见父母，粗知家中情。家中房六间，一震全倒平。六旬老父伤，腰疼尚可动。老母遭房压，救出能自行。地晃出窗口，大哥睡眠轻。四弟早脱身，三弟伤未重。十五小妹惨，被裹待埋中。村里千余口，震亡过百名。又有数百人，互救得重生。天降大难来，国家救助好。临危隔时空，自力不能少。扶伤修路人，行为是高标。邻里危难中，匍匐永仿效。震亡众亲人，生者再凭吊！

屈　原

孙可华（2016）

汨罗风萧腾巨浪，离骚一曲万古唱。二王[①]昏聩眼目障，三献[②]卞悲美玉怆。千军难敌奸佞语，两度愤然踏羁旅。揉碎冰心润故土，不恋晋财衷为楚。

［注释］

①**二王**：楚厉王和楚武王。②**三献**：卞和三次献璞玉，后雕琢成玉璧。

范　蠡

孙可华（2016）

放马摘弓谢重任[①]，木兰扁舟携佳人。封狼居胥多风雨，鸥鹭忘机入坦途。吴越宠信奸佞语，伍员文种[②]怒目瞋。结庐不闻龙虎吟，浪迹五湖品流醇[③]。

［注释］

①**谢重任**：辞去高官厚禄。②**伍员文种**：伍员，吴国丞相伍子胥。文种，字少禽，范蠡好友，越国丞相。③**流醇**：美酒。

军旗颂

孙可华（2017）

军旗猎猎聚忠魂，硝烟滚滚挂征尘。绝域苍茫何之有？衣衫洞出多苦贫。红旗一展工农枪，宗旨秉正护柴门。龙潭雾瘴无所惧，斩断黑手拔穷根。

君不知，自古军旗为前导，烽烟深处苦战鏖。黄帝曾经战蚩尤，神位奠定军旗纛[①]。二千汉军踹赵营，背水一战拔敌旐。敌军万众丧斗志，赤旗立处韩信笑。

君不知，国共北伐同死生，相煎何急露狰狞？疆场半是战友血，野心徒销兄弟情。四一二、七一五，瑟瑟寒气在征程。排除异己为争霸，穷尽屠戮风雨腥。

君不知，民国病重奸雄起，外寇如狼同环伺。为何苦难伴劳工？无权无势忧心忡。同是天涯沦落人，必求解放必求生。工农翻身亦树帜，镌刻八一忠魂寄。

南昌举义始征尘，霸主鞭下迎旭新。秋收燃起燎原火，井冈汇聚百路神。一杆红旗耀天边，镰刀斧头定乾坤。夺取枪杆卫政权，劳苦大众求翻身。建党强军魂在连，冲锋陷阵为子孙。自从工农有武装，金瓯片片民欢欣。官兵平等军纪明，鱼水情浓邻里亲。娘送儿郎上战场，妻孝公婆盼功臣。

蒋家王朝乱枭鸣，更欲剿灭掘墓人。瑞金边声连角起，长烟蔽日行辕村。湘江滚浪碧血溅，军旗挥处壮士瞋。黎平猴场起旋蓬[②]，遵义会议启良辰。硝烟不息阡陌荒，国破民瘦骨峋嶙。民族危难山河碎，为求大义存纠纷。联合抗战斗倭寇，春寒萧瑟伴酸辛。青天白日满地红，统一大旗为黎民。八月十五喜泪泣，双十协定斗舌唇。

君不知，民盼和平四海稳，阴魂霸陵独自尊。一党独专天下愤，九烟齐州众人嗔。军旗麾下嘶战马，六韬立鼎敬清醇。关外北宁炮声响，四十万敌无清晨。华中激战陇海路，淮海残部妄成仁。平津战将观前后，关键时分息征尘。长江奔涌舟千叶，欢庆凯歌迎三军。无奈逆理何留意？老蒋台岛保残存。

君知否，雄狮醒来身虽瘦，各路精英始辛勤。魑魅盼狮醉，黄粱梦靥长呻吟。悲恨相续旧岁月，门外楼头断因循。环视雨横风狂路，烈焰映辉军旗勋。

看今朝，回顾南昌整兵戎，奠定八一军旗红。忠魂壮烈多骁勇，山川巍峨吊英雄。江海沉浮浩气动，长虹千古彻碧空。人民军队军旗颂，主权军魂贯始终。

［注释］

①**纛：**纛（音 dào），古代地位最高军旗，代表最高统治者。②**旋蓬：**蓬草遇风连根拔起。此喻王明、李德等人“左”倾领导在军事指挥上的错误遇到了障碍，将被拔起。

东海恶邻

孙可华（2017）

东邻倭国，行思军国。初试签“马关”，获取赃银、台湾，由此疯癫，欲取华夏“聚餐”。军阀各异心，寻依靠山。东北虽强势，倭痈成患。南京政府，私利肥肠。安内攘外，纵寇嗜血。倭行鬼惊，酆都亦恐。三十万灵，哀鸣长空。十四载抗倭，终得魂酶。贼寇乞降，七十余载，无思悔改。梦幻复军国，阴魂招聚。一衣带水，暗涌涛波。今书恶邻，国耻不敢弃忘。民可择邻居，国唯强则安。

东海域外一孤岛，时为荒蛮漫兽鸟。猿猕咿语无文识，衣不遮体无羞臊。一叶独舟寻欢娱，相形自晦少人貌。受恩教化始文思，积习难改行海盗。

浮生长恨涎大陆，乘风过海展本色。奸杀掳掠风凄厉，咆哮劲舞树军国。明治维新行扩张，《田中奏折》书国策。君可知贼行恶？罄竹难书听我说。

列强相助战“甲午”，险胜举岛似欢雀。大街小巷照鬼灯，男女老少皆赤膊。《马关条约》讹赔款，割占台湾国人愕。巨额赃金促疯癫，宝岛富产诱雀跃。初试得手悲丝染，神州蒙尘闻刀霍。欲壑难填群盗心，觊觎大陆谋韬略。派伏“倭人”潜民间，绘得神州山林壑。

丧乱漂沦时局艰，民不聊生贼凶残。京城红帽皆走兽，满街洋鬼尽狂欢。八国联贼签“辛丑”，熊龙咬吠涎大连。万人坑骨白惨惨[1]，百姓忍怒泪潸潸。时有噩耗传耳内，不敢回首心里酸。

对德宣战行圈套，强登山东占青岛。“二十一条”侵华策，妖气暗射鬼长啸。“巴黎和会”失公理，“五四”拒签震天讨。山东悬案签“条约”，明归暗伏有诡狡。两艘倭船闯大沽，炮击冯军起怒潮。北伐行进到鲁地，调兵遣将名护侨。魑魅集结到山东，血染泉城草木凋。外交主任蔡公时[2]，抠眼割鼻胜鬼魈。劣迹昭昭寒天地，魔鬼翻浪推狂涛。

东北五谷矿藏丰，日寇垂涎半世萦。攘外安内助贼胆，内战空中飘腥风。张帅殒命皇姑屯，一夜三省“北大营”。轻获银库兵工厂，沃土千里米粮盈。大量倭民移宝地，骑马圈地露狰狞。东北民众成草芥，并村连坐增坟茔。挟持废帝立伪满，溥仪失节入幻冥。亦有英雄杨靖宇，白山黑水立图腾。民族脊梁岂能弯，树皮棉絮亦抗争。夜色安抚烈士魂，漫山苍松使敌惊。

君可知，贼愚妄，得陇望蜀蛇心藏。风高夜黑时局乱，蝶浪蜂狂恶昭彰。“关东军”获长白山，十里洋场“海军”猖。吴淞口隆炮声起，军民激战书华章。战报飞来民心喜，恶寇气焰降寒霜。淞沪停战签“协定”，虽胜犹败时迷茫。商务印书兴华夏，狂炸妄行文化亡。烽烟漫过山海关，枪声幽忧映残阳。榆关事件众请缨，十九路军放马缰。热河失守少帅苦，攘外安内民彷徨。二十九军喜峰口，将军白发血气刚。古北口外东北军，苦战三日贲血慷。前方将士搏生死，后方总帅转花肠。将士血汗迹未干，“塘沽”步辙军心伤。“秦土”辱国丧主权，追加“何梅”纵豺狼。国家悲哉落江寒，民众苦难祭国殇。

七七国难阴火幽，回龙庙处设诡缪。鬼子城外燃烟尘，寻事贼军言荒谬。宛平当空乌云稠，三十七师名不朽。卢沟闭月石狮吼，恶鬼舞爪嗜血酒。南京冬来血如泉，屠城发指残老幼。寒风萧萧石城冷，幽魂渺渺鬼神抖。饕餮行令赛毒手，阎罗泪泣默诅咒。三天三夜三万魂，命丧魔狂瘆骨透。捆绑民众浇油焚，抢刺挑颅当街扭。何日擒魔安寰宇？三十余万冤魂吼。

仨月灭华丧人性，路边白骨残月冷。血染沃土千古恨，堪如禽兽入噩梦。

宁波瘟疫石井嚣。常德哀歌彻云霄。手段穷尽民凄凄，鬼蜮丰都亦寥寥。陪都日夜空警报，隧道惨烈激江涛。狐行兽语“一零一”，疯龙到处劲咆哮。群魔“三光”残垣迹，南昌塘南鸟难逃。潘家戴庄大坑满，撕心裂肺胎儿掏。皖西立煌茅坪村，狞声过后一片焦。湖南厂窖方百里，剥皮挖心罪恶滔。四天奸杀斑满地，天若有情定狂飙[③]。世间行恶词亦穷，魔兽用刑赛鬼妖。

君可知，沧海横波奸人嗅，赤县不固民日旧。民盼鸾凤归丹阙，适时乌鸢再携手。张扬兵谏双十二[④]，中共协调同御寇。全面出征斩楼兰，华夏迎来风雨骤。

民族流血如泉涌，阴冥魂魄震地动。乾坤轰然雷声怒，万马奔腾破虏勇。日轮燃起赤光烈，妖孽胆碎心亦恐。中华儿女守疆土，千里江山任驰骋。

“太原”“淞沪”两会战，国共同气打疯狗。“五原”“枣宜”“台儿庄”，“百团大战”令敌抖。“上高”“长沙”多惨烈，“狼牙壮士”名不朽。“中原”“长衡”勒铭史，立马平原雄赳赳。“大刀砍向鬼子头”，战歌嘹亮乾坤透。犁庭扫穴十四载，英雄十五献浊酒。

雄狮醒来魑魅乱，万古坤灵镇贼寇。

［注释］

①**“万人坑”句**：日俄战争时，中国百姓集中掩埋场。②**蔡公时**：战地政务委员会外交处主任兼山东外交员。③**“宁波瘟疫石井器”句至“天若有情定狂飙”句**：1940年10月，在日本中将军医石井四郎的指挥下，进行细菌战造成宁波鼠疫病大流行。1941年11月30日造成常德一带地区鼠疫大流行。1940年5—9月，日机对重庆、成都、衡阳等地实施了长时间连续不断的无差别轰炸。1941年1月日军制造冀东地区潘家峪惨案，全村1230名父老乡亲遇难，1300间房屋被烧毁，牲畜、财务被抢劫一空。1942年7月18日，日军对南昌塘南群众进行集体大屠杀。12月5日，日军制造河北滦南潘家戴庄惨案。将潘家戴庄的人们赶往坑里，堆柴草纵火焚烧，活埋。有60多名孕妇被剖腹，30多名幼儿被活活摔死。这次屠杀，共有1280人遇害。1943年1月2日，日军将皖西立煌县茅坪村包围，对手无寸铁的562名村民屠杀后放火燃村。1943年3月1日凌晨，日军在山西刘庄一带，将243名村民用两挺机枪射杀，35户被杀绝。1943年5月8日，日军侵入湖南厂窖地区，至12日，在方圆百十里地区进行疯狂的大屠杀。日军在甸安哑河西岸屠杀了4000人，在瓦连堤屠杀3000多人。日军大肆强奸妇女。历时4天的大屠杀，日军共杀死3万多人，近200家被杀绝。此外，被杀伤致残者3000多人，被毁房屋3000多间，船只2500多艘。1944年5月3日，日军侵占河南襄城后，继续西犯至六王冢，将抓来的百姓捆绑在一起，驱往一眼深水井处，推入井内，尸体几乎将这口井填平。同时还对妇女大肆凌辱，其兽行令人发指。房屋尽被烧毁，财物遭到全面洗劫。④**双十二**：1936年12月12日。西安事变又称“双十二事变”。

战济南

孙可华（2017）

内战一年蒋迷茫，不绝如缕败局怆。当初豪横弃“双十”，如今衰飒生惆怅。阡陌烽烟无东西，饿殍不减庄稼荒。

中原逐鹿看泉城，华野雄风震敌营。攻坚初试锋芒露，蒋家大厦噩梦萦。涟漪聚波堤何防？世事蹉跎回首惊。

人称粟裕常胜将，敌军闻风胆已丧。纵横一载扫六役，中小战斗如瘙痒。如今兵临济南城，耀武[①]倨傲心怅惘。虽得老蒋长垂青，天时人和难通畅。

北靠黄河水势滔，南倚泰山居险要。无数电网布雷阵，周围百里群碉堡。当年日寇犯中原，佐民卫国亦忠孝。今冒天下大不韪，日暮城壕残阳照。

攻城打援两不误，残垣断壁飞机鸣。化文[②]率众举义旗，东西兵团驱马腾。民工穿梭硝烟影，出没鬼门忘幽冥[③]。殷忧城阙难护民，萧萧秋瑟风裹腥。哀叹悲吟无穷已，房屋破漏满街坑。前赴后继正义躯，明碉暗堡目狰狞。弹雨如梭无惧色，吉文海珊[④]勒墓铭。泉城激战八昼夜，灭得蒋家十万兵。

将军败择走荒途，十面急弦入厕瞠[⑤]。何为抗战真英雄，如今乡民其缚缨？

［注释］

①**耀武**：国民党军第2绥靖区司令官王耀武。②**化文**：吴化文，国民党军整编第九十六军军长，战场起义。③**民工穿梭硝烟影，出没鬼门忘幽冥**：山东解放区动员了五十万民工支援济南战役。④**吉文海珊**：华东野战军第三纵队第八师师长王吉文、第十三纵队第三十七师政治委员徐海珊。⑤**入厕瞠**：王耀武没有想到如厕时的手纸会暴露身份。

大决战（四首）

孙可华（2017）

序　曲

天怒自有情，神州喜泣盈。锣鼓满街巷，百姓歌舞笙。

君知倭寇穷，杀戮民难生。抗战十四载，遍地坟茔增。如今硝烟尽，怎能无欢情？

君知民盼桑[①]，大地待复伤。饥民度日难，妇幼面皆黄。瘦牛死空圈，农具弃屋旁。

君知众心盼，仁和共举觞？介石修三书，润之赠华章[②]。“双十”[③]签协定，山河亡灵祥。

君知野心猖，兄弟阋于墙。中正拂民意，民主梦黄粱。利令促智昏，萧瑟连寒霜。内战两年余，蒋军收猖狂。

［注释］

①**桑**：桑麻。此谓农业生产。②**赠华章**：1945年9月，毛泽东飞抵重庆，将《沁园春·雪》书赠柳亚子先生。③**“双十”**：1945年10月10日签署《政府与中共代表会谈纪要》，即《双十协定》。

辽沈战役

君不知，联军苦，将士怎煎熬？东北旷野林渺邈，阡陌萌动待春潮。卧雪餐冰露，双脚穿林涛。土匪蜂拥起，大地卷狂飙。美助蒋北犯，长驱马萧萧。

避免遭屠解，生存勿迟缓。先声新开岭，连片四满贯[①]。挥剑指四平，夏役歼八万。秋势启九月，辽西捷三战[②]。远击中长路，破袭北宁线。江河铺银路，骋望雪林甸。收兵驻四平，征烟透曦浅。

敌军被分割[3]，战势已逆转。

君可知，何日旋？将士早家还。一九四八深秋年，择时决战辽沈篇。东北野战军，时士正旺燃。不算正规军，民工百万添。势如涛水涌，连绵穷两端。

勇士克义县，锦州鹤唳声。蒋急抵沈阳，组织东西征[4]。侯出[5]葫芦岛，塔山无进程。耀湘[6]西进路，黑山难奋争。两军阵前勇，狭路再相逢。

君不见，硝烟浓，漫漫遮天清。帽儿山上设军帐，林罗[7]细察敌军情。强兵临城下，敌盼救援增。重兵多在途，围点打援兵。塔山阻击战，夕烟映群英。阵前肉搏烈，失地复又迎。遍地黄花开，弹丸如蝗虫。牺牲多壮志，雄风钢骨铮。塔山铸灵塔，无山亦雷鸣。人墙筑阵地，炮声震天惊。蒋军鬼哭地不灵，临时神祈天不应。怎挡秋风劲，旗插锦州城。

东野踞雄关，辽西似山崩。耀湘西进停，勇士疾军行。神出两侧回，断路黄万[8]卿。黑虎战云烈，意欲转东溟[9]。

君不知，建制乱，敌我失冠缨。哪里烟光有枪响，勇士依声哪里冲[10]。天阵待欲晓，网内廖兵兄。久围长春死，困苦似坟茔。泽生[11]举义旗，洞国[12]择投诚。一日轻下池，奉天晨曦迎。战马飞营口，东北山河明。

［注释］

①**四满贯**：贯通东满、西满、南满、北满。②**捷三战**：梨树沟门遭遇战、杨家杖子追歼战、旧门地区打援之战。③**分割**：敌军分割于锦州、锦西、山海关三个地区。④**东西征**：侯镜如指挥的“东进兵团”和廖耀湘指挥的“西进兵团”，夹击解救锦州。⑤**侯出**：侯镜如“东进”。⑥**耀湘**：廖耀湘“西进”。⑦**林罗**：林彪、罗荣桓。⑧**黄万**：黄永胜、万毅。⑨**东溟**：东海，指营口。⑩**哪里烟光有枪响，勇士依声哪里冲**：因为对廖兵团分割围歼，所以敌我两军的建制全乱了，哪里有枪声，就往哪里去。⑪**泽生**:

国民党军第60军军长曾泽生。⑫**洞国**：国民党东北"剿总"副总司令郑洞国。

淮海战役

四八年兵戈，深秋战报多。济南插红旗，东北奏凯歌。

君知当年事？淮海战犹酣。军委挥神笔，龙搅江海翻。东起连云港，西往商丘延。北至临城下，南达淮河边。

蒋军本三心，刘峙①亦不堪。布阵多漏风，行迟亦弄权。各自保势力，我军分割餐。

首歼黄百韬②，紧追一路赶。何张③率起义，寒玉碾庄喘。蒋闻心惊恐，急下"戌灰电"。中野占宿县，断路守军险。潘塘战增援，可怜焕然盼。

黄维④渡浍河，企拢李兵团⑤。中原围双集，惨兵陷饥寒。华中⑥军号响，悟我内心酸。土工攻坚战，缩小合围圈。两野⑦总攻击，十二兵团歼。

腊月北风寒猎猎，敌营残火雪花飘。枯草断地圻，阵地笼烟硝。抱枪梦爹娘，空肠神疲憔。夜深为肚饱，偷过防护壕。本是穷乡里，临走捎一包。天公不作美，士兵时有逃。

军委鸿猷君知否？决战规划接连三。北稳傅作义⑧，密调林⑨入关。南围杜聿明⑩，休整二十天。淮海战不停，平津燃征烟。瓦解敌心理，战地动宣传。敌军无粮弹，衣破思家园。我军商丘站，弹粮堆成山。

百万洪流情高昂，木轮吱扭尘土扬。抬头望阡陌，军民谱华章。没有机械化，毛驴走八方。人海如潮涌，随队送军粮。

君知戊子双十二⑪，淮海战役入夜阑？陈官青龙集⑫，决战收虎钳。光亭阶下囚，毙命邱雨庵⑬。失道气数尽，得道万民援。人心汇汪洋，风雨洗翠峦。

[注释]

①**刘峙**：徐州剿共总司令。②**黄百韬**：字焕然，号寒玉。国民党军第七兵团司令。③**何张**：绥靖区副司令官何基沣、张克侠。④**黄维**：字悟我。国民党军第12兵团司令长官。⑤**李兵团**：国民党军第13兵团司令李弥。⑥**华中**：华东野战军与中原野战军。⑦**两野**：华东野战军、中原野战军。⑧**傅作义**：字宜生。华北"剿总"司令。⑨**林**：东野司令员林彪。⑩**杜聿明**：字光亭，徐州"剿总"副总司令兼第二兵团司令官。⑪**双十二**：1948年12月12日。⑫**陈官青龙集**：地名，青龙集、陈官庄。⑬**邱雨庵**：邱清泉字雨庵。国民党军第二兵团司令官。

平津战役

君不见，淮海收尾声，平津成孤城。民国气数尽，恰似秋虫鸣。蒋函杜鲁门，求援续抗争。内部已离析，畏垒[①]步幽冥。战场趋分崩，将士弓鸟惊。何以救边急，傅蒋[②]权自衡。军委毛泽东，扁担两头平。防止傅西逃，亦禁随蒋行。

君不见，指挥皆艺术，处处显出奇。西围而不打，东隔亦不围。隔开杜聿明，淮海灭黄维。沈阳锣鼓喧，东野大挪移[③]。包围张家口，调傅主力疲。

王牌[④]三十五，狂傲勇猛师。全军机械化，星夜急西驰。引傅主力去，断路无归期。闻声逃不能，欲守亦难知。不为蒋殉葬，退路必先思[⑤]。锁住[⑥]傅作义，淮海战马嘶。

君不见，东北野战军，突现京津塘。傅军急收缩，前途徒悲伤。一字长蛇阵，分割难相帮。润之[⑦]定神色，妙笔撰文章。

布局孤城闭，首决新保安[⑧]。骄军三十五，屡屡失良端。自有小算盘，不服安春山[⑨]。我军雄风起，横扫推狂澜。傅军粮弹尽，北风卷尘烟。激战十小时，景云走极端。

君不见，两役[⑩]连角起，南北一盘棋。步步紧占垒，招招展英姿。

双子有交叉，百变无循规。

淮海成定局，平津斗志昂。毛撰新献词，蒋寒似冰霜。民国风雨飘，何须待彷徨。傅踏两只船，战和做文章。辨认谁陵虐，如何免祸殃？兵戈柴门破，龙虎相啖狂。

君不见，将军犹豫间[11]，天津开新篇。士绅奔走喝，旧世萧瑟殚。傅走和平路，蒋恨近疯癫。房上有鬼魅，杀一儆百官。荆棘载途古城险，黎明前夜除思源[12]。径情直遂民意愿，保全古建协议签。时人皆欢喜，后人亦赞贤。京城古文化，免遭战火燃。回首远眺望，此役意空前。

［注释］

①**畏垒**：陈布雷名训恩，笔名布雷、畏垒。②**傅蒋**：傅作义、蒋介石。③**东野大挪移**：东北野战军入关。④**王牌**：傅作义的第35军，军长郭景云，字秀山。⑤**先思**：傅作义令其秘书长择机与北平共产党联系。⑥**锁住**：稳住傅作义西逃。⑦**润之**：毛泽东字润之。⑧**新保安**：地名。傅作义的王牌35军被围困在新保安。⑨**安春山**：国民党军第104军中将军长，西部地区总指挥。⑩**两役**：淮海与平津战役。⑪**将军犹豫间**：傅作义在《北平和平解放初步协议》签署前，解放军攻打天津的命令已经下达，天津解放。⑫**思源**：何思源。1946年10月任北平市市长，1948年免职。1949年为北平市和平谈判首席代表。

中原突围

孙可华（2017）

一九四六一月初，为求和平民欢呼。庄稼久旱盼春雨，愁云惨淡忧半途。

君知老蒋善独裁，山河不宁云水哀。蚕食边区烽烟浓，如鲠中原时萦怀。停战协定视废纸，秘调强兵藏鬼胎。布下虎狼三十万，丧乱漂沦添骨骸。

转眼刮起六月风，腥气弥漫露狰狞。鬼影笼罩宣化店，战云晕气时时增。如意盘算痴如醉，剿灭异己情亦疯。重兵压境围大网，飞机助阵鸟雀惊。

中央复电早决断，荆棘载途巧回旋。运筹帷幄求生存，打消顾虑闯险关。径情直遂细谋划，分头突击踏时艰。

中原集结耐苦战，斗智斗勇斗冥顽。一旅①铁肩担重任，佯作主力向东进。面对顽敌神情然，大张声势诱敌阵。君不见，英雄前，数倍蒋军正亢奋。美械装备机械化，铁马西来步步近。边庭流血浸阡陌，敌追日急我夜遁。才闻攻占松子关，又道突破池河镇。分散聚合开血路，千里行程人马困。

北路②西行天河口，日行百里通达旦。飞渡转战何所惧，苦战突围入秦汉。

南路③激战襄河岸，大部西进武当前。一旅掩护人五千，巧妙转道会苏皖。

蒋家王朝谋战争，志取中原做戍兵。中原突围破阴谋，万马雷声化神灵。民国蒋公怀壮志，苍黄百变一场空。全面内战由此起，山河离乱何时清？

[注释]

①**一旅**：皮定均旅。②**北路**：李先念部。③**南路**：王树声部。

孟良崮之战

孙可华（2017）

日暮穷尽话民国，一身霸气情窘迫。美援助力获军火，祸水横流民凄恻。天公不佑寸肠断，别有肺肠各具色。

蒋家精锐王中琦，美械装备虎狼师。甲明盔亮耀星目，气势如牛显武威。“抗日铁军”名非虚，曾经两获“飞虎旗”。此任师长[①]“印堂暗”，届时崩腾实可悲。

车轮滚滚碎阡陌，战马萧萧踏荒丛。炮声隆隆盖鲁中，“骄子”匆匆并头攻。所到之处草木衰，军姿萧飒精兵戎。

我军华野打“秋风”，相中美械“眼中红”。秘密部署迷敌阵，调动蒋军转西东。诱敌错判神助力，危时多变耍龙灯。

自从莱芜缚守瀛[②]，转战行军听蛙鸣。战场飘摇时不定，莫错良机会高朋。

沂蒙山区崎岖道，“体宽肚大”路难行。意欲奔袭华野地，灵甫遵命驱马腾。配合不力扑坦埠[③]，已露破绽无回程。狭窄石基无遮蔽，工事简陋乱石陵。

陈粟[④]布阵令待命，仲弘兴发赋诗诵[⑤]。豪情满怀围大网，活捉钟麟岂受用？

我军突击割两翼，中部强攻断退路。游刃有余荒草亲，山石灌木任虎踞。蒋军重装机械化，崖壁峭立难相助。地域狭小飞石溅，二次杀伤亦惊惧。正义之师四面起，困兽犹斗乱心绪。天马磊石已丢失，垛庄万泉亦易主[⑥]。王牌失策忙回首，速速撤往孟良崮。

重重山峦然高深，曲曲小径穷莫测。妄返垛庄异想迟，固守待援呼救急。援军难行受强阻，精装难使成败迹。山崩石裂“蝗虫”飞，烟雾弥漫幽魂泣。“硬核桃”变“烂葡萄”[⑦]，风云时变演悲剧。回望当年硝烟合，军中“典范”坟孤寂。

[注释]

①**师长**：整编第七十四师师长张灵甫，字钟麟。②**守瀛**：国民党第二绥靖区副司令长官李仙洲，原名守瀛，字仙洲。③**坦埠**：地名，孟良崮北面。④**陈粟**：陈毅、粟裕。陈毅名世俊，字仲弘。⑤**赋诗诵**：陈毅诗意大发，咏道：“临沂蒙阴新泰，路转峰回石怪。一片好风光，七十二崮堪爱。堪爱，堪爱，蒋贼进攻必败。”⑥**天马磊石已丢失，垛庄万泉亦易主**：地名，分别为天马山、磊

石山、万泉山、垛庄。其中垛庄离孟良崮最近，孟良崮正南。
⑦**“硬核桃”“烂葡萄”**：蒋介石把嫡系主力称为“硬核桃”，杂牌军和二流部队称为“烂葡萄”。

国民党军进犯延安

孙可华（2017）

寒袭黄坡陇月低，更深夜色烛影稀。何人难眠烟草闪？独步陋庭星辰移。

君知延安民情谊，思进青年趋圣地。延河水润芳草萋，宝塔汇聚英雄帜。

全面内战七月余，损兵老蒋怒目瞋。陕北金瓯历艰险，边声频起硝烟尘。甲亮延绵行诡异，华夏悲歌寒风侵。气势汹汹胡寿山[①]，二十余万虎狼军。西北二马[②]凶残着，杀气三时[③]无人伦。左右兵团齐攻进，逶迤旌旗胜古今。

彭大将军[④]布疑阵，遍地开花敌迷津。布下诱饵观烽火，洛河饮马在黄昏。石穿隐遁琴斋怒，战战兢兢情志惛。延安目野静悄悄，街净壁洁鸟鸣晨。

蒋军胜利放情志，延安大捷战果欣。一雪中正十年愤，“戡乱救国”甚艰辛。上下欢腾唱大戏，遐思欲立新功勋。

落日铺就血色原，霜寒迟暮春草晚。盛宴美酒军官醉，舞池靓女歌声软。拉夫壮丁无饥饱，前线炮灰担风险。

西野运用“蘑菇”战，牵敌东西孤烟远。勇士待命缝口袋，蒋军安塞[⑤]腿跑软。辗转来到“青化砭[⑥]”，敌三一旅获请柬。撤离延安第一仗，捉个旅长道长短。错判主力在东北，调兵延川及清涧[⑦]。彭帅蟠龙瓦窑堡[⑧]，秘密休整体强健。胡军兜圈四百里，粮缺兵疲双目眩。瓦窑堡南“羊马河[⑨]”，一三五旅断企盼。收获来客一整旅，举手宗禹[⑩]已疲倦。欲迫西野黄河渡，将计就计瓦窑[10]返。敌人主力到绥德[11]，奇军“蟠龙”大网满。活捉旅长李昆岗，只收物资不付款。八月再战“沙家店[12]”，陕北阴霾逐渐散。

宝塔巍巍延河清，高坡阡陌春气萌。民生祥和不闭户，跃马归来勤农耕。米脂婆姨绥德汉，安塞腰鼓满怀情。老蒋幽梦谁人解？润芝挥手妙笔生。

［注释］

①**胡寿山**：胡宗南原名胡琴斋字寿山。②**西北二马**：青海马步芳，宁夏马鸿逵。③**三时**：早、中、晚。④**彭大将军**：彭德怀，号石穿。⑤**安塞**：地名，延安的正北。⑥**青化砭**：地名，延安的东北。延安、安塞、青化砭成三角形。⑦**延川及清涧**：地名，延川、清涧在青化砭的东北。清涧在延川的正北。⑧**蟠龙瓦窑堡**：地名，蟠龙、瓦窑堡在青化砭的正北，瓦窑堡在蟠龙北。与延川、清涧南北向平行。⑨**羊马河**：瓦窑堡以南羊马河伏击战。⑩**宗禹**：一三五旅代旅长麦宗禹。⑩**瓦窑**：地名，瓦窑堡。⑪**绥德**：地名，清涧的东北。⑫**沙家店**：地名，在绥德正北。

渡江战役

孙可华（2017）

君不知，蒋军三战剩无几，龟缩整顿待反击。沿江千里布大阵，捉襟见肘呈败迹。

隔江南望水势滔，雾漫街垒春色萧。和平丝悬隐影[1]重，文白[2]无奈心悴憔。

北岸千里雄狮豪，欲推江水起狂飙。摐金伐鼓浪里勇，旌旆逶迤战马萧。支前民工数百万，运粮修路架断桥。耿耿伏枕难入眠，将军[3]披衣观水潮。润芝朱总颁命令，万帆催浪竟骇涛。西起湖口江阴[4]东，百万勇士骑波骁。军旗猎猎红似火，弹雨啸啸浪花高。

各路大军岸延绵，点点风帆破流川。敌倚天堑妄痴情，羽檄交驰前途艰。照明弹悬似白昼，火焰喷射红江边。君可知，我军勇，彭泽东流[5]西突击，横扫残敌勇向前。

东路扬州炮火烈，飞机略过木舟翩。江阴要塞七千义[6]，举旗助力跨江烟。过江大军似蛟龙，千里江峰驭骏鞍。民工涛里浮层峦，稳舵智勇闯险滩。

渡江破阵掏敌心，悲风凄厉鬼沉沦。君不知，英帝炮舰吐毒舌，鸦片凭陵寻幽魂。旗舰烘炯[7]破贼胆，镇江搁浅伤满痕。雄狮傲立严申斥，驱离列强守法遵。

进军金陵如潮涌，总统府邸败局匆。一路南下追穷寇，敌丧士气退如风。江南春流霞光映，中南西北寻敌踪。大江奔流浪淘尽，将士卓然河山雄。

［注释］

①**隐影**：蒋介石下野后的幕后指挥。②**文白**：张治中字文白。③**将军**：泛指我军指挥员。④**湖口江阴**：地名，湖口位于江西省九江市东面；江阴位于长江沿岸的南京至上海之间。⑤**彭泽东流**：地名，位于九江至安庆之间。彭泽近湖口、九江，东流近安庆。⑥**七千义**：江阴要塞 7000 名国民党官兵起义。⑦**烘炯**：烟火升腾。

千里跃进大别山

孙可华（2017）

内战烽火一年余，挟外势强重点袭。金瓯瓶罐虽满地，敌战败迹士气低。战略转移待攻势，须脱被动斗顽敌。晋冀鲁豫野战军，寻机聚力迎敌击。刘邓陈粟择时动，战火引向敌占区。跳出内线保家园，进入敌后辟新域。

君不知，“军神”得令出外线，千军万马闯“天险”。瞅准时机[1]过黄河，尘埃不见扬马鞭。“狭路相逢勇者胜”，拔剑四顾鲁西南。

君不知，当年大河势滔滔，泥沙俱下盈河槽。日出雾露君不见，战云蒙晨旷野嚎。敌军依险三百里[②]，刘邓率领展狂飙。飞渡黄河破郓城，连克曹县夺定陶[③]。神龙见首不见尾，蒋急遣将反包抄。奈何行动太迟缓，六万苍头打水漂。

军委谋远挥宏图，智勇妙手制敌奇。善断时局知进退，瞒天过海布雾迷。渡口佯动噪声响，涛声震耳水湍急。刘邓大军似蛟龙，昼伏夜行出鲁西。

梅雨绵绵路途艰，闯关破阵突围拦。黄泛区宽四十里，萧瑟淤水无人烟。巧渡沙河[④]取汝河[⑤]，前堵后追敌声喧。惊闻上游大雨滔，万马奔腾无阻拦。徒步涉淮抢涨前，将军持竿丈水湍[⑥]。十万勇士速涉渡，大水阻敌对岸边。一队穷尽虎彪彪，北麓固始入潢川[⑦]。遥望沧海何雄姿？千里跃进大别山。东慑南京西逼汉[⑧]，南扼长江瞰中原。

［注释］

①**瞅准时机**：国民党军不断从中原抽调兵力，加强陕北和山东的“重点进攻”，中原兵力严重不足。毛泽东抓住时机，要求晋冀鲁豫野战军挺进中原。②**依险三百里**：山东谷阳县张秋镇到鄄城县临濮集300余里（1里=500米）黄河天险。③**曹县、定陶**：地名，均在山东西南，近黄河。④**沙河**：淮河流域沙颍河水系的支流。⑤**汝河**：淮河支流洪河的重要支流。⑥**将军持竿丈水湍**：刘伯承亲自到淮河查看水势，测量水深。⑦**潢川**：地名，位于河南省东南角，大别山的北麓。⑧**汉**：武汉。

汪精卫

孙可华（2018）

君不知，荆棘遍地近代史，列强如痈汉奸肆。凄凉悲恨难叙说，助纣为虐神州痹。汉奸肆，史不乏，叛国投敌为私利。媚胡之人始于汉，兴于两宋清奇耻。

清奇耻，割赔多，外夷欺凌国中国。凌弱蚕食虎狼横，内贼如狈情凄恻。情凄恻，痴似醉，军阀自大昏日月。不知萧条危边土，国家灾难不思雪。

君不知，日寇久窥杂风雨，挑起烟尘横行过。卖国求荣害忠良，欲图篡弑自作孽。溥仪伪满“儿皇帝”，兆铭祸心助敌虐。金陵冤魂三十万，走狗逐嗅为人祸。周佛海，陈公博，大小汉奸一箩箩。臭名昭著汪精卫，堪与宋奸秦桧列。秦桧列，钉耻柱，“和平建国“行自绝？

君不知，当年追随孙中山，南阳募捐光彩闪。词气凛然动容貌，听者任其擒纵衍[1]。大批粉丝非虚名，乱世民国四男暖。海内迴路兴义师，欲共伐奸众人赞。

也曾热血杀亲王，震惊清廷甚惊慌。被俘入狱好男儿，“引刀一快”义慨慷。孙文信赖同入京，随侧密录一栋梁。先生临终守在侧，带草遗嘱三民杨。磊磊落落好青年，谁知半途自迷航？

容易冲动少定力，时常悲观乏担当。每逢失意躲域外，俨然候鸟旅新乡。一生投机性多变，争权夺利欲弥彰。自认党国元老身，领袖欲望日趋强。常拉大旗作虎皮，结党营私建庙堂。

蒋与分庭心不甘，明争暗斗唱双簧。四一二、七一五，魂魄入梦战友戕。不忍居下藏异心，媚日恐日欲改装。《淞沪停战》签协定，丧权辱国民心伤。《秦土协定》让主权，中原大地披寒霜。

“仨月灭华”激民情，统一抗战声高昂。日寇残暴“无人区”，遍地尸骨鸟雀惶。漂沦丧乱何堪曰，任踏铁蹄马由缰。妖光刺破兆铭胆，“反共睦邻”名“救亡”。数转横波主“和谈”，密授签约“重光堂”。几次冤愤脱重庆，一心换旗另开张。发表“艳电”遁无影，身败名裂恶名扬。

君不知，伪政权、恶名扬，自己竖起“汉奸坊”[2]。自从日寇犯神阙，乱枭聚散逞猖狂。早年遇刺旧疾发，走狗总是命不长。众叛亲离无好果，民间纷纭死因藏。

【注释】

①**衍**：发挥。②**汉奸坊**：汉奸的名声、牌子。

丝路兴歌

孙可华（2019）

君不忘，丝路复兴思先贤，联谊互通固疆边。举觞遥望话今古，华夏智慧世伸延。

西域芳草碧连天，晨曦五彩浮云团①。随风绵陵翻金浪，夕阳长影步蹒跚。驼铃悠扬阑珊处，瀚海沙波点点帆②。边塞无常谁知苦，寒风卷地白草旋。

商旅年年历春秋，一路行歌伴离愁。出门远行求薪米，妻儿老小守担忧。狼烟烽起黄沙骤，路边时露冤骷髅。多年外出无音信，春闺最怜梦娇柔。

武帝决心护疆土，张骞凿空③破迷雾。无奈人心各有异，匈奴祸乱令人惧。代代博望④千年继，中原西域奔波抚。靖边商贸时兴起，设立四郡守边戍。历尽艰辛播春雨，难忘冯嫽⑤献朝暮。班超投笔沥肝胆，封侯定远守都护。平定西域五十国，促进民合威远域。青丝铺就通商道，银发叙笔书典故。

前人种树后人凉，润无声中需思绪。将军角弓得闲挂，勇士铁衣暂入库。西出阳关到罗马。南行长安至印度。互利互市增国力，东南中亚亦仰慕。先人艰辛谁人知，友谊播种破险阻。

君细听，沙舟隐隐歌时昂，胡笳阵阵曲悠扬。卢家少妇念归期，年年寒砧整衣裳。梦里小女露笑容，父母喜盼儿吉祥。天涯载情篷帆劲，海角风暖客起航。广州泉州刘家港，信风踏浪过重洋。云霞海曙解独愁，雨燕双栖渔家梁。汉唐迎来国运盛，明清茶马互市⑥忙。历朝轻重有缓急，天都聚集众胡商。千山万水来华夏，丰盈调味酿琼浆。西北牛羊肥又壮，东南果蔬甜海棠。胡桃胡瓜胡椒豆，菠菜甘蓝郁金香。物流互通兴街市，国富民安乐马帮。寰宇风貌国各异，促进商贸文化昌。

君知否，太宗被誉天可汗，往来使节三百贺。城中馆驿多肤色，万国衣冠常宾客。民谊花开蝶蜂舞，宝马雕车香风过。明祖善用手中器，获取良马方安卧。边强才能春常在，邦交往来皆礼乐。

各族艺术互通语，南来北往聚欢叙。文姬玉指十八拍，琵琶弦情绕寰宇。流传汉地曲转奇，融入山河歌如诉。怀忧终年几何时，离乱哀声催泪雨。喝彩声声云袖扬，回雪飘飘转蓬菊。九州引来百鸟鸣，社稷安宁四海悦。

天竺菩提出圣贤，阡陌播云东汉延。古建佛塔嵩岳寺，敦煌龙门艺术冠。阿弥陀佛无量尊，苦海无涯回头岸。爱别离时撒手归，满眼空花一片幻。玄奘遍参真经归，遗产史留辉煌添。神秀慧能禅宗悟，普度众生论经坛[⑦]。

西域顺从伊斯兰[⑧]，穆罕默德[⑨]传经典。“学问虽远在中国”，亦当求之辨恶善[⑩]。十六世孙普哈丁，扬州传教多往返。船中归真仙鹤寺[⑪]，门徒朝拜瞻先殿。多元文化植神州，历代宗人警言赞。怀柔融合包万象，世之名珠东方灿。

日阴月明丝绸路，红衰翠减随寒暑。千年沧桑时变故，兴则国强民富庶。江山依旧人已非，酒巷深处连古渡。他乡相逢且慢行，马上孤独多歌赋。

物华苒苒风和丽，烽烟凄凄天焦虑。竹杖芒鞋穿雾海，回首极望露光曙。一身血骨世代记，烂蓑料峭何所惧。神州经年多风雨，山川雪后复碧绿。

君不见，如今长龙飞紫烟，红光聚气俱赫然。春水潮涌连四海，环球共赏舞婵娟。何惧天下风尘肆，幸得君子识奸贤。一带一路铺芳甸，摇情万里复兴连。

［注释］

①**浮云团**：羊群。②**点点帆**：驼队。③**凿空**：司马迁评价张

骞开通了丝绸之路，打通了中国与西方的交往通道。④**博望**：博望侯。张骞以后的使者，均称为博望侯。⑤**冯嫽**：公元前101年，随解忧公主远嫁到了乌孙国。后冯嫽嫁给乌孙右大将。她在协助公主加强汉朝同西域诸国之间的友好关系方面，作出了很大贡献，深得西域各国人民的敬服，被尊称为“冯夫人”。⑥**茶马互市**：茶马互市起源于唐、宋时期，是中国西部历史上汉藏民族间一种传统的以茶易马或以马换茶为中心内容的贸易往来。它是古代中原地区与西北少数民族地区商业贸易的主要形式。⑦**神秀慧能禅宗悟，普度众生论经坛**：神秀主张“渐修”。禅宗六世祖师慧能，主张“顿悟”。⑧**伊斯兰**：伊斯兰教，本意“顺从”。⑨**穆罕默德**：穆罕默德是伊斯兰教先知。⑩**“学问虽远在中国”，亦当求之辩恶善**：穆罕默德曾经告诉信徒：“学问，虽远在中国，亦当求之。”⑪**仙鹤寺**：普哈丁来到扬州传教，兴建了仙鹤寺。另有广州的怀圣寺（光塔寺）、泉州的麒麟寺、杭州的凤凰寺，同为伊斯兰教的四大清真寺。

“二七”狂歌

孙可华（2019）

车辚辚，马萧萧，阡陌硝烟隐山河。北洋时期军阀多，五味杂陈搅兵戈。往来总统走马灯，聚散十年如穿梭。反帝反封无建树，贫弱根源实难挪。“无量金钱无量血，可怜购得假共和”①。

各路大帅赛貔貅，派系混战何时休？抓丁赋税轧油膏，底层民众哀声愁。列强租界似疥癣，清丽山川哽咽喉。

时政苛待寒气萧，秋瑟烽燧草木凋。百姓怵惕门户紧，鸟雀哑鸣硝烟飘。

劳工组合鸣新锣，不做牛马鼓战歌。汽笛一声冲霄汉，方是初兴踏涛波。工人罢工长辛店，中共领导斗鹰犬。不屈迫害为生存，“八项要求”是条件。

才闻喜信获胜利，民心振奋再出师。多地路矿俱乐部，成立工会互支持。香港海员罢工始，千里京汉停工时。粤汉继有安源增，京奉诸厂开滦随。斗智斗勇互支援，各种组织壮声威。

军阀恶，外夷奸，云诡波谲落腥尘。拜鬼输血寻联姻，外夷亦须代言人。魑魅魍魉抱成团，“武力统一”民沉沦。直系军中一“秀才”，“贿选总统”为重臣。“保护劳工”扯大旗，京汉陇海“勤耕耘”。铁路运输收入丰，列为军费作俸薪。火车轮碾穷人骨，列强掠财装货轮。

汉口租界窝棚稠，妻儿病困形骷髅。食不果腹如猪狗，干活负重似马牛。劳工运动第一人，湖北伯高②为民忧。为争成立总工会，“二七”京汉展风流。“五项条件”护权益，吓坏狼狈同一丘。弹上膛，刀出鞘，“临时约法”任蹦蹂。英美领事与买办，腥风血雨设阴谋。警笛凛冽似狼嗥，枪声阵阵擦耳嗖。“头可断，血可流”，严词斥责雄赳赳。“穷人悲，工人怜”，今日中国何蒙羞？大刀砍，重镣牵，非法秘捕志不丢。“不怕事，不怕死，堂堂做人”明双眸。江岸分会林祥谦，律师施洋勒春秋。黑手高悬夺命鞭，涛卷腥风漫九州。长江咽，洪山垂，悲痛沉浸化同仇。工农商学齐声援，“劳工万岁”歌愤幽。冤人魂血同敌忾，唤醒民众战敌酋。

一身油污黑脸膛，双手老茧怒目豪。决心砸碎旧世界，为求平等命可抛。山河拭目启明星，乾坤黯黯路迢迢。星火漫延旧庭前，鬼雄汇成盛世潮。赤手空拳寻新路，夺取枪炮迎新朝。

[注释]

①**“无量金钱无量血，可怜购得假共和”**：蔡济民《书愤》：“风云变幻感沧桑，拒虎谁知又进狼；无量头颅无量血，可怜购得假共和。同仇或被金钱魅，异日谁怜种族亡？回忆满清惭愧死，我从何处学佯狂！”蔡济民 1917 年被孙中山任命为护法军政府鄂军总司令。1919 年 1 月 28 日在利川被川军方化南杀害。

②**伯高**：施洋大律师，字伯高。

北京雨燕行

孙可华（2019）

北京雨燕为体重只有40克左右的小型候鸟。1870年英国人温斯侯在北京首次采到其标本，并命名为“北京雨燕”。北京雨燕的迁徙路线，因与古丝绸之路高度融合，已列入丝绸之路元素的候鸟。

中国科学家通过光敏定位收集数据，表明雨燕离开北京，经内蒙古往西北迁飞，从天山北部到中亚地区，然后向南穿过阿拉伯半岛，到达非洲南部越冬。第二年又沿相似路线，返回北京进行繁殖。雨燕在迁徙途中有较为明显的路线选择，为减少体能的消耗，它们绕过天山山脉、喜马拉雅山脉等高海拔地区，在里海、刚果盆地等低矮地区停歇并补充能量。北京雨燕迁徙路线的单程距离超过1.6万千米。

北京雨燕小精灵，叹服坚毅露峥嵘。初识娇娆于前门，友善使者守忠诚。阅尽丝路古今事，感时抚事增惋情。千年沧桑历风雨，百代驾云有传承。

四月春回勒心铭，蝶飞蜂舞花正浓。初夏碧野百蛩噪，破壳宝宝眼未睁。顿顿能吃天天饿，黄口嘴大毛茸茸。啾啾雏幼父母哝，上下翻飞忙捉虫。辛勤喂食强筋骨，快快长大奔行程。

八月初秋自知迁，世代历练有始终。天生丽质有遗传，千姿上下百媚生。旦辞故土转西北，暮栖古崖幽体轻。落脚内蒙绕天山，悠悠牧歌伴驼铃。不时展示驾风云，宝宝紧随妈妈行。

瀚海溪流胡杨树，边疆帐篷设军营。历代往事眼前过，悲喜交加怕兵戎。烽烟迷目方向乱，刀戈血气冲苍穹。自古人间多战乱，难忘小哥苦愁容。不忍目睹亲友亡，河边沙丘白骨躬。

一代英主安天下，历任博望凿空通。生死悠悠别经年，多少魂魄入梦中。东市骏马龙腾跃，西市茶米亦兴隆。南市胡舞民谊乐，北市果蔬酒郁醲。昔日狼烟金鼓响，今朝处处胡笳笙。

白日何短千年近，沧桑变幻来去匆。正欲展翅古道行，忽闻迎亲喧闹声。下望人寰烟花处，不见尘雾碧草穷。无心留恋紧赶路，再绕喜马辨行踪。飞越里海过红海，智慧择途放轻松。

一路奔波穿风雨，刚果盆地能量充。十月南非越冬地，休整梦里露笑声。携儿穿梭天地久，耿耿星河原野朋。含情凝睇传情谊，玉容丰润恩爱嘤。朝见子女为过客，落日归巢旧户棚。

自从开辟迁徙道，丝路澒洞[①]风尘窘。如今狼烟已稀少，巨龙[②]载物东西腾。正是中兴走丝路，莫忘先贤烽燧忡。钟鼓萤飞思悄然，近来辗转睡不宁。客游越冬多思愁，恋乡望月盼雪融。

二月徙居两万里，阅尽兴衰念初衷。娇小雨燕柔筋骨，凌空振翅似流星。忽闻古道驼铃响，千山雨意奔京城。强哥[③]难忘乡亲恩，生命垂危美汤羹。古柳苍松童音醉，千年王气启文明。神州春意山川秀，桃李秾醉百鸟鸣。

［注释］

①**澒洞**：弥漫无边。②**巨龙**：中欧班列之类的交通工具。③**强哥**：北京电视台报道，正阳门城楼上一窝雨燕中的一只雄燕，因筑巢时误用一根塑料绳而缠脚导致折断，北京野生动物保护单位在施救时，发现此燕的脚因断时间过长导致坏死而进行截肢保命。经精心喂养，康复后放飞。人们给其取名“强哥”。

英雄赞歌——记孤胆英雄唐凤喜[①]

孙可华（2020）

君知华夏百十载，民族厄运情悲哀？云低月黑贼人入，奸淫烧杀掠钱财。列强穷尽烧圆明，神州疆土遭妄灾。国人困苦增坟冢，夷贼欢歌如狼豺。

艰辛抗倭十四年，谁知内战颤河山。三声雷吼定大局，朝鲜战争危疆边。项庄舞剑意沛公，机关算尽挑事端。积贫积弱何所惧，篱笆扎紧守边关。雄狮醒来声威起，巨浪势推破山岚。为有牺牲多壮志，中华儿女志如磐。

君知祸流时徘徊？敲他魂出魄萦怀。山川峥嵘何壮哉，四海怒起滔天来。黄继光，邱少云，长空掠，勒铭台。冰雪长津英雄连，阿毛绝笔录英才。

君知战场目狰狞，风卷红旗展姿容。敌兵漫漫阵如云，炮声啸啸似飓风。山石化粉尘烟飞，弹坑积水变龙宫。弹削密林成马桩，燋卷原野硝烟浓。轿岩山上孤身影，灭敌一百二十雄。新月里打反击战，迅如霹雳行如弓。凯歌奏响科湖里，战旗插上孤山峰。朝鲜战场唐凤喜，无名小将立奇功。皓月当空照瀛洲，英雄思乡望飞鸿。麦浪田里催人醉，欢庆歌声荡苍穹。

凤喜壮哉苦战鏖，浩气冲天入九霄。君知王气浮英豪，为何坤灵镇虎彪？

庄河农家一猪倌，时见连天战火烧。家贼外盗蒙尘世，阡陌荒芜草木凋。白山黑水暮秋瑟，叶落烽烟寒雪飘。少年励志跨骏马，千里转战疾狂飙。山河风雨起苍黄，晨曦轻拂将士袍。百年阴魂何时了？边声角起烟不消。中华男儿振臂起，何许堪伤灭怪魈。抖落战尘别爹娘，不忍回眸重佩刀。英雄出战卫家国，楼兰定破驱魔妖。灭得熊罴嚣张气，万里征人胜天骄。

［注释］

①**唐凤喜**：1928 年出生在大连市庄河县，1947 年 6 月参加东北民主联军。1950 年参加志愿军入朝作战，多次荣立战功，六次受到毛泽东、周恩来、朱德等国家领导人的接见。

己亥腊月斗魔歌

孙可华（2020）

己亥腊月江风凉，白云映水凝寒霜。浪打江城涛喷雪，夜寂楼高血气刚。

庚子正月战无声，旷野清透聚群英。各路仙子飘然下，莺啼燕语报三城[①]。

身入荆棘何堪伤，逆行在前别爹娘。汉阳已陷毒魔阵，白衣请命奔潇湘。

冠状病毒君知否？大闹九州影缥缈。家族显赫常骚扰，此君今朝性狂躁。身轻体小似幽灵，头戴皇冠显狂傲。

黄鹤楼，鹦鹉洲，千年古城陷悲悼。东湖秀，珞珈青，玉鼠怒起冲天啸。

冲天啸，鼙鼓急，天使受命连夜袭。连夜袭，亲友别，长风途中暗饮泣。忆昔当年战沙斯，多少战友临危急。故人铺就擒魔路，今人拱手作长揖。

生死悠悠何所惧，冤魂入梦尽哭诉。何时开启古魔盒？随风飘遥难追捕。封城禁锢斩妖孽，临阵仙子无朝暮。高龄国士列车憩，轩外风鸣解疑虑。恶疾虽急坤灵在，魔瘴再高钟馗驻。古楚之地祝融[②]守，飞龙跃起收妖雾。

长空春宵繁星闪，俯望人间灯火灿。雷火双神平地起，妖雾皆知天道唤。日落旧巷街灯冷，的哥戴甲送温暖。山寺鸣钟多祝福，阡陌冰寒风争喧。千里单骑巾帼志，只为苍生匡诚愿。

远眺古城黄鹤楼，萋萋芳草鹦鹉洲。分手不辞英雄泪，回头唯恐难忘忧。泪巾怎忘同携手，三镇两江留离愁。飞架一虹联南北，子鼠研墨书风流。

［注释］

①**三城**：武汉三镇，武昌、汉阳、汉口。②**祝融**：传说中的火神。

青岛回归路艰行

孙可华（2021）

青岛1891年正式开埠建置。1897年11月1日发生“巨野教案”事件，

11月6日德皇令德国在上海的远东舰队开赴占领青岛。1898年3月6日清廷与德驻华公使签订《胶澳租借条约》，将山东划为德国势力范围。1914年7月28日第一次世界大战爆发，8月6日日本对德宣战，11月7日青岛德军投降。由此，日军占领青岛，大量移民青岛，开展商业、物资掠夺。1915年1月18日，日本提出“二十一条”。1919年1月18日，在巴黎凡尔赛宫召开战后协约会议。6月28日，大会将战前德国在山东的特权转交给日本，北洋政府代表拒绝在《凡尔赛和约》上签字。1921年11月12日至1922年2月6日在华盛顿举行“华盛顿会议”。1922年2月4日签订《中日解决山东悬案条约》和《附约》，日本被迫交还前德国胶州租借地，但仍保留许多特权。1938年1月10日，日军再次登陆山东，占领青岛。1945年8月14日日本宣布投降。10月9日美国海军大举登陆青岛。1946年11月蒋介石政府与美国签订《青岛海军基地秘密协定》，后又签订《中美友好通商航海条约》。1949年6月1日美国军舰离开青岛海域，同一天人民解放军攻占沙子口，6月2日青岛解放。

青岛在被外寇劫持的日子里，屈辱与磨难使多少英杰为之献身。1949年6月2日，当晨曦划开乌云的那一刻，渤海的狂涛为其洗却了历史的浮尘，曙光映照着她那不屈的脸庞，温暖着她那满是伤痕的身躯。她微笑着倚栏轻吟，聆听着歌舞琴瑟的合鸣。

晨曦破雾映明珠，红瓦绿树涛中浮。一架虹桥跨沧海，蛟龙潜底展宏图[①]。回澜飞阁波斩浪，琴瑟戏鸥碧中踞。五四广场燃风火，回眸百年话恶徒。

琴岛素面美娇娆，依山临海碧水邀。土布麻衣难遮羞，远帆点点鱼丰饶。君知社稷衰乱起，鬼魅横行草木凋。外夷垂涎风姿美，穷尽手段夜难消。恶魔传教违圣意，欺男霸女甚喧嚣。张庄[②]民众孰难忍，天黑趁雨夜握刀。能方济，替死鬼，薛贼[③]闻声遁逍遥。安治泰，潜生喜，窃思喧呼恰行妖。“巨野教案”正当时，德夷强行占青岛。懵懂少女任人欺，清廷奢靡病肓膏。

戊戌初一即墨城[④]，新春喜庆挂红灯。南北东西人来往，家家肉香待亲朋。拜年磕头儿孙喜，文庙香火敬圣灵。无妄庙外擂金鼓，毛鬼崩腾乱枭鸣。长发鹰鼻窝内眼，绿衣红毛吐腥风。须臾文庙面目非，神座破碎双目空。民众仓皇遭涂炭，鬼兵欺人称霸凌。

清廷腐朽必败落，丧权辱国恶彰昭。有识之士⑤多愤慨，难抑外贼野心滔。“公车上书”求变革，百日“明定”有为逃。胶澳丢失尚赔款，“租借条约”伏狂潮。英俄法日随波起，瓜分神州⑥恶魂招。红瓦绿树殖民逸，黑墙矮房尽同胞。胶州警近洋毛居，忍辱奇耻苦煎熬。

日倭涎青时日久，对德宣战寻借口。名为破虏出义师，龙口⑦登陆穷野兽。狼狈厮杀漫阡陌，冤魂尸骨令人抖。远洋不及倭腿短，鬼小狼心蛇腹透。强行划出中立区，奸杀抢掠浮尸幼。日轮斜里血光暗，苍天无言恶助纣。声称战后还青岛，魔鬼何时空回手？

民国甲寅夏八月，倭德之战百日结。占领胶澳行军管，大量倭人占巢穴。日资企业拔地起，开办工厂喝民血。驱赶原居辟“新町”，殖民奴役何堪说！盐业粮食及棉纱，大批矿产遭掠夺。妓院赌场福寿膏，横流岛城行罪孽。

“巴黎和会”分渭泾，列强分赃国人惊。五四运动民众醒，反帝反封热血腾。破指手书尤为动，“还我青岛”据理争。“二十一条”久蓄谋，北洋政府欲吞声。弱国何时有外交？尽从离乱无清平。日倭公使⑧情脉脉，“不弃青岛与山东”。民声鼎沸无签字，妖光暗射何吉凶？

辛酉寒冬华盛顿，山东问题有结论。英美支持日阴谋，单独讨论设迷阵。“悬案条约”及《附约》，《九国公约》失公允。神州蒙尘列六罪，卖国媚日实难忍。名为回归开门户，北洋政府激民愤。胶澳收回付巨款，倭人依然随意进。浪人横行造事端，日舰游弋国威损。倭寇武装强登陆，镇压工人烧书库⑨。贼人入门民恐惧，黑龙⑩包围市党部。

倭人经营行殖民，劳工签约即卖身。残酷剥削无人性，如厕领牌钟十分。十二小时工作制，吃饭不能占工勤。男女下班全搜身，日人工头丧人伦。稍有不从即打骂，赤身罚女辱自尊。寒冬腊月院中站，浑身上下尽伤痕。魔窟工厂薪水低，童工悲凄遭侵淫。

不堪忍受做马牛，衰乱漂沦何忘忧？王尽美、邓恩铭，平生志业斗敌酋。李慰农[11]、胡信之[12]，不惧虎狼为楚囚。组织工人办工会，天道知理解忧愁。军警日倭相勾结，镇压工运亲者仇。乙丑五月日纱厂，枪声四起鬼火幽[13]。血肉横飞呼号悲，歌舞欢笑倭人楼。民族运动遭屠戮，“青岛惨案”血横流。践踏主权日登陆，“五三惨案”民国蹂。热血青年揭竿起，反帝反霸路寻求。怒火燃起风雷动，席卷全国勒春秋。

卢沟抗战倭寇穷，贼侵胶澳台词同。鼠魅群盗语言异，烧杀抢掠刀露锋。周世超[14]、于一心[15]，武装抗日尽国忠。张智忠[16]、于己午[17]，无数英烈勒碑铭。即墨平度毕家村[18]，青纱战马隐兵戎。妖徒出兵毛子埠[19]，即墨屠村烟火浓。崂山罹难晓望村[20]，处处冤声化幽丛。抓捕青壮三十万，送往魔窟做劳工。牛马不如非人待，受尽磨难去无踪。凶徒强化刮民财，掠夺物资“献铁铜”。“配给粮食”狗不闻，苦不堪言风裹腥。

倭寇投降内战起，“日落”硝烟“星条”[21]肆。蒋军不及胶州湾，美舰助力添国耻。签署“密协”[22]卖青岛，鬼媒纳聘何安睡？狼狈聚散鬼相同，霸凌凄凉从不避。狂夷恶徒勃雷逊[23]，太平路上杀人戏。三年又添三百冤，奸淫抢掠无从计。经济强横乱集市，无税独霸民企毁。适闻虎踞金陵至，龙蟠江南风景异。春回浪激马萧萧，涛洗珠翠映天地。

六月二日[24]神鬼惊，万古坤灵镇岛城。百般磨难和泪洒，空巷迎庆琴瑟鸣。春闺消瘦亭亭立，憨笑眉展泣苍穹。母怀温暖波亦轻，倚栏栈桥吟涛情。

［注释］

①**一架虹桥跨沧海，蛟龙潜底展宏图**：青岛新建的跨海大桥与海底隧道。②**张庄**：山东巨野县麒麟镇磨盘张庄。③**薛贼**：薛贼为薛田资，与能方济、安治泰是德国传教士。④**戊戌初一即墨城**：1898 年 1 月 22 日，农历正月初一，驻胶澳的德国军队

派骑兵，急行九十里入侵青岛近郊即墨城制造惨案。此事件引发了康有为第二次公车上书。⑤**有识之士**：康有为第五次“公车上书”并作诗：“胶州警近圣人居，伏阙忧危数上书。已格九关空痛苦，但思吾党赋归欤。”⑥**瓜分神州**：清廷与德国签订了《胶澳租借条约》不久，又与英国、俄国、法国、日本签订了类似的划分势力范围的丧权辱国的条约。⑦**龙口**：山东地名。⑧**日倭公使**：日本公使小幡说：“青岛距日本门司只有二百七十英里（1 英里≈ 1.6 千米），为日本赴中国之最捷径，日本欲图中国，宁放弃满蒙及西伯利亚，决不放弃青岛及山东。”⑨**烧书库**：1936 年 12 月 3 日，日军再次登陆青岛镇压工人，包围国民党市党部及《平民日报》社、青岛图书馆，查抄书库并焚烧图书。⑩**黑龙**：日本黑龙会。⑪**李慰农**：1922 年 6 月在法国与周恩来组建“旅欧少年中国共产党”。1925 年 7 月 26 日在青岛工作被捕牺牲。⑫**胡信之**：又名胡寄韬，《青岛公民报》主笔，与李慰农同时遇难。⑬**鬼火幽**：日本资本家趁机在暗处向工人开枪射杀。⑭**周世超**：《新青岛报》编辑。中共即墨县委组织部部长，1939 年牺牲。⑮**于一心**：西海军分区参谋长，抗战中牺牲。⑯**张智忠**：中共昌邑县委宣传部部长。由青岛回乡组织抗日牺牲。⑰**于己午**：中共西海地委书记，抗战中牺牲。⑱**即墨平度毕家村**：青岛市郊即墨城、平度、崂山毕家村。⑲**毛子埠**：即墨毛子埠。⑳**晓望村**：崂山晓望村。㉑**“星条”**：此为美国星条旗。㉒**《密协》**：蒋介石政府与美国签订的《青岛海军基地秘密协定》《中美友好通商航海条约》。㉓**勃雷逊**：美国士兵。㉔**六月二日**：1949 年 6 月 2 日，青岛解放。

老榆树歌

孙可华（2021）

北京化工研究院成立于1958年6月1日，从成立之日起，就确立了石油化工为研究方向。从此，中国石油化学工业的科研开发走上了从无到有、从弱到强的发展道路。早期，研究院五所研制的航天运载火箭高能燃料项目的全部人员、设备，于1969年整体支援建设了青海黎明化工厂；同期，合成材料领域及配套研究的大部分研究人员及设备搬迁到了四川晨光化工厂。届时，北京化工研究院重要的固定资产仅剩有20%。在国家经济困难、科研经费严重不足的情况下，克服重重困难，为我国石化工业的发展做出了杰出贡献。

研究院建院时的一棵老榆树，见证了研究院的那些个进进出出的开拓者、继承者们，那些年、那些事的点点滴滴。

君不见，一座铜像映辉煌，承载寄望续新航。化研大院林荫道，六一阵阵传芬芳。君不见，穿越时空回头望，不负当年血气刚。根深叶茂老榆树[1]，见证过往颂华章。

想当年，工地处处伴蛙鸣，目野杂草守坟茔。蚊虫猖獗锁阡陌，雨雪泥泞遍地坑。日出棚顶冰澌泄，风起寒窗吹芦笙。只为那，筑起楼台[2]书春秋，汇聚贤士探新程。君不见，基建设备初始貌，各路精英启“炉灶”[3]。林华[4]院长析国情，石油化工位前导。影落陋台青黛光，烧杯秀出美眸俏。无数芳华染霜色，披星戴月无晚早。几代先行炯炯目，一路探索报春晓。

君不知，慷慨志存凿空人，瓶罐纵横含苦辛。航天工程添动力[5]，一道赤焰奔星辰。苍穹开怀星星笑，中华浩气日月新。当年爆竹送瘟神，如今吴刚酒迎邻。俯瞰蓝星盘龙隐，聆听苍穹传佳音。联手嫦娥开天地，再探火星情幽深。

君不知，鸦片[6]烟伤雄狮目，朝鲜[7]卧存烈士魂。时有四边擂金鼓，硝烟阵阵入兽禽。怎忘贼寇百年诈，长缨方为定海针。豺狼环视心叵测，扎紧围栏为子孙。

穷家底，有豪气，民心齐，推山倒。建三线，晨光黎明[8]春光照，开花散叶枝繁茂。整体剥离资金少？不忘初心开门笑。白手起家尚如此，何况如今壮士豪。

君不见，当年事，逢时吐气战狂涛。瘦身八凯[9]力拔山，凤引九雏[10]冲天啸。战马嘶风含丹阳，星斗清幽无烦恼。化研人，争分秒，破难解惑排干扰。高分子，催化剂，时光荏苒催人老。裂解炉，油品异，闪闪烈焰报春晓。长夜无眠凝蛟珠[11]，炉火[12]纯青银丝道。壮士岂不惮艰险？练就绝技自狂傲。

君不知，八卦三昧炼仙丹，丰城剑气[13]手中悬。试台列管精细排，纤手数字一栏栏[14]。一栏栏，映春脸[15]，数字变化伏狂澜。伏狂澜，道道关，抽丝剥茧解刁钻。问君试台多少级，日日上下何茫然[16]。设备简陋人心细，志坚不怕蜀道难。鞋袜磨破千万双，没有毅力不敢攀。每解一品油情异[17]，浑身倦意蜜样甜。油品裂解为人民，抽丝纺线伴娇颜[18]。汽车飞机不可少[19]，点亮神州好河山。

君不见，石油化工何其难，科研开发无借鉴。技术封锁少资料，资金缺乏是考验。科研难，科研难，入门亮剑熬夜辩。晶莹剔透凝汗水，小试模试自己建。成果放大工业化，确保安全为生产。俯仰无愧[20]九州水，高塔暮雪身不染[21]。巾帼安幼下厂门，早早断奶心亦软。乘槎及远历风雨，静卧车中泪目泫[22]。

君不见，沉心细思征尘霭[23]，烛台泪干忧愁解[24]。古有吕望兆飞熊[25]，今有学森[26]一代代。不畏伤感初始穷[27]，立志报国气豪迈。无数学人甘为牛，后浪高启显风采。数载艰辛国士[28]在，倾心聚得纷五彩。釜鼎沸腾翻珠浪，取得名珠羞东海。

君不见，蓄热裂解起始端，如今炉型路数宽[29]。新研炉火胜老君，仙气散开出多端[30]。炉管妙幻巧设计，各路气体出其间。油气裂解分炉型，孰多孰少各相安[31]。出炉急冷防异变，净化身心勿串联[32]。各自回府领任务，转身蝶变美娇嫣[33]。奔赴九州创新业，扮靓民生半边天。

君不见，如今满院绿茵茵，银键跳跃系毗邻。各色仪器奇异幻，妙手剖析解迷津。镜观精微环四海[34]，牵手键链求因循。一列高铁[35]在征程，八方协和立功勋。榆树元老话沧桑，心智高洁语情真。吟诗作赋千百篇，万言化作一杯醇。

[注释]

①**老榆树**：建院时研究院的一棵老榆树。②**楼台**：实验大楼。③**“炉灶”**：实验设备。也象征了以后裂解分离装置的研究。④**林华**：北京化工研究院科研方向的主要制定者，第一任院长。⑤**动力**：航天火箭推进剂。研究院早期的科研成果之一。⑥**鸦片**：鸦片战争。⑦**朝鲜**：朝鲜战争。⑧**晨光黎明**：四川晨光化工厂与青海黎明化工厂及研究所。建三线时，研究院带着科研成果整体拆分搬迁组建的单位。⑨**八凯**：贤能使臣。⑩**凤引九雏**：社会繁荣的祥瑞之兆。⑪**蛟珠**：珍珠。此谓各类烯烃聚合物及催化剂。⑫**炉火**：烯烃裂解炉。⑬**丰城剑气**：宝物或杰士有待识者发现。⑭**纤手数字一栏栏**：记载实验数据等。⑮**映春脸**：一谓青春靓丽，二谓精神饱满。⑯**茫然**：每天不断地上下，没法计算。⑰**每解一品油情异**：每做完一个油品的评价。⑱**抽丝纺线伴娇颜**：石油化工产品中的化学纤维。⑲**汽车飞机不可少**：石油化工产品，除作为燃料外，大量用于各行各业的工业材料。最常见的是工程塑料、涂料、塑料管材等。⑳**俯仰无愧**：立身端正无愧于天、地、人心。㉑**高塔暮雪身不染**：高塔上人的身上无雪，意为风大，身上的雪被大风吹掉了。㉒**乘槎及远历风雨，静卧车中泪目泫**：乘槎为奉使远航。此为出差下工厂取工业实验数据，旅途中思念心痛孩子而落泪。㉓**沉心细思征尘霭**：夜深人静，沉下心来，仔细地辨识分析。㉔**烛台泪干忧愁解**：蜡烛燃烧完了。又是不眠之夜。㉕**吕望兆飞熊**：周初名相太公吕望，即姜太公，名尚，字子牙，号飞熊。传说周文王一夜梦见一头长着翅膀的熊进帐，经人占卜，说是将得到贤人的吉兆。吕望九十岁时辅佐周文王。㉖**学森**：钱学森。㉗**不畏伤感初始穷**：想想过去，让人伤感的事情，不就是穷吗？国外封锁、家底薄。㉘**国士**：院士。㉙**蓄热裂解起始端，如今炉型路数宽**：我国早期的裂解炉为蓄热炉，现在为各类管式炉。㉚**仙气散开出多端**：裂解气分品种分离。㉛**炉管妙幻巧设计，各路气体出其间。油气裂解分炉型，孰多孰少各相安**：不同式样的炉管及排列。裂解不同的原料油，有机原料的收率不同。㉜**出炉急冷防异变，净化身心勿串联**：裂解出的有机原料气体，需要急剧降温，防止进一步的高温分解。㉝**转身**

蝶变美娇嫣：有机原料单体，根据需要进行各种合成。㉞**镜观精微环四海**：高倍电子显微镜下的分子结构及高分子化学分子结构化学键的链接等。㉟**高铁**：高科技的结合。象征高科技的团队精神。

寒夜魔碰壁

孙可华（2022）

寒魔惨淡寒风狂，寒魔凄凄寒夜长。已觉窗外寒不尽，偏逢寒魔兴凄凉。

寒魔骤然来时速，窗外白衣播新绿。好姑娘，风中立，媚眼不见结霜粒。

情能遮寒何以眠，魔心垂问感孤单。感孤单，似风烛，耿耿月下战时艰。

唯恐不耐寒风力，天使声催御寒急。连宵陪伴风飕飕，灯前不弃感人泣。

风烛飘摇春意暖，风魔无情人有情。大院拒魔春风入，何愁窗外风魔声。

天天核酸嗓音低，无言痛痒为大局。寒魔随春转萧条，疏竹窗外虚喘沥。哪知东风从未眠，全民备阵魔碰壁。

花溪踏春吟

孙可华（2022）

清晨窗外闻鸟鸣，日出东方挂紫城。后院元遗岸柳翠，河中野凫抖羽翎。花溪抢眼唯海棠，桃李不甘展艳英。信步高坡陪苍柏，一览两岸春复萌。

百木争艳抽新芽，红肥绿瘦点朱砂。游人如织多颜色，林下穿梭披羽纱。蜂蝶临空眼迷离，繁花似锦幻彩霞。长枪短炮留春意，翩翩曼舞携枝丫。绛唇珠袖着罗衣，声喧树间鸟雀哑。

年年应时曲径随，穷巷相见语依依。居家愁困顿时消，游兴随影变惊奇。喜形忘却口遮拦，打卡相邀描秀眉。隐者自怡观百态，远望浮云近童嬉。

刘李孙武麻瓜话歌行

孙可华（2022）

六月京城气温高，路人街头似烧烤。四友汇聚到麻瓜，刷卡进店互不靠。单间明亮抱拳礼，圆桌隔位摘口罩。老李不忘报展讯，观展收获有珍宝。山人对仗有依据，众人闻言来商讨。老武手机最先进，五代[①]搜韵有高效。老刘北归倒“身差”，海南滞留心亦躁。

鸳鸯火锅沸水起，说文论诗话歌行。源于乐府古歌题，盛唐革除六朝风。子昂“兴寄”“风骨”论，尤以《感遇》亲身躬[②]。《燕歌行》《桃源行》，诗仙《蜀道难》觅踪。一生执著《行路难》，“兴酣落笔”[③]起惊鸿。旧体破解赋新意，浪漫潇洒向前冲。“君不见，走马川”[④]，岑参送别出《西征》。“北风卷地白草折”，意境高远藏笔锋。奔腾跳跃风雨骤，韵换意转显兵戎。《兵车行》《丽人行》，诗圣史诗创巅峰。“即事名篇”新乐府，传世旧题添新情。杜诗理论在创新，忧国忧民自始终。一生颠沛《瘦马行》，“沉郁顿挫”感情丰。江州司马白居易，承前继后勒碑铭。“歌诗合为事而作”，《与元九书》[⑤]辨分明。《长恨歌》《琵琶行》，琴弦哀咽激涛声。不离时政《秦中吟》[⑥]，达官切齿为民争。诗文犀利为民赞，由衷高兴结友朋。《新乐府》，“讽喻诗”，乐府新论如日升。四友论述各有因，鼓吹歌行为传承。

火锅沸腾嘴不闲，总结前人且畅谈。如今乐府不景气，各类韵词似山峦。远看壮丽风景美，难以跨越至眼前。快书快板大鼓词，风格古朴歌行艰。李杜韩白陈子昂[⑦]，破题实践驾凤鸾。颠沛流离不忘志，诗歌唱响开新篇。我辈亦践多练笔，歌行须有新内涵。谋篇针弊现代事，歌颂鞭笞善恶观。破除旧念唱新词，紧跟时代应高瞻。老刘总结收主题，武工排序上下联。乐年思谋戏剧篇，山人更喜历史翻。麻锅不敌情怀热，畅所欲言无酒酣。

［注释］

①**五代**：第五代移动通信技术。 ②**子昂“兴寄”“风骨”论，尤以《感遇》亲身躬**：唐陈子昂提倡革除六朝逶迤颓靡之风，兴汉魏“兴寄”“风骨”之音，力行创作《感遇》三十八首。③**“兴酣落笔”**：唐李白《江上吟》：“兴酣落笔摇五岳，诗成笑傲凌沧洲。”④**“君不见，走马川”**：唐岑参《走马川行奉送出师西征》。⑤**《与元九书》**：这封书信白居易写于元和十年（815年），当时四十四岁的白居易正任江州司马。收到好友，时任通州司马元稹寄来的《叙诗寄乐天书》，乃思前想后，有感而发，写下这封内容丰富、感情真挚的长信。⑥**《秦中吟》**：《秦中吟十首》是唐白居易的组诗作品，包括《议婚》《重赋》《伤宅》《伤友》《不致仕》《立碑》《轻肥》《五弦》《歌舞》和《买花》。全篇十首诗从不同侧面深刻地反映了当时的政治弊端与民生疾苦，白居易自己说“十首《秦吟》近正声”。⑦**李杜韩白陈子昂**：李白、杜甫、韩愈、白居易、陈子昂。都是不同时期的破题之人，对中国诗歌的发展奠定了基础。李白、杜甫尤其是杜甫实践了乐府旧体出新，创作了大量的新歌行体名篇；白居易在杜甫的基础上提出“新乐府运动”，也创作了大量的新歌行体名篇；韩愈的“古文运动”影响很大，创作了大量的散文。韩诗也是开宗立派之人，“以文为诗”是其主要特色。

京城护燕歌

孙可华（2022）

有感于野生救护中心组织的民间北京雨燕调查群中，志愿者与专业救护人员的微信互动。为他们在调查中的执着与配合、对救护知识的认真学习与实践，及少年儿童积极参与野生动物保护的社会活动而歌。内容取材于北京雨燕调查群。

复姓北京名雨燕，娇小身姿凌云空。莫道迁徙帘幕重，千山绕经丝路行。阅尽人间多苦难，感时抚事增伤情。如今乡里桃源色，山红涧碧玉楼琼。京城如此“强哥”[①]乐，鸥鸟无忌[②]赏燕鸣。

燕凌空，情交融，乡里乡邻多友朋。多友朋，齐上阵，顽童亦是排头兵。京城老少护燕久，君歌欣喜通神灵。野生救护志愿者，调研雨燕分布踪。编组自由户为主，观察种群喜于形。雨燕习性属攀禽，夜鹰目类需分清。四趾向前蹠跖短，身体落地难支撑。平坦地面苦步走，腿无蹬力何起程？奇异雨燕似“无脚”，一生飞翔啄食虫。

悬崖巅，枝头梢，哺育幼鸟喂宝宝。喂宝宝，多艰辛，幸而飞虫足可饱。“无脚”雨燕喜古建，建巢飞檐及翘角。便于滑翔下梁檩，金殿毛头甚热闹。居安繁殖少天敌，故里育儿多喜报。现代建筑亦可选，空穴梁洞甚精巧。栖息范围广扩展，生态多样见成效。降低风险护生存，有的放矢作精保。

作精保，需知识，救护喂养须把持。黄口燕，难养护，勿放笼中送专职。业余发现可协助，通知专业有答疑。柔肠有情多思量，定要心细将其移。幼鸟娇小需轻柔，饥饿时伴咕噜啼。培育互信燕安宁，自然放松视仁慈。勿使恐慌损羽毛，无法穿云展英姿。认得门庭喃喃语，纤纤羽翼丰满时。

中轴线，正阳门，居此雨燕一群群。古城楼，竞逐飞，自然景观善人文。明清两朝六百年，雾罩楼台今迎新。朝阳楼外晚霞影，岁岁凌空拜四邻。当下申遗[③]复历史，生态保护存佳音。“活态文化”[④]是代表，艺术魅力展古今。“强哥”世居正阳门，受恩感念护燕人。待到来年春归时，一座新楼[⑤]忆“九门”[⑥]。

［注释］

①**强哥**：北京电视台报道，正阳门城楼上一窝雨燕中的一只雄燕，因筑巢时误用一根塑料绳而缠脚导致折断，北京野生动物保护单位在施救时，发现此燕的脚因断时间过长导致坏死而进行截肢保命。经精心喂养，康复后放飞。人们给其取名“强哥”。②**鸥鸟无忌**：化用唐王维《积雨辋川庄作》“海鸥何事更相疑。”《列子·黄帝篇》海上有喜欢鸥鸟的人，每天同群鸥游玩的典故。在此谓：人应该以善良的仁爱之心融入自然。③**申遗**：北京中轴线申遗。④**“活态文化”**：北京雨燕已在正阳门上筑巢600多年，在城楼上空争逐竞飞，已成北京一道自然与人文兼具的景观。北京雨燕是北京中轴线上的“老北京”，是历史北京、文化北京、生态北京的代表之一。⑤**新楼**：雨燕迁徙后，正阳门修缮。⑥**九门**：北京内城有城门九座，由朝阳门、崇文门、正阳门、宣武门、阜成门、德胜门、安定门、东直门、西直门组成，古代官职“九门提督”中的“九门”即是指这九门。正阳门是现存的，保护最完整的一座。

庆祝建院65周年

——北京化工研究院风骨传承之歌

孙可华（2023）

“风骨”，就是风格与骨气，也是企业文化的基因。北京化工研究院的“风骨”是：科学求实的风格；不畏艰难的骨气。其“传承”的精神则是：乱世烽烟中的求生精神；艰难困苦中的奋进精神。这种“风骨传承”注入的是：民族苦难中的不屈不挠；那些经历过烽烟锤炼的他们不懈努力的优秀基因。他们的代表人物是：范旭东、林华、梁波……

我要为这风骨而狂歌！我要寻觅那远去的脚印……

君知否，六月化研花盛开，满院清爽芳徐来。科研逸兴壮思飞[①]，创新路上育良才。人生恰遇盛世起，何待明朝抒情怀？化研风骨争朝夕，代代传承莫徘徊。

君不知，外客冷眼看北化，淡淡安知源不凡？“三源一流”[②]聚精英，势拔五岳盘峰峦。化工先驱范旭东[③]，壮哉峥嵘闯险滩。黄海起始范公志，丹心怀俱跨征鞍。

立信条[④]，相信科学办实业，牺牲个人顾社团。晚清腐败外强狠，民国昏乱军阀婪。不恋权谋为百姓，办厂集资产精盐。实业难，实业难，虎狼窥视何茫然？

君知否，为破外夷制碱权[⑤]，道合同志大旗展。侯德榜、孙学悟[⑥]，慧识栋梁任重担。制盐制碱“永久黄”，《海王》[⑦]抱团巧宣传。绵绵内战外侵入，七七事变起祸端。塘沽社址遭沦陷，南北转战竭虑殚。西入夔门[⑧]开新灶，备尝艰难苦攀援。胆碎鱼窥坐长叹，汗出鸟道何盘盘？技术门槛高万丈，欧美横绝[⑨]通人烟。巧破难题走新路，联合制取氯化铵。“侯氏制碱”鸣天下，走出国门[⑩]喜开颜。欲解贫弱梦强盛，培养新秀有远瞻。魏文德、赵博泉[⑪]，适时学归任中坚。

君不见，老蒋长啸假呻吟，神州何时见阳春？十四年抗日黎民苦，田荒牛瘦家道贫。辽沈战役落尘埃，家园建设复伤痕。不惧荒废铲荆棘，逢时英杰思经伦。东北化工待整顿，科研先行保生存。大贤虎变何能测[⑫]，林华、梁波[⑬]寻常人？

君不知，林老院长出延安，儒雅授课善雄辩。初到北化任院长，事思密、行果敢。高瞻远瞩搞石化，现已花开金灿灿。当年风华入延安，一匹老马[⑭]在身边。徐老[⑮]交代制玻璃，书生难坏遍“巡按”。荒滩乱岗建企业，三无双手重实践。狂生[⑯]不怕落魄难，壮士何况皆硬汉。玻璃、陶瓷解难题，三酸始得进金殿[⑰]。攻破堡垒即调防，不辞背包何知倦。西北铁厂瓦窑堡[⑱]，高炉上马建一半。忽闻日寇举白旗，又接新令即转战。

君不见，战争道边废弃池[⑲]，荒野破屋歹徒起。曙光初显露民喜，电闪三时[⑳]骤风雨。遥途一年必有时，盘灶东北待春意。

君知否，院内榆树栖寒门，一日寻我互交心。洗耳小子闻苍语，感慨日月有因循。回目六十五年前，荒坟一片鬼目瞋。北风号怒滚天来，雪花席大堵嘴唇。

中年汉子[21]似铁塔，高举马灯艰难行。不变军人原本色，深入基层伴人生。

君知否，此汉抗战搏生死，民族救亡战马腾。战莱芜、克即墨，孟良固上勒功铭。身躯总在士卒前，战士含泪救英雄。攻克莱阳长山岛，多次负伤立战功。马儿山[22]上硝烟浓，“仙人洞”[23]中云雾萦。伤残身躯伴秋霜，永留弹片随体荣。

君且听，榆树老人抖身形，长叹一声喊梁兄：自君伤残转后方，军工脚踏新征程。硝烟散，山河破碎皆茫然，东北辗转沈阳城。化工科研初调整，带队又来荒坟中。我本荒野一草木，笑闻风歌鸟虫鸣。春秋兴衰残叶枯，冬雪翻滚凄含风。君自来到我身边，汗水浑身架帐篷。烈日笑君一身伤，明月赞你多温情。与友同心无昼夜，三年完成八万平[24]。沧浪孤月河汉清[25]，错落北斗长庚明。“三源”聚英求长远，四方“分流”为新萌。

君且看，传承“风骨”与“基因”，明朝新发酿清醇。慷慨志存凿空人，纵横瓶罐含苦辛。航天工程添动力[26]，赤焰一道奔星辰。苍穹开怀星星笑，中华浩气日月新。当年爆竹送瘟神，如今吴刚迎芳邻。俯瞰蓝星盘龙隐，聆听苍穹传佳音。联手嫦娥开天地，再探火星情幽深。无烟战场风和雨，万里浮云布迷津。北化时应大瘦身，一分为三[27]进山村。

建三线，晨光黎明春光照，开花散叶枝繁茂。穷家底，有豪气，民心齐，推山倒。整体剥离资金少，风骨永传开门笑。君不见，当年事，逢时吐气战狂涛。瘦身八凯力拔山，凤引九雏冲天啸。战马嘶风含丹阳，星斗清幽无烦恼。化研人，争分秒，破难解惑排干扰。高分子[28]，催化剂，时光荏苒催人老。裂解炉[29]，油品异，闪闪烈焰报春晓。长夜无眠凝蛟珠[30]，炉火纯情银丝道。壮士岂不惮艰险？绝技练就自狂傲。前人种树后人凉，高贤指路挖珍宝。

君自豪，壮士人生百年内，化研风骨万古情。余怀敬仰与君酌，月盘沉湖亦峥嵘。榆树言尽为收书，颂歌万语有传承。作赋吟诗北化人，怎敢忘却众父兄。

[注释]

①**逸兴壮思飞**：唐李白《宣州谢眺楼饯别校书叔云》："俱怀逸兴壮思飞，欲上青山揽明月。"逸兴，超迈的兴致。壮思，大志。②**"三源一流"**：三源，即新中国成立初期，将沈阳、北京、杭州三地主要化工科技研究所技术力量调整整合后，于1954年初集中于沈阳，成立了中央人民政府重工业部化工局沈阳化学工业综合试验所，梁波任所长。1956年中央依据科技长远发展规划，又将沈阳综合试验所按专业分别前往天津、北京、上海及沈阳四地成立了化工研究院。"黄海化学工业研究社"，是在北京其整合的源流之一，所长孙学悟。③**范旭东**：中国民族化工的先驱。创立了"黄海化学工业研究社"。1945年10月4日因积劳成疾而病逝。毛泽东在挽幛中誉为"工业先导，功在中华"。建国初期，毛泽东同志在一次重要会议上说："我们搞社会主义建设，不能忘记四个人，搞钢铁不能忘记张之洞，搞化工不能忘记范旭东，搞纺织不能忘记张謇，搞交通不能忘记卢作孚。"④**立信条**：范旭东亲自制定了"久大制盐""永利制碱""黄海化学研究社"的"永久黄"团体"四大信条"：我们在原则上绝对地相信科学；我们在事业上积极地发展实业；我们在行动上宁愿牺牲个人顾全团体；我们在精神上以能服务社会为最大光荣。⑤**制碱权**：1916年英国试图攫取"以盐制碱"的在华特权。⑥**侯德榜、孙学悟**：侯德榜，"侯氏制碱"发明人。1921年应范旭东之聘，任塘沽永利制碱公司技师。1945年范旭东先生逝世后，当选永利化工公司总经理。1948年为"黄海化学工业研究社"捐资8万美元购置北京芳嘉园房产。化工部成立后，任副部长。孙学悟，中国化工科技工作奠基人。1919年放弃在南开大学的高薪，接受范旭东邀请，到荒凉的塘沽盐滩任久大精盐公司化学室主任。1922年任"黄海化学工业研究社"社长。解放后，任"黄海化学工业研究社"在北京调整后的中国科学院工业化学研究所所长。⑦**"永久黄"**，《海

王》：为当时范旭东创办的“久大制盐厂”“永利制碱厂”“黄海化学研究社”第一个字的合称，及《海王》期刊。⑧**西入夔门**：黄海化学工业研究社被日本人强占后，所有研究人员被迫西迁至四川五通桥四望关。⑨**欧美横绝**：西方国家的技术垄断与封锁。⑩**走出国门**：“侯氏制碱”技术已经走出国门，帮助印度等建设。⑪**魏文德、赵博泉**：黄海社下面有三个研究室：菌学室、有机室、分析室。菌学室主任是方心芳，有机室主任是魏文德，分析室主任是赵博泉。这些人都是1946年“黄海化学研究社”外派美国学成归来，在化学领域非常优秀的人才。北京化工研究院成立后，魏文德任副总工程师，副院长。赵博泉任副总工程师，五所总工程师。⑫**大贤虎变何能测**：唐·李白《梁甫吟》诗句。“虎变”，指老虎的皮毛秋后更新。文采焕然。意谓贤者能骤然得志，非愚者所能测知。⑬**林华、梁波**：林华，1958年首任北京化工研究院院长。1936年毕业于上海光华大学化学系。在周恩来同志安排下1940到延安，任自然科学院教员。当时，延安物资匮乏。自然科学院院长徐特立让其负责玻璃制造，任玻璃厂厂长等。在极其艰苦的条件下生产出了合格的玻璃。又研制生产出了耐酸陶瓷、耐火材料及黄磷等紧缺物资。抗战胜利后转战东北，为化学工业负责人。梁波，1953年6月任重工业部化工局沈阳综合化工试验所所长。1955年底，率队筹建北京化工研究院任主任。1958年北京化工研究院建成后，首任党委书记。1938年2月参军。历任排长、连指导员、胶东军区独立团二营教导员等。负伤后，历任山东军区第二军二局研究室教导员、第二军二局第八、第九兵工厂厂长、华东工业部淄博硫磺厂厂长等。⑭**一匹老马**：林华选址、找材料建玻璃厂时，只有一匹老马陪伴。⑮**徐老**：徐特立，延安时期自然科学院院长。⑯**狂生句**：化用唐·李白《梁甫吟》：“狂生落魄尚如此，何况壮士当群雄。”⑰**金殿**：玻璃、陶瓷制品。用以生产化工“三酸”的设备。⑱**瓦窑堡**：地名，在陕西省。⑲**道边废弃池**：唐·杜甫《君不见简苏徯》：“君不见道边废弃池”。⑳**三时**：春、夏、秋。此谓老天情绪不定，象征时局不定。㉑**中年汉子**：带队建设北京化工研究院的梁波书记。㉒**莱芜、即墨、孟良崮、莱阳、长山岛、**

马儿山：都是山东省地名。也是梁波书记参加过的解放战争时的战役，由此而多次负伤。㉓**“仙人洞”**：马儿山附近的山洞，现为旅游景点。㉔**八万平**：梁波书记带队，三年完成建筑面积八万平方米。㉕**沧浪孤月河汉清**：化用唐·杜甫《答王十二寒夜独酌有怀》诗句：“孤月沧浪河汉清，北斗错落长庚明”。㉖**航天工程添动力**：北京化工研究院早期的科研成果之一，运载火箭所用的高能燃料偏二甲基肼。后整体分离到黎明化工研究院。㉗**一分为三**：20世纪60年代中后期，北京化工研究院依国家三线建设需要，按专业整体剥离筹建了四川晨光化工研究院，以及青海西宁黎明化工研究院。剥离后，北京化工研究院重要的固定资产仅剩有20%。㉘**高分子**：石油化工高分子聚合物。㉙**裂解炉**：石油化工乙烯裂解分离装置。㉚**蛟珠**：珍珠。此谓各类烯烃聚合物及催化剂。

读发小梁兄《土墙》有感

武冀新（2010）

脊土颓墙，当年花果香；衰草枯杨，曾为游乐场。蛛丝儿结满架梁，沙尘儿笼盖了青纱帐。说什么势正隆、业正骧，如何两鬓又成霜？昨日凤凰山头送战友，今宵歌舞厅里戏鸳鸯。名远扬，利满仓，转眼双规人皆谤。正叹他人运不长，哪知自己撞南墙！训儿郎，保不定日后认爹娘；择婿凰，诚不如安乐在孤老堂！勿嫌纱帽小，且把锄镐扛；不畏破袄寒，何羡紫蟒长。兴冲冲跟着梁哥寻土墙，认定墙下是故乡。细思量，到头来都是路过地球梦一场。

老同学众生相——仿《红楼梦》《好了歌》注

武冀新（2012）

儿孙高堂，老小卧满床，豢马牧羊，夜饮草料场，装新房攀爬雕梁，选墓地奔走荒岗上。堪羡他体尚健，翅能翔，继续打工创业挣银两。时而黄土陇头送战友，也曾非诚勿扰配鸳鸯。米满箱，酒满箱，杞人忧天防饥荒，教授保你命久长，归来炮制益寿汤；养有方，调饮食运动心愉畅，择媳郎，翁妪们约会交民巷；因嫌住房小，甘致债务扛，昨怜破袄寒，今嫌西服长。喜滋滋你抒闲情我说忙，已认他乡是故乡。气还昂，抽时节放下那杂务多聚几场。

老同学众生相二

武冀新（2012）

伺奉高堂，老幼绕膝床，贻弄孙郎，书室改操场。省食用积些钱梁，游天涯浪迹芳草香。怎奈何染沉疴，病恹恹，百般调治竟愈康；昨日黄土高坡会故友，今宵橘子洲头看湘江。衣满箱，鞋满箱，涂唇粉面秀时装，茄子苦瓜绿豆汤，长食信能瘦肝肠。教有方，享子孝婿贤家和祥；搓麻忙，翁妪们交欢逸民巷。还觉学问小，再上老年堂，昨临兰亭序，今绘杜十娘。气轩昂，挑灯看剑拭弓枪，运筹帷幄备战忙。志腾扬，似黄忠老儿时刻准备回杀场。

诈骗来电趣事

武冀新（2012）

手机一声鸣床际，侧耳聆听驱睡意，般般呼唤传亲昵，仔细听辨是桂语，记起同学在广西，果然此公到京畿，远朋莅临亦惊喜，相约会晤情依依，此事萦怀添挂念，只盼早早能相见，起床梳洗用早膳，办公室里坐不安，校友网上随意看，忽传有人在行骗：谎称同学来旅游，千里拜会释忧愁，继而再电报噩耗，车祸住院命悬悠，正需钱款已被偷，请勿探望速电邮。同学告诫勿上当，世风日下亦悲怆，忽觉前事也相像，何不回电探端详。校友录上有旧码，一拨即通露真假，同窗正在伺孙儿，漓水岸上做竹马，不得分身游天下，更不可能在京华，同学互勉又互夸，谨防车祸与摔滑。座机电话正抒情，忽然手机又响铃，桂语喃喃复殷殷，果然车祸已发生。口音确有七分像，缺乏文采与豪壮，措辞闪烁且彷徨，何不戏之演双簧，手机座机请对讲，桂语黔技互较量，常叹艺坛无活力，春晚落幕无人议，笑星转向民间去，民间处处演奇戏，一场耍笑消暑气，天长地久有时尽，此乐绵绵无绝期。

咏聊斋志异

武冀新（2012）

君不闻东坡居士论鬼神，姑妄言之姑妄听，君不闻狐妖女鬼亦有情，喜怒爱恨如凡人。蒲公仕途不如意，且设聊斋志灵异，门前施茶留羁旅，妄说奇闻与诞语，集腋成裘苦搜取，如蜂酿蜜运妙笔。撰得四百九十篇，篇篇可以做奇传：凤阳士人梦荒诞，崂山道士邀月仙，多情鬼女聂小倩，再生瞑官李伯言，世上阴曹怪异事，柳泉先生细评点。松龄文章春秋笔，晋唐风韵史公技，大义微言详诉叙，惜墨如金淬精义。犹如小吃搏众爱，犹如冷饮受青睐，犹如快餐便携带，犹如火锅容百菜。亦如小品闹春晚，亦如短信发指间，亦如微博串网线，以其微简独领先，鸿篇巨制少人看，洋洋洒洒难精研，独爱聊斋文与体，百言说尽世间理。君不见汉字方寸蕴大义，省却多少纸和笔，君不见象形文字如图画，一目十行瞬间记。一部聊斋聊聊语，洞观阴阳风和雨，青林灯下醉游子，黑塞道上慰孤旅。

咏北京暴雨

武冀新（2012）

噫吁嘻！危哉壮哉，偿闻暴雨可滔天，一朝倾泻帝都前，六十一年未曾见，乘夜秉伞细探看，浊流宛转绕芳甸，雨笼花林皆似霰，大湖汹涌小湖泛，大水入地小水串；君不见太行深处聚云团，乘风化雨覆京南，门头沟谷千瀑落，永定河上波连天，京畿顿时成泽国，直掠渔阳向燕山；大暑未到大雨至，昼夜颠倒失天日，八区洪涛淹街市，十万羁旅苦留滞，立交桥下可漂杵，千街万巷皆拥堵，唯有工体足不驻，国脚犹向波间舞。南郊成灾北郊喜，库湖盈满千山绿，果蔬增质且增产，农民省水且省电，小园正是丰收时，绿瘦红肥骏马嘶。

咏当代生活

武冀新（2012）

君不见北京妪叟热荧屏，几锁家门出国门，周游列邦效孔子，万里回来成达人，一时多少背包客，出京路上接踵行。君不见《北京青年》走青春，夜夜热播现荧屏，辞职离家浑不顾，结伴直出永定门，犹如笼鸟遽展翅，犹如弱苗失温棚，成龙不得欲成虎，牵动天下父母心。君不见南海东海列战云，争岛保岛热荧屏，两岸三地汇勇士，共攘夷人与倭人。君不见奥运播完播残运，股市论罢论刀兵，元宵方过排春晚，杂剧闹剧演不停。登天始见天下小，远地知有地球村，千家万家微波笼，尽是音频与视频，试问时尚谁引导，亿万眼球盯幕屏。

国家体育场观科幻大剧

武冀新（2012）

君不见元明都外秋风急，紫岚烟树遮云翳，君不见候王荒冢没藩篱，鸦噪鸱啼声喊凄，千年旧事无人忆，百年后事有谁知？穿越二零八八年，一场大剧正演绎，声光电火腾空起，场内场外接云梯，直出鸟巢向天际，星汉灿烂若隐移。一团红尘歌星啸，百禽百兽舞裳霓，天下升平贺新岁，和谐和平两相宜，海内海外频交际，天上天外亦交谊。

咏郑和下西洋

武冀新（2019）

明祖禁海且封国，洋路陆路行不得。外拒鞑虏征漠北，内肃权臣荡险波。励精图治疏杖刺，不教儿孙陷淖罗。龙颜渐衰太子死，隔代传承运蹉跎！马家有儿初长成，一朝入侍燕王侧。随王靖难建奇功，郑村坝上赐郑和。石头城里呼声疾，正是椒宫纵火时。从此建文失踪影，帝都北迁王气移。永乐临朝志干霄，志在千秋安玉宇。建都修典疏槽道，威加海外标疆域。海禁未解官船备，渔家唯伴皇家旅。舟坚炮利气盖世，百桅千帆向天际。龙江关出棹东走，直指太仓刘河口。太仓府上旌蔽日，刘家港里大计筹。八百里传天子檄，三宝帅旗竖樯头。樯倾楫摧北风扬，直下南洋向西洋。六出洋海复六归海外宣喻天朝威。万国来朝颂盛世，威加古里抵东非。航海万里博长风，朝中百官各议讽，朝事亦如海事幻，永乐洪熙相继崩。宣德即位驳众议，七下西洋重启程。廉颇垂老倘饭否，郑和不肯泯初心。天妃宫里书碑记，祈福发心铸大钟。乘风破浪正当时，直挂云帆济苍穹！新功未立无常至，直教英雄泪满襟。不欺寡且不凌弱，宣德化而柔远人。不殖民且不称霸，千古悠悠古人心。

与老同事偶遇江南雅聚

武冀新（2021）

该消停季不消停，面对浮生竞痛陈。彼岸灯光犹闪烁，迷津思绪任飘零。肺语连绵争敞叙，话匣往复拒阖封。盘飧变易皆滋味，樽酒充盈是旧情。人境结庐弥古意，忘机犹辩对残羹。

辛丑芦沟秋月夜

武冀新（2021）

中秋寻月游宛平，十五月亮十四明。长安灯火渐珊阑，直出四环向五环。城垣围堵人如蜂，且跨新桥向西行。席地设酒蓼花畔，驴肉火烧亦成宴。隔河遥望拱北城，堞墙照水偶成形。滟滟堤波逾百里，堤下胶坝方建成。永定宛转绕城淀，月照花林似飞霰。空里流萤照眼飞，汀上白沙隐约见。水天一色无纤尘，拱极城畔孤月轮。卢沟桥头初见月，紫金月色已笼城。月光循照无穷已，明月处处可差拟。不知明月待何人，但见永定河中纹。风卷白云去悠悠，芦沟桥上不胜愁。对对双双石狮子，影影绰绰永昌楼。千秋万载月徘徊，亚似离人望夫台。晓月碑前征人去，春风杨柳拂还来。婵娟相望不相闻，月华照我亦照君。鸿雁传信光纤度，鱼腹藏书电成文。昨夜闲潭梦落花，只盼游子早还家。水漫仲秋秋欲尽，月上中天复西斜。斜月沉沉没云雾，太行西望无限路。兴尽酒尽人当归，残月重映满江树。

赏鲁燕兄《棋盘咏》

武冀新（2021）

忆一同仁终身弈棋，终身不得要领，终致妻离子散，慨叹之余，仿曹公《桃花行》，戏作《棋枰行》。

棋枰界外东风软，棋枰界内不偷懒。枰上棋子局内人，人与棋枰隔不远。东风有意拂棋枰，棋正奔腾枰不卷。棋枰界外人如旧，枰中消得人羸瘦。棋解怜人枰上老，棋局人事参悟透。悟透方寸棋满枰，映射人间无限情。闲苔院落空对弈，经国济世孰可凭。凭栏人向东风泣，卖单人傍棋枰立。棋枰杀戮乱纷纷，尸横编野血凝碧。雾裹烟冲只屠诛，将逃帅避阵模糊。天机道破梅花引，渊深海阔看籍枕。适情雅趣古今同，愿耗青春胭脂冷。胭脂冷却美人睡，满枰皆是人间泪，若将人世比棋枰，人世无聊棋自魅。泪眼观棋泪易干，泪干春尽人憔悴。博弈客弃多情人，天明搏到天黄昏。一声杜宇春归尽，寂寞棋枰空月痕！

次韵元微之白乐天《东南行一百韵》

武冀新（2022）

隐括七言歌行五十韵寄三亚鲁燕君一笑。

鲁燕去燕且去鲁，琼涯老客老江湖。山头登看舟出没，海面淌漾纵游途。地远水深穷疆界，天低云淡接礁隅。飘零迁徙若候鸟，踪影渺茫似乘桴。应觉黎苗乡俗异，洋货土产风味殊。南音北语听喧闹，蛮态登颜笑睢盱。渔港水市通阛阓，烟村椰林混舳舻。商肆舶品争免税，房价扶摇可赁租。舟橹唱晚饶虾蟹，峰岭云盘遗虎貙。成男墨唇含槟果，丑女蓬面扮鬼巫。陋巷偶尔逢猖妇，码头车店皆贩夫。夜半船坞笛声咽，地摊酒徒对瓶沽。滨海临街多棕榈，果香阵阵闻鹧鸪。山歌一曲传斗笠，男耕女织频相呼。五指山上宿野栈，日月湾外寻水郛。海花岛里探楼市，疍民浮排观群乌。鳌龟弄潮知有信，蛟鳄戏浪实无虞。惊涛拍岸鸣战鼓，回波卷沙绘雪图。石裂山崩堆新景，岩凸谷凹筑杻枢。喘牛吠犬出阡陌，塘库沟渠放青菰。绣面文身稼穑汉，舞榭歌台寄念奴。尝遇刀耕与火种，饮血茹毛焚樵苏。脱贫唯愿农家乐，丰衣足食厌脍鲈。鲁君年年东南去，乐哉不思蜀与吴。探究气序凉还热，悠悠光阴旦复晡。秉笔频书眼底事，几忘年齿进桑榆。宝刀不使功夫废，履新不容岁月徂。修远不辞路漫漫，求索不令足踟蹰。自念尝为理工客，饱读已届文史儒。蕴藏经国济世术，执缨轻弃度关繻。赋力诗画品古籍，敢教词锋敌辘轳。民族寻魂书鲁迅，化工建史绘圆弧。东周列子鞭齐下，三国红楼辔并驱。笔触直逼音韵史，唐李宋赵继明朱。荟萃对韵话九韵，大师行家窃觊觎。文友闻风纷际会，京畿雨露各沾濡。经年共襄升平世，翁妪不惭固陋躯。天下文章过法眼，诗词唱和同步趋。年来又倡歌行体，算就诗林缺一株。罔顾邯郸笑匍匐，山鬼无计枉揶揄。研学尝发三闾愤，推敲甘比贾岛愚。五老结群从深议，挑灯看剑漫嗟吁。学问精而求精致，韦编三绝尽已于。闲暇棋枰觅佳句，不使情商感凋枯。群骥伏枥惜康健，益寿延年期晚殂。鲁老养生实表率，防寒避疫瘟疾无。屏上交通多趣事，争吟新诗灌玉壶。天命失催身自主，人生得意在互娱。壮志不曾因龄灭，雄姿可以与病俱。春回相逢应不识，鹤发童颜墨髭须。

仿太白《北风行》咏北京冬奥开幕

武冀新（2022）

烟笼健德门，光曜五环开。日月相交兮照及此，复有北风号怒天上来。燕山雪花大如古，片片吹落检阅台。幽州塞垣接三地，载歌载笑双蛾摧。倚门迎远客，念君长途跋涉良可哀。且聚鸟巢行仪礼，升旗盟誓祭鞞靫。中有一簇白羽盘，扶摇起舞上九埃。阊阖近，直向瑶台不复回。辗转传火炬，燃之宁成灰。举国捧助成大典，举世瞩目大功栽。

仿太白《梦游天姥吟留别》再咏北京冬奥开幕式

武冀新（2022）

海客来五洲，冬夏两度信难求，太白梦天姥，冰雪明灭今可睹。冰雪连天向天横，势拔北岳掩三城。鸟巢四万八千座，万千情话欲谢倾。我欲因之梦穿越，秦时雄关汉时月。烟火映长影，踏足至龙溪。龙溪场馆今尚在，渌水冻结天籁啼。脚着冰雪屐，身登如意梯。篁举立春节，空中荡雄鸡。琼融玉裂银环定，迷花朵朵正暮暝。虎咆龙吟涌靛泉，栗深林兮惊层巅。墨卷青兮盆雨，焰火澹兮孤烟。列缺清袭，鼓金徊摧。铜号訇然，稚齿中开。青涩浩荡入眼底，阜平山娃现瑶台。虎补衣兮竹作马，韶乐梵音纷纷而来下。旗行雪引兮九十家，健儿聚兮列如麻。忽屏息以魄动，微火燃而长嗟。唯麇集之雪花，胜向来之烟霞。世间欢悦亦如此，万千恩怨东流水。别君去兮何时还？且放白鹿太行间。须行即骑访燕山。安容坊间妄议谁命贵，苍生此夜同开颜！

仿太白《梦游天姥》吟阳关

武冀新（2022）

海客谈疫由，烟涛微茫信难求。越人语宿主，云霞明灭或可睹。疫情连天向天横，势拔五岳掩赤城。瘟神四万八千丈，对此北倒东南倾。我已因之触阳界，一夜飞渡镜湖月。毒侵助我热，昼夜厌米羹。谢公宿处今辗转，游丝荡漾闻啼猿。脚失谢公屐，身坠青云梯。耻阳盼阴月，梦中期晓鸡。千回万转睡不定，夕阳没落忽已暝。熊咆龙吟汗如泉，草深林密飞云巅。

忽欣欣兮窃喜，神悠悠而释然。竟缺疠痛，不曾咳喘。烧退身轻，訇然胃开。青蔬肉蛋不停口，一觉又至日西钭。霓为衣兮风为马，云之君兮纷纷而来下。虎鼓瑟兮鸾回车，仙之人兮列如麻。忽魂醒以魄动，恍惊起而长嗟。离榻卧之枕席，观室外之烟霞。世间苦乐亦如此，古来万事东流水。阳关过兮可复还？且放宽心青崖间，须行即出访名山。缓释三年当知人命贵，使我不得罹肺炎！

戏仿汉张衡《四愁诗》咏叹

武冀新（2022）

张衡赠我《地动仪》，我赠先生复读机。

张衡圆我《二京》梦，我陪先生诵《天问》。张衡问我可安之，我仿先生《四愁诗》。

我所思兮在肺炎。欲驱避之梁父艰，侧身东望涕沾翰。

美人赠我金错刀，何以报之无琼瑶。抗疫路艰且遥遥，何为怀忧心烦劳。

我所思兮在疫情。欲往触之怕水深，侧身南望涕沾襟。

美人赠我琅琴表，何以报之体温表。低烧莫致情惆怅，何为怀忧心烦伤。

我所思兮在已阳。病来安之夜梦长，侧身西望涕沾裳。

美人赠我貂皮衣，我回盐水两三滴。抗原解药皆齐备，何为怀忧心烦纡。

我所思兮在病程。三日五日可转阴？侧身北望涕沾巾。

美人问我可用药，连花清温正冲泡。有人劝我吃姜蒜，何为怀忧心烦惋。

我之所虑在发烧；基础不牢有三高，低头无语泪沾袍。

美人赠我百蝶巾；回他什么：正转阴。庆幸未曾用激素，唯梗在喉不下沉。

我之所庆在中医；偏方秘方各相依。满目大白今犹在，不见当年呼吸机。

我之怀念在平子，千年神交总有期，南阳曾祭先生墓，洛阳珠坠指陇西。

仿太白《北风行》咏阳者复康

武冀新（2022）

病夫锁寒门，百呼不忍开。明月之照何不及此？唯有朔风号啸天上来。燕山雪花大如席，片片吹落救治台。勾栏瓦肆十二月，停歌罢舞新冠摧。倚门望行人，念此长街清寂良可哀。医者疾驰救危去，遗此虎文金鞞靫。中有一双白羽结，风驰电掣没尘埃。豪气在，杏林蹈战不思回。不忍见核亭，顾之心已灰。黄河捧土尚可塞，霜风雨雪众志裁。

天足叹·仿太白《蜀道难》

武冀新（2022）

吾华夏女子，里足千载，释足善政，不过百年，体坛频夺冠，放足乃起点。慨之叹之而咏之。幸天足暨放，即一蹴冲天，人间奇迹也。

噫吁嚱，怒乎恨哉！裹足千年，苦厄弥青天！南唐舞玉盘，足下何凄然！人间四万八千劫，大痴大愚伴云烟。裙下纤纤作弓样，横绝螓首蛾眉巅。扶摇细步壮士喜，然后美学妇道相勾连。

上有荣福帝姬之高标，下有碧玉凌波之美谈。步月无声尚不得过，红莲轻软竞攀援。丑妇幸足小，十步九折萦岩峦。足压群芳仰胁息，以手抚足坐长叹。问君纤妙说应难，双趺须从掌上看。神女罢行巫峡雨，西施自脱若耶莲。恨不食之入锦筵。叹空山。释足之难，难于上青天，使人听此凋朱颜！把玩莲足承古意，周秦汉唐可寻迹。涂山妲姬争喧豗，狐足尖圆万壑雷。西施也如此，嗟尔老莱之母曾子妻流哉！履头皆锐而崔嵬。飞燕踽步，窅娘花台。屈上作新月，钿尺细量裁。折筋断骨，伤皮破痂。稚女泣血，杀人如麻。男子争嘻乐，闺阁悦夫家。放足之难，难于上青天，侧身回望长咨嗟！

咏地震工作者

武冀新（2022）

星空暗如瞑，昼见灼灼隐其形。天规迢迢当邃密，人伦历历巧均衡。人中本无鸾凤，愚顽修造精英。哲圣间世出，修为律以诚。吾曹上下而求索，坷坎渡其生。千日养得骏骨，征程漫漫，教化觉斯民。人间清浊明善恶，奋斗事倍功垂成。毋弃涓涓细水，积成浩浩洪峰。凭籍星点火，燎原在望势必隆。复兴华夏靠少年，与天努力争。

戏依郑老韵步红楼咏雪

武冀新（2022）

寒流一夜北风紧，破晓开门雪尚飘。牛乳入泥怜洁白，鹅毛匝地惜琼瑶。霜消有意荣枯草，冰冻无心饰菱苕。不计价高村酿熟，同祈年稔府粱饶。细观葭动灰飞管，遥望阳回斗转杓。野陌寒山已失翠，荒滩冻浦不闻潮。锦团易挂疏枝柳，星条难堆破叶蕉。

圣火麝煤融宝鼎，五环绮袖笼金貂。

仿少陵《观公孙大娘弟子舞剑器行》咏隋文静、韩聪双人花样自由滑得冠

武冀新（2022）

昔有佳人公孙氏，一舞剑器动盛唐。观者如山色沮丧，草圣诗圣久低昂。狂飙千载从天落，魂魄穿越临冰翔。来如蟾宫舒广袖，罢如司马醉浔阳。仙姝金刚两寂寞，燕山乐奏传角商。初为《霓裳》后《六幺》，妙舞绝技神采扬。跳跃旋转接续步，私语拥姿增惋伤。大转飘飘如急雨，小旋切切任徜徉。飘飘切切错杂转，大珠小珠滚玉汤。十五年来期一搏，金童玉女起北疆。不履莲珠履钢刀，玉为肌骨铁为肠。捐躯自报冰坛后，常忆哈尔滨土香！冰原寂寂雪澌澌，正是骄儿有梦时；雪催风吹滋汗血，月冷黄沙捉对驰。战罢玉龙三百万，二十年间几反掌。我滞屏影长叹息，歌成余意尚彷徨！

住房不足歌

武冀新（2023）

终日奔波期安居，一床一枕一衾披；床枕衾被皆俱足，又思独室好娶妻；娶得美妻生下子，两室一厅宜起居；若有三居孝父母，阖家团圆情相依；三居两厅宜两卫，时而留客增友谊；五室三卫还嫌小，又想独院养犬鸡；有院有地有泳池，还想三进扩祖基；．心满意足作寓公，又想皇城作邻居；一旦购得皇城下，医院校区比第一。不足不足还不足，私家会馆相攀期。究竟事事难顺意，还有南柯一梦余。

贺郑尚老二十卷《文存》巨著出版发行（鲁燕九韵）

武冀新（2023）

君不见，伏羲制卦寓意丰，苍颉造字初有文。一宗流衍传无尽，百家分支互争鸣。文学成规先祖辑，注经治史逐辈承。君不见，历朝文宗虽知闻，多向林间卧白云。群聚竹泉成门派，几家兴废几家雄。君不见史笔森严鉴圣人，却使多少典雅文章守霜冰，常叹几家盛传几窖封！洛阳子弟若相问，唯有玉壶晶盏鉴冰心。

偿闻古人三不朽，郑老三立次第隆。祖述前贤师哲圣，学通西土与东瀛。常将岁月酬书卷，每为苍生问不平。当年罡气压朱云，初作骄子谏诤臣。章疏胡风有事日，蓉城犹愧赤子心。望江楼侧颂新赋，每用情处动鬼神。一旦临歧挥手去，定酬夙志报春风。

持螯把酒风吹帽。玉箸银盘金错刀。川蜀负笈徘徊久，拣尽寒枝孤鸿缈。蹉跎起落寻常事，琴书寄傲自清高。一从进京兴庠序，国士毕竟属文豪。

年少辞荣至古稀，不著衮冕著帻衣。北堂吐哺候星落，南亩耕耘冒雨归。种竹官塘春苗秀，采兰幽涧桃李肥。师表自是最劳者，回首无憾亦无疑。

晚晴夕晖胜华年，翰海腾游不息肩。板桥研儒兼研道祭庙回来再问禅。足迹跋涉东南北，椽笔直向老少边。忆昔悠悠爪泥聚，惜今脉脉雅文延。

风疏远磬重开讲，水响寒车夜犁田。终得廿卷盈缃帙，尚期“三余”续素笺。杏坛溢香花菡萏，竹窗无寐月婵娟。回看新篁高百尺，无言桃李拜君前。

偿闻仲尼遵王化，比兴赋颂趋风雅。古来文道人济济，其唱弥高和不寡。郑公洋洒二十卷，可与权威决高下。试看今日之宇内，先生大才最可夸。

好德年高富且康，先生福寿荷穹苍。吟哦有得逾千首，议论无穷续纲常。渭水一竿还试钓，武陵千树理几行。杖朝步履春秋永，岁为先生奉寿觞。愿先生逸笔“长青”，步彭祖高寿傲三皇。

观京庶楼主说唱表演

武冀新（2023）

昔有佳人公孙氏，一舞剑器动四方。观者如山色沮丧，天地为之久低昂。今有京庶楼主传宫商，吹拉弹唱皆精良。

七十老翁何所求，氍毹铺地舞且讴。但愿千秋观好戏，檀板唱遍天尽头。但凡京都邀会演，不作票友交诗友。但得台上唱大风，万众台下尽俯首。足蹈手舞目无他，人间天上讵何有。云气横开八掛阵，天际遥分七星斗。

酬师宴前久彷徨，备得羽衣颂霓裳。起如雷霆发震怒，收如江海凝清光。古词新调若轮转，花腔稍杂流行腔。绛唇珠袖两寂寞，北风京韵传芬芳。先生一歌令我喜，老友再唱令我伤。世多善手无善耳，人不知岂不悄惶，使我百感煎中肠。轻念急板曲已终，老夫不知其所往，高冈愿闻鸣老凤，夜雨入川再铿锵。

二、专题评论

关于古体、近体及歌行诗

郑尚可（2018）

中国古典诗歌体裁形式之丰富、多样，远为他国所不及。通常我们常是“诗词歌赋”连说，其中除“赋”是“半诗半文”，介于诗歌与散文之间外，诗、词、曲都属于诗歌这一体裁。其鼎盛时代，向有所谓“唐诗、宋词、元曲”之说。到现代，自五四运动后新诗诞生，遂称之为旧体。

近二三十年来，按旧体写诗的人越来越多。如就诗歌数量而论，肯定已以万计，相当可观；但客观地讲：好诗不少，而平庸者仍居多。而且，就诗体来说，绝大多数人爱写七绝和七律，它们属旧体诗中之“近体”，而与“古体”有别。

古代诗歌怎么会有“近体”和“古体”之别？两者在格律上又有何不同？这就需要简略地回顾一下中国古典诗歌发展的历史，因为古代诗歌的体裁形式是逐步形成和完备的。

最先出现的是《诗经》，民歌体，以四言句式为主，有时又间以三言、五言、六言、七言等长短不同的句式。

楚辞是战国时代产生在楚国的一种诗体形式，它打破了四言体，代之以更为灵活自由的参差句式。以六言句为主，还大量采用五字句和七字句。它广泛地运用了语气助词“兮”。

乐府，或乐府体诗，原指自两汉至南北朝由当时的乐府机构所采集或编制的用来入乐的歌诗，后也包括历代诗人的仿作。其句式，一般为杂言，还有不少完整的五言诗。可视为诗由四言体到五言体过渡的桥梁。

五言诗和七言诗都产生于汉代，但五言诗的兴盛早于七言诗。五言诗在汉末魏晋时已是普遍流行的诗歌形式，而七言体则在经过六朝直到唐代才完全成熟。

从广义上说，唐之前出现的这些诗歌形式——四言诗、楚辞、乐府、五言诗、七言诗、杂言诗，都可统称之为古体诗。从狭义上说，仅指五言和七言的古诗，而不包括诗经、楚辞和乐府在内。

古体诗在格律上比较自由，可从下面几点看出：

（1）诗句字数虽大体有规定，但每首句数却无限制，可长可短。句式基本整齐。

（2）不要求对仗，因修辞需要用对偶句，亦任其自然。

（3）不讲究平仄，尚未有明确的平仄概念。

（4）讲求“音顿”：四言——上二下二，五言——上二下三，七言——上四下三；此与近体诗颇为相同。

（5）押韵比较宽松：可押平声韵，也可押仄声韵；可一韵到底，也可中途换韵，甚至换几次韵。

由此可见，古体诗除必须押韵外，没有什么其他格律的束缚，确实较为自由，所以人们称之为古代诗歌中的自由体或半自由体。当然，这是与“近体”以及词、曲比较而言的。

可“押韵”是绝不可少的。这是“诗”之为“诗”的一个要素，从《诗经》到今，中国的诗歌概莫能外（只有少数新诗不押韵）。

古体诗的押韵，举数例如下：

蒹葭苍苍，白露为霜。所谓伊人，在水一方。溯洄从之，道阻且长。溯游从之，宛在水中央。（《诗经·秦风·蒹葭》）

大风起兮云飞扬。威加海内兮归故乡。安得猛士兮守四方！（刘邦《大风歌》）

夜中不能寐，起坐弹鸣琴。薄帷鉴明月，清风吹我襟。孤鸿号外野，翔鸟鸣北林。徘徊将何见？忧思独伤心。（阮籍《咏怀诗》）

河边杨柳百丈枝，别有长条宛地垂。河水冲激根株危，倏忽

河中风浪吹。可怜巢里凤凰儿，无故当年生别离。（庾信《杨柳歌》首段）

入春才七日，离家已二年。人归落雁后，思发在花前。（薛道衡《人日思归》）

有的诗句似不押韵，其实是古、今读音有别的缘故，如屈原《离骚》：

帝高阳之苗裔兮，朕皇考曰伯庸。摄提贞于孟陬兮，惟庚寅吾以降（降，古音读“洪”）。冀枝叶之峻茂兮，愿俟时乎吾将刈。虽萎绝其亦何伤兮？哀众芳之芜秽（秽，古音读“易”）。

就诗的格律而论，尽管“古体”宽于“近体”，但仍严于现代之“新诗”。我以为，如与“新诗”相较，“古体”还可算是格律诗。

最严的格律诗，当然是发端于六朝，成熟并兴盛于唐朝的律诗和绝句；还有发端于唐朝五代，成熟并兴盛于宋朝的词。

唐人在齐梁声律研究基础上，创造了属于自己的诗体——律诗和绝句。这种新诗体对格律有着极其严格的要求：限定每首诗的句数和每句诗的字数——七律七言八句，五律五言八句，绝句减半；讲求平仄和对仗——有固定的平仄格式，二三两联（颔联和颈联）为对偶句；一般只押平声韵，一韵到底；还要注意章法和句法，等等。所以毛泽东才在《给〈诗刊〉编辑部的信》中说“这种体裁束缚思想，又不易学”。

这种新产生的诗体，唐时称之为“近体”或“今体”，而唐之前所谓“声律未叶者名往体”，或称“古体”“古风”。“古体”和“近体”由此而分，并延续至今。显然，它们之间的区别，不单以时间来划分，主要还是基于格律上宽严之不同。

近体出现之后，古体并未消歇。相反，作为一种诗体依然继续流行，有人甚至“有意为之，不使稍涉于律，即古、近回然二途”（李重华《贞一斋诗说》）。具体做法是：多用“拗句”（违反平仄常格），不拘粘对，对仗求拙不求工，以及所谓三平脚（三平调）等。总之是要把“古体”和“近体”区别开来。

在唐代，除自创律诗和绝句外，五言古诗也得到新的发展，七言古诗则臻于成熟，并在继承前人的基础上创造了歌行体和新乐府。

钱木庵认为：“歌行本出于乐府，然指事咏物，凡七言及长短句不用古题者，通谓之歌行。（《唐音审体》）”它原本是由古乐府发展而来的，其与之区别处是既不入乐，又不沿袭乐府古题。歌行体有多种名称：就其起源而言，称“乐府歌行”；就其多采用句式而言，称“七言古诗”；就其内容主旨——即事命篇、讽喻时事而言，称“新乐府”。这种诗体，一般篇幅较长，形式灵活自由，便于记人叙事和抒情，较之近体可有更大容量。

诗歌的各种体裁形式，无论近体和古体，包括古体中的歌行，本身并无优劣等次之分，关键是运用何种诗体写出了怎样的作品。当然，诗人们都各有自己擅长的形式，或者兼而用之。李白的七言绝句可称唐人七绝的冠冕，但他最擅长的还是“古风”，其代表作多为歌行体：《蜀道难》《将进酒》《梦游天姥吟留别》等。杜甫的七律代表着唐代近体的最高成就，如《登高》《秋兴八首》等，同时他也有名篇《兵车行》《丽人行》《茅屋为秋风所破歌》等。白居易既创作了不少近体佳作，更是唐代新乐府运动的倡导者和主将，其长篇《长恨歌》和《琵琶行》，堪称歌行体最优秀之诗章。张若虚，现存诗仅两首，其《春江花月夜》也是古体，闻一多举之为“诗中的诗，顶峰上的顶峰”，真是“孤篇横绝，竟为大家”。现当代也有不少运用歌行古体写作成功的佳作，王季思的《卖鸡蛋》、吕剑的《答荒芜》、袁良本的《涪江黄昏图》等便是其中的佼佼者。

创作古体歌行诗，必须把握这种诗体的特点，充分发挥它自身的有别于近体诗的优势。前人对“歌”和“行”二字曾作如此定义：“放情长言，杂而无方者曰‘歌’；步骤驰骋，疏而不滞者曰‘行’；兼之者曰‘歌行’。（明·徐师曾《文体明辨》）”它内容充实，保留了古乐府诗的叙事特点，允许对人物、故事和景色展开细致而生动的描写；而在形式上，它又束缚较少，音节、格律一般比较自由，平仄不拘，可以换韵，句式也灵活，富于变化，一般以七言为主，也有的杂以三、五、九言的句子，视内容表达的需要而定。这些都是它的长处，尽可为我所用，“放情长言”“步骤驰骋”，写出“杂而无方”“疏而不滞”的好诗来。因是长篇，尤须注重结构布局。沈德潜论诗，特别讲究章法。他认为“五言长篇，固须节次分明，一气连篇。”论七古又说：“歌行起步，宜高唱而入，有‘黄河落天走东海’之势。以下随手波折，随步换形，苍苍莽莽中，自有灰线蛇踪，蛛丝马迹，使人眩其奇变，仍服其警严。至收结处，纡徐而来者，防其平衍，须作斗健语以止之；一往峭折者，防其气促，不妨作悠扬摇曳，语以送之，不可以一格论。（《说诗晬语》）”这番话，极为中肯。

近体格律严，有人称是“戴着脚镣跳舞”，古体歌行稍宽，但也是另有要求的，不可随意为之。关于格律，还是闻一多先生讲得好：“只有不会跳舞的才怪脚镣碍事，只有不会作诗的才感觉得到格律的束缚。对于不会作诗的，格律是表现的障碍物；对于一个作家，格律便成了表现的利器。（《闻一多全集》卷3《诗与批评》）”

双峰对峙——唐朝的格律诗与歌行体

孙可华（2021）

我们首先应该看看唐朝在文学方面的发展，尤其是唐诗的发展成就。

一、唐诗发展的成就

唐诗是中国五七言古体与今体诗的高峰。这座高峰的形成，与国家制度的统一稳定、各民族融合与文化包容、国际文化交流、社会思想开放是分不开的。经过几代先驱的努力，五七言古体诗已经成熟，律绝诗也跨越了试验期，汉语的语言之美，使唐朝的士子们能借鉴先贤，抒发性灵、驰骋才力。

唐诗的发展，不能忽略一个关键人物——陈子昂。韩愈在《荐士诗》中说“国朝盛文章，子昂始高蹈”；《新唐书》本传谓“唐兴，文章承徐庾余风，天下祖尚；子昂始变雅正”。

这都是因为陈子昂在他的《与东方左史虬修竹篇序》中提出：“文章道弊五百年矣，汉魏风骨，晋宋莫传，然而文献有可征者。仆尝暇时观齐梁间诗，采丽竞繁，而兴寄都绝，每以永叹，思古人，常恐逶迤颓靡，风雅不作，以耿耿也。一昨于解三处，见明公咏孤桐篇，骨气端翔，音情顿挫，光英朗练，有金石声，遂用洗心饰视，发挥幽郁。不图正始之音，复睹于兹，可使建安作者，相视而笑。”

在《序》中，他明确地提出了诗的“风骨”与“兴寄”观点，鲜明地批判了六朝以来的“采丽竞繁”“逶迤颓靡”现象，认为在时间上已经“文章道弊五百年矣”，应该改改了。为唐诗发展方向指出了现实的利弊。他认为：坚持“风骨”与“兴寄”是唐诗发展中，应该能成功的重要原因。陈子昂大力提倡诗中新的语言和形象，并且身体力行大量创作，实践了自己的创作理论，尤其是以《感遇》为代表的五言古体。他上承了阮籍、曹植，下开了李白、杜甫。

何为“风骨”与“兴寄”？刘勰在《文心雕龙·风骨》中指出：“结

言端直，则文骨成焉；意气骏爽，则文风清焉。”“练于骨者，析辞必精；深乎风者，述情必显。”“若瘠义肥辞，繁杂失统，则无骨之征也；思不环周，索莫乏气，则无风之验也。”这就说明了必须有内容的言，才能有骨，只讲技巧丽辞则不会有骨；必须要感情充沛，不吐不快才能有风，而敷衍成篇无感情之作，哪来的风？

关于“兴寄”，《文心雕龙·风骨》中则指出：“比者，附也；兴者，起也。附理者切类似指事，起情者依微以拟议。起情故兴体以立，附理故比例以生。比则畜愤以斥言，兴则环譬以托讽。”由此可知，兴寄是要暴露现实的，没有现实的时代感表达，何以感人奋进？

大唐的兴衰，也为唐诗的发展提供了题材广泛的内容。它涵盖了各种社会现象、各种人生的感情经历，在诗人的创作中，亦即所有的主客观素材，皆尽写进而入诗，以至令后人有难以为继的感觉。

唐诗在形式体裁上，不但有传统的古诗，还包括乐府诗和歌行体诗，而且创建了律诗，即近体诗。律诗不但有严格的字数以至句数要求，而且平仄规律和对仗关系也很严苛。这虽增加了作诗的难度，但也使得诗情更美、更易于诵读。

正因为如此，唐诗可谓成全了唐一代的文学，登上了中国文学的最高峰，唐诗从初、盛、中、晚四期中成就了众多作家及其作品。据《全唐诗》及补遗统计，有近两千四百位作家，五万二千多首诗。出现了诗仙李白、诗圣杜甫、诗佛王维和白居易等一大批出类拔萃的诗人。

唐诗的风格流派也众多，例如：优美的山水田园诗、雄奇的边塞诗，以及李白的飘逸浪漫诗、杜甫的沉郁顿挫诗、白居易的浅切流畅诗、韩愈的奇崛豪放诗、李商隐的典丽深曲诗、杜牧的圆转俊秀诗等。实乃谓百花齐放，美不胜收。

在此，就不展开细论，因为太多，差不多每位大师的作品，无论在“风骨”还是“兴寄”方面，都深刻地演绎着时代的脉搏，尤其诗圣杜甫的作品，大都列为史诗，反映了时代的变迁。

唐诗的发展成就，我认为是空前绝后的。

二、双峰对峙——唐朝的格律诗与歌行体

唐朝的历史为618—907年，跨度近300年。社会的变革与跌宕起伏，

丰富了诗人自身的社会生活，为他们提供了最丰富的素材。唐朝前期的强大与辉煌，后期的动乱与危机的极大反差，使作者的作品变得壮丽、浪漫、沉痛与惊讶。唐诗真正以新的面貌兴起，则是由武则天当政时期开始。

我们所熟悉的唐朝诗人很多，例如：王勃、杨炯、卢照邻、骆宾王、李白、杜甫、王维、孟浩然、白居易、韩愈、李商隐、杜牧等等皆为武则天当政其后。今天我们只列举李白、杜甫、白居易三位大师的诗作来浅析“双峰对峙——唐朝的格律诗与歌行体”。

李白、杜甫、白居易三位大师，李白生活在701—762年、杜甫生活在712—770年、白居易生活在772—846年。这三个人生活的年代，正处在唐朝由盛转衰的时期，其作品因为有其“风骨”与“兴寄”的不吐不快，而体现出了诗的时代魅力。

李白、杜甫、白居易之所以伟大，其根本原因之一，就是他们承接着社会前后之间的变化，以及自己仕途的坎坷与生活的颠沛流离，是诗成全了他们，他们完美地诠释了诗意，写下了那么多不朽的诗篇。

在《唐诗鉴赏辞典》序中曰：安史之乱前以李白为代表的浪漫主义，和安史之乱后以杜甫为代表的现实主义，在诗歌创作方面形成双峰对峙。一度中衰的诗坛，到宪宗元和时期又起兴盛，所谓“诗到元和体变新”，这个“新体”其源都出于杜甫。一个是以白居易为代表继承杜甫侧重现实、抨击黑暗，并且使语言变得通俗流畅，生动感人。他们的乐府叙事诗的题材广阔、风格平易，因而为读者所接受。另一个是以韩愈为代表继承了杜甫在艺术上的刻意求新，富于创造性精神来开拓的境界。他们以散文句法入诗，使用非前人诗中所习见的词语。从此，杜甫在诗坛上的影响就变得更加突出，历久不衰。

“格律诗与歌行体”有何特点而双峰对峙？那就先看看何为“格律诗与歌行体”。

格律诗即近体诗，是唐朝创格而奠定的四句绝律诗与八句律诗，它有着严格的平仄和韵脚要求，以及八句律诗的对仗要求。而古体诗则为区分于律诗的分类，不按格律的诗体统称为“古体诗”，例如有：“谣谚体”“诗经体”“骚体”“古风”“乐府”等。

在唐朝，古风实际上发生了一定的变化。许多大师因为在内容上的变革，没有人再刻意地去区分古风与歌行，古风的广义性容纳了七言歌行。

但是，明清以来的诗论家，对七古有着两种不同的意见，一种认为七古与七言歌行二者同体，可以互相替代。如明朝的胡应麟《诗薮》云：“七言古诗，概曰歌行。”明朝高棅《唐诗品汇》、清朝沈德潜《唐诗别裁》、清朝的王士禛《古诗选》中，皆将七古与七言歌行相互代称。而另一种意见则认为，七古与歌行在体性上存在甚大分别。其主要还是因歌行出自乐府，七古则是针对格律诗。再是古风风格为端正浑厚、庄重典雅，歌行风格则宛转流动、纵横多姿等。

如今，人们对于“古风”与“歌行”的区别并不强调，许多的诗词辞书也没有刻意去区分。例如，1998年上海汉语大词典出版社出版的《唐诗三百首词典》，就将我们认为的“古风”与“歌行”统编在“古诗”栏目中。“乐府”诗虽然单列，但是里面也含有“歌行”，因为“歌行”原本就出自“乐府”。

所以，是古风还是歌行并不重要，对于当今的人们，关键是否能继承前人发扬的“风骨”与“兴寄”，发扬富于创造性精神来开拓新的境界与诗意。如此，我们就从诗仙李白、诗圣杜甫以及大师白居易那不朽的作品中来品味“格律诗与歌行体”的双峰对峙。例如长篇古风、歌行中，李白的《蜀道难》《梦游天姥吟留别》多有天籁之声；杜甫的《自京赴奉先县咏怀五百字》《北征》则成为学习长诗的范文；白居易的《长恨歌》《琵琶行》则二者兼胜。

1. 李白

贺知章称李白为谪仙人的诗充满了浪漫主义色彩。杜甫在《寄李十二白二十韵》中有这样的评价：“笔落惊风雨，诗成泣鬼神。”杜甫还有一首《赠李白》：“秋来相顾尚飘蓬，未就丹砂愧葛洪。痛饮狂歌空度日，飞扬跋扈为谁雄。”李白诗的魅力由此可见一斑。李白在《江上吟》中也自谓：“兴酣落笔摇五岳，诗成笑傲凌沧洲。功名富贵若长在，汉水亦应西北流。”

李白的诗以丰富、奇特、瑰丽的想象获得众人喝彩。明王世贞在《艺苑卮言》中赞李白诗：“杳冥惝恍，纵横变幻，极才人之致。”清沈德潜在《说诗晬语》中赞谓：“太白想落天外，局自变生，大江无风，涛浪自涌，白云舒卷，从风变灭。”清赵翼在《瓯北诗话》则说：“神识超迈，飘然而来，忽然而去，不屑于雕章琢句，亦不劳于镂心刻骨，自有天马行空，不可羁勒之势。”李白诗的精彩皆为内心的独白，他时而孤独、时而超脱的感情表达，可视为清新自然的极致。

李白的诗几乎用遍了古典诗歌所有传统体裁。四言的《诗经》体，屈赋的“骚体”，汉魏六朝的乐府体、五七言古体、歌行体及近体诗的绝句和律诗都有不少佳作，其中以乐府体、七言歌行体和绝句成就最高，风格多样的七言歌行在李白手中达到全面发展。

明朝李攀龙在《唐诗选序》评价：“李白五七言绝句，实唐三百年一人，盖以不用意得之。”李白因性格奔放不羁、诗风壮浪恣肆，相比之下他对律诗好似不够经意，但也有诸如《夜泊牛渚怀古》《登金陵凤凰台》之类的佳作。

《赠孟浩然》：“吾爱孟夫子，风流天下闻。红颜弃轩冕，白首卧松云。醉月频中圣，迷花不事君。高山安可仰，徒此揖清芬。”

李白的律诗，追求的是古体的自然流走，不受其格律所拘，透着飘逸之气直抒胸臆。这首诗采用抒情、描写、抒情的方式，推崇孟浩然潇洒风雅的品格，表达了对孟浩然的敬慕之情。

《渡荆门送别》：“渡远荆门外，来从楚国游。山随平野尽，江入大荒流。月下飞天镜，云生结海楼。仍怜故乡水，万里送行舟。”

《渡荆门送别》李白青年时期出蜀漫游的一首五律。此诗遍写沿途见闻和观感。全诗意境高远，风格雄健，形象奇伟，想象瑰丽，表现了少年远游、倜傥不群的个性及浓浓的思乡之情。其“山随平野尽，江入大荒流”，成为脍炙人口的千年佳句。这首壮美瑰玮的五律，容量丰富，包含涵着长江万里山势与水流的景色，具有高度集中的艺术概括力。

《怨情》：“美人卷珠帘，深坐颦蛾眉。但见泪痕湿，不知心恨谁。”

这是李白的一首弃妇怨情的诗。诗中描写美人夜半皱眉落泪的情景，表达了企盼爱人归来而不得的哀伤怨恨之情。全诗哀婉悲凉，缠绵悱恻。其境界做到了充分留白，意蕴无穷。刻画的女性神态真切细微，气韵生动，层次分明，引人入胜。

《登金陵凤凰台》：“凤凰台上凤凰游，凤去台空江自流。吴宫花草埋幽径，晋代衣冠成古丘。三山半落青天外，二水中分白鹭洲。总为浮云能蔽日，长安不见使人愁。”

《登金陵凤凰台》是李白怀古抒情之作。开头两句连用了三个凤字，音节流转明快，极其优美。追求情随景生，将飘忽悠远的传说故事与历史变迁相结合起兴叹唱，以表达对历史的感喟与现实的清醒进行深沉的思索。此诗气韵高古，格调悠远，体现了诗歌以气夺人的艺术特色。

《下江陵》：“朝辞白帝彩云间，千里江陵一日还。两岸猿声啼不住，轻舟已过万重山。”

《当涂赵炎少府粉图山水歌》：“峨眉高出西极天，罗浮直与南溟连。名公绎思挥彩笔，驱山走海置眼前。……五色粉图安足珍，真仙可以全吾身。若待功成拂衣去，武陵桃花笑杀人。”

这是李白不多的题画诗。此诗通过对一幅山水壁画的传神描叙，再现了画工创造的奇迹，及李白自己复杂的情感活动。他深切地感受到画的艺术意境，并且完全沉入其中，并通过诗意予以抒发。这首题画诗，表现了大自然宏伟壮阔的美，与作者的山水诗一样从动的角度、远近不同的角度，气势磅礴地展开视野。其艺术性对后来诗人有较大影响。

2. 杜甫

杜甫诗的风格是多种多样，宋朝王安石在《遁斋闲览》评价杜甫：除沉郁顿挫外，还“有平淡简易者；有绵丽精确者；有严重威武，若三军之帅者；有奋迅驰骤，若泛驾之马者；有淡泊闲静，若山谷隐士者；有风流蕴藉，若贵介公子者”。可归纳为清丽、真率、浪漫等几种风格。杜诗集众体皆备、皆佳，成就斐然。例如在反映人民生活、社会状况，多选用乐府体和古体，虽用且不沿用旧题，元稹在《乐府古题序》称“率皆即事名篇，无复依傍”。清朝杨伦在《杜诗镜铨》中说：“独就当时所感触，上悯国难，下痛民穷，随意立题，尽脱前人窠臼。”如《兵车行》《丽人行》等就是杜诗自制的许多新乐府。典雅精工的律诗杜甫多用在抒发个人情怀，可以说律诗的成熟、兴盛，是在杜甫手中完成。

明朝胡震亨在《唐音癸签》评论唐代著名的诗人和诗作时对杜甫七律曰：“少陵七律与诸家异者有五；篇制多，一也。一题数首不尽，二也。好作拗体，三也。诗料无所不入，四也。好自标榜，即以诗入诗，五也。此皆诸家所无。其他作法之变，更难尽数。”“语不惊人死不休”，杜诗的语言特别善于锤炼句意。除善于对比外，他还常打破五七言惯常的节奏，或使用倒装，形成拗句。

《江村》：“清江一曲抱村流，长夏江村事事幽。自去自来堂上燕，相亲相近水中鸥。老妻画纸为棋局，稚子敲针作钓钩。多病所须唯药物，微躯此外更何求。”

《江村》一诗是何等清丽，隽永深长。描绘的清江、梁上燕、水中鸥构成了一派恬静优雅的自然田园景象；老妻画纸为棋局的痴情憨态，望而可爱；稚子敲针作钓钩的天真无邪，弥足可爱。毫无雕饰，而自然成趣，生活意趣十足。

《闻官军收河南河北》：“剑外忽传收蓟北，初闻涕泪满衣裳。却看妻子愁何在，漫卷诗书喜欲狂。白日放歌须纵酒，青春作伴好还乡。即从巴峡穿巫峡，便下襄阳向洛阳。”

《闻官军收河南河北》则真率，兴会淋漓，慷慨激昂。发今昔盛衰之感，言外黯然欲绝。全诗情感奔放，痛快淋漓地抒发了作者无限喜悦的兴奋之情。思想感情出自胸臆，奔涌直泻。

《蜀相》：“丞相祠堂何处寻，锦官城外柏森森。映阶碧草自春色，隔叶黄鹂空好音。三顾频烦天下计，两朝开济老臣心。出师未捷身先死，长使英雄泪满襟。”

《蜀相》一首字里行间寄寓感物思人的情怀。由寻找瞻仰到追述回顾，由感叹缅怀到泪流满襟，将沉郁顿挫、情感激昂的特点发挥得酣畅淋漓，具有震撼人心的巨大力量。

《登岳阳楼》：“昔闻洞庭水，今上岳阳楼。吴楚东南坼，乾坤日夜浮。亲朋无一字，老病有孤舟。戎马关山北，凭轩涕泗流。”

《登岳阳楼》尽显言简意远的特点。首联入题简洁，颔联意境雄壮，颈联转折陡峭，尾联感情浑茫，起承转合严谨无瑕。

《江南逢李龟年》：“岐王宅里寻常见，崔九堂前几度闻。正是江南好风景，落花时节又逢君。”

杜甫的这首《江南逢李龟年》绝句别有风致。此诗语言平易，意蕴深远，包含着非常丰富的社会生活内容，同时也表达了人生凄凉飘零之感。

《丽人行》：“三月三日天气新，长安水边多丽人。态浓意远淑且真，肌理细腻骨肉匀。……杨花雪落覆白苹，青鸟飞去衔红巾。炙手可热势绝伦，慎莫近前丞相嗔。”

《丽人行》全诗并无一句主观评论，通过对杨家兄妹骄纵荒淫的生活和狂妄嚣张气焰的记述，真实地流露出君王昏庸、朝廷腐败的社会现实。

《观公孙大娘弟子舞剑器行》：“……霍如羿射九日落，矫如群帝骖龙翔。来如雷霆收震怒，罢如江海凝清光。绛唇珠袖两寂寞，晚有弟子传芬芳。临颍美人在白帝，妙舞此曲神扬扬。与余问答既有以，感时抚事增惋伤。先帝侍女八千人，公孙剑器初第一。五十年间似反掌，风尘澒洞昏王室。……”

《观公孙大娘弟子舞剑器行》全诗气势雄浑，是杜甫众多追忆、感怀诗中的一首。从“五十年间似反掌，风尘澒洞昏王室”中，诗人通过歌舞来反映五十年来兴衰治乱的历史。这首诗既有“浏漓顿挫”的气势，又有“浩荡感激”力量，是七言歌行中沉郁悲壮的杰作。全诗既不失雄浑完整的美，用字造句又有浑括锤炼的功力。此诗篇幅不长，却包容广大。从乐舞的今昔对比中突显了五十年的兴衰治乱，没有沉郁顿挫的笔力是写不出来的。

3. 白居易

乐府，到了唐朝已无专业机关管理，所以乐府诗也就逐渐失去了原有的音调，但却进入了一个新的时期。“新乐府诗”起自杜甫，他改革了束缚内容的旧体，创作了《兵车行》《丽人行》等一系列“歌行体”的新题乐府诗，正如元稹在《乐府古体序》中所说：“即事名篇，无复依傍。”其后人元稹、白居易等皆“谓是为当，遂不复拟赋古体”。白居易等在此基础上正式提出了“新乐府运动”的概念。发展成有理论指导，明确宗旨的大规模运动。

白居易认为，文艺是社会生活与政治的产物，优秀的文艺应有深刻的社会认识价值，应是社会现实的真实反映。他在《策林》第六十四及六十九中说：“乐者本于声，声者发于情，情者系于政。盖政和则情和，情和则声和，而安乐之音由是作焉。”“斯所谓音乐之道与政通矣。”音乐如此，诗亦如此：“大凡人之感于事，则必动于情，然后兴于嗟叹，发于吟咏，而形于歌诗矣。”

另外，他认为文学也应具有能动地改造社会、干预政治、影响人的思想意识的功能。这是白居易诗歌理论的深刻、成熟之处。为此，他特别提倡周朝的采诗制度，认为这是实行“言者无罪，闻者足戒”政治和“补察时政，泄导人情”的最好手段。

白居易很提倡“比兴刺美”，认为通过“比兴”才能达到“兴发于此，而义归于彼”。他同时也认为文学不能单靠理性来实践，应以情以美感人。他的许多观点在《与元九书》中尽显。

白居易在编订自己的诗集时，将诗分为四类：讽喻、闲适、感伤、杂律。讽喻基本都是新乐府诗，其中《秦中吟》十首和《新乐府》五十首是其代表作。新乐府诗的内容广泛，具有极高的真实性。

在其伤感诗中，《长恨歌》与《琵琶行》是两首最著名的抒情叙事诗。在白居易去世后，唐宣宗在吊诗中曾曰："童子解吟长恨曲，胡儿能唱琵琶篇。"白居易也在《与元九书》中自豪地说："妓大夸曰：'我颂得白学士《长恨歌》，岂同他妓哉？'由是增价。"足见这两首诗在当时影响之广。

白居易的各类诗作均有不少精品，其特点为雅俗共赏，深受大众欢迎。

《问刘十九》："绿蚁新醅酒，红泥小火炉。晚来天欲雪，能饮一杯无？"

此诗描写诗人在一个风雪飘飞的傍晚邀请朋友前来喝酒取暖，共叙衷肠的情景。诗句的巧妙，如叙家常的语气朴素亲切，通过写对把酒共饮的渴望，体现了朋友间诚恳亲密的关系。全诗简练含蓄，轻松洒脱，而诗句之间，意脉相通，一气贯之。

《宫词》："泪湿罗巾梦不成，夜深前殿按歌声。红颜未老恩先断，斜倚薰笼坐到明。"

《宫词》是代宫人所作的怨词。全诗语言明快自然，感情真挚而多层次，细腻地刻画了失宠宫女千回百转的心理状态。全诗由希望转到失望，由失望转到苦望，由苦望转到最后绝望；由现实进入幻想，由幻想进入痴想，由痴想再跌入现实，千回百转，倾注了诗人对不幸者的深挚同情。

《草》："离离原上草，一岁一枯荣。远芳侵古道，晴翠接荒城。又送王孙去，萋萋满别情。"

相传，此诗有一个故事。唐张固在《幽闲鼓吹》中载白居易到长安应试，携诗作往谒顾况，顾以他的名字开玩笑说："米价方贵，居亦弗易"，看白的诗作第一首《草》，即嗟赏曰："道得个语，居即易矣。""因为之延誉，声名大振。"白居易以原上草喻别情，情味隽永，想象别致。"野火烧不尽，春风吹又生"已成千古名句，不仅突出了野草顽强的生命力，也表现了对于新生事物的赞颂。全诗结构严谨，格调清新，通过对荒原野草的赞颂，反映了作者积极进取的精神。

《望月有感》："时难年荒世业空，弟兄羁旅各西东。田园寥落干戈后，骨肉流离道路中。吊影分为千里雁，辞根散作九秋蓬。共看明月应垂泪，一夜乡心五处同。"

此诗读来如听诗人倾诉自己身受的离乱之苦。全诗采用平易的家常话语，写出了经乱之后，对诸位兄弟姊妹怀念，情感真实。清刘熙载在《艺概》中说："常语易，奇语难，此诗之初关也。奇语易，常语难，此诗之重关也。香山常得奇，此境良非易到。"白居易这首诗不用典，语言平实浅白，意蕴精深，情韵动人，堪称佳作。

《长恨歌》："汉皇重色思倾国，御宇多年求不得。杨家有女初长成，养在深闺人未识。天生丽质难自弃，一朝选在君王侧。回眸一笑百媚生，六宫粉黛无颜色。……七月七日长生殿，夜半无人私语时。在天愿作比翼鸟，在地愿为连理枝。天长地久有时尽，此恨绵绵无绝期。"

《长恨歌》是作者的名篇，并通过塑造艺术形象，创建了一个动人故事。借一个重大的历史题材和传说，全诗叙述了唐玄宗与杨贵妃的爱情悲剧，再现了现实生活的真实，感染了千百年来的读者。诗人被贬江州以后，"独善"与"兼济"的地位才发生了转化，对于自由人格的钟爱逐渐超越了对道德人格的执着。

三、结论

综上，可以明显地看出，唐朝的格律诗与歌行体之所以能够形成文学史上的双峰对峙，其主要原因是"破旧"与"立新"四个字，以及天时、地利、人和的协调。

破旧。隋与初唐以来的文学，其特征就是追求华美辞采的形式主义，受到了六朝以来浮靡之风的严重影响，基本没有社会内容与思想感情。

陈子昂在革除六朝余风起到了重要作用。他明确地批判了"采丽竞繁"和"逶迤颓靡"的不良文风，提出了"风骨"与"兴寄"，抓住了文学发展史的七寸，通过创作实践了自己的理论基础。引领了后人的文学发展。

立新。唐朝在"古体"诗的基础上，完成并成熟驾驭了五言、七言的"格律诗"体，成就了一代诗圣杜甫。李白、杜甫、白居易，突破了"旧乐府"的羁绊，用现实主义的题材创作了歌行体与新乐府。使李白为代表的浪漫主义与杜甫为代表的现实主义，在诗歌创作方面形成两座高峰。

天时。在封建社会，朝廷就是百姓的"天"。它的"阴、晴"直接影响着社会与民生。臣子的尽忠谏言，皇上的亲临亲为呈现了和谐与稳定的局面，基本给了民众一个安稳的生存环境。“以铜为镜，可以正衣冠；以古为镜，可以知兴替；以人为镜可以明得失。征殁，朕亡一鉴也。”

地利。一个王朝的执政者及其用人策略，很大程度上决定着社稷的兴旺与衰败。唐王朝，特别是初唐重视招纳文人，设立弘文馆广招人才，对文学的发展起了重要的作用。唐太宗力革浮华文风，提倡务实精神。他在《帝京篇》十首序中说：“皆节之于中和，不系之于淫放。……释实求华，以人从欲，乱于大道，君子耻之。”

人和。唐朝的兴旺，和谐的社会环境促进了各民族文化与世界文化的交流，给了士子们一个充分发挥的机会。涌现出了虞世南（隋唐）、王绩（隋唐）、魏征、上官仪、沈佺期、王勃、杨炯、卢照邻、骆宾王、李白、杜甫、王维、孟浩然、白居易、韩愈、李商隐、杜牧等一大批的文化人才，他们互相交流与传承，使唐文化，尤其是唐诗达到了空前绝后的兴旺。

由此可知，在封建社会的各王朝中，唐王朝可算是一片文学创作的乐土，在百家争鸣的创新中，孕育出了一大批文学奇才。并涌现出以李白为代表的浪漫主义诗歌，以杜甫为代表的现实主义诗歌，在创作方面也形成双峰对峙。

唐诗重大的变革和主要的成就都产生于陈子昂时代和李商隐时代之间。其间以李、杜时代最为突出，其次是白、韩的时代。唐诗的卓越成就，每一时期的艺术成就，都和自觉的革新要求密不可分。因艺术上推陈出新，律诗绝句规范化的完成，歌行的词赋化，气势宏伟壮阔的大篇幅，以至题材从宫廷发展到了社会现实。

白居易曾说：“诗到元和体变新”，白居易、元稹、张籍、王建的古题和新题的乐府都比李、杜更扩大了社会诗的内容。白居易的新乐府，有意写得“质而径”“顺而肆”，就在歌行中又增加了一种新的形式和风格。如白居易的《长恨歌》《琵琶行》和元稹的《连昌宫词》等故事歌行使人耳目一新，韩愈的《陆浑山火一首和皇甫湜用其韵》，用诗来写故事更是新异。唐代的故事歌行发展了《孔雀东南飞》和《木兰辞》一类的乐府诗，既开创了新的体裁，也扩展了诗歌的题材。

唐诗后期的艺术发展，以李商隐、杜牧为代表，不论古体、近体，都有成就。尤以李商隐的七律和杜牧的七绝最有特色。杜牧的七绝以清新俊逸的风格见长，在李白、王昌龄等人之后，犹能自成一家。

这还不能说明《双峰对峙——唐朝的格律诗与歌行体》的特色吗？

浅谈新歌行体诗写作

李乐年（2021）

新歌行体作为以叙事见长的诗体，着重于场景描写和人物刻画。自文友们提出这个研究方向以后，经过初步的学习和写作实践，略有所得，以下是一些浅见。

一、新歌行体的题材来源

毛主席的《在延安文艺座谈会上的讲话》指出："作为观念形态的文艺作品，都是一定的社会生活在人类头脑中的反映的产物。""人民生活中本来存在着文学艺术原料的矿藏，这是自然形态的东西，是粗糙的东西，但也是最生动、最丰富、最基本的东西。"古人云，行万里路，读万卷书。这些都告诉我们，注意从生活实践中积累素材，在此基础上，提炼题材，运用新歌行体的创作方式，进行加工，才能写出源于生活又高于生活的诗作来。

一个时期以来，通过有目的地进行观察和写作，从中摸索该诗体的创作规律。今年五一节前一天，与同学同游天安门广场。清晨我在现场便十分留意，广泛地观察，并拍照记录。从孙中山先生画像前到观礼台，从纪念碑下到节日的草坪，从结伴的市民到苗族的游客。在积累了翔实资料之后，写出了《劳动节前广场行》这首新歌行体，抒发了"祝福神州更美好，国泰民安旭日升"的祝愿。这场疫情阻击战，全民普遍接种新型冠状病毒感染疫苗，催生了《社区疫苗接种歌》这首新歌行体诗，它是又一次有意识的尝试。在社区接种中，对现场的居民、医务人员、社工、志愿者和保安，对整个活动的各个环节，都留心观察，并储存记忆。这首诗对社区接种，作了全景式的、全过程的描述。在炎热的仲夏，写好后发给医生朋友看。她恰巧正在随车做疫苗接种工作，她回复说："正在社区工作的我，看完之后都不觉累了！"有的文友点评道："大作抓住了历史事件，展现时代特征，歌颂抗疫大军，赞美民族风貌。典型歌行体，满满正能量！”也有些文友指出了拙作存在的缺点，并提出了一些中肯的意见和建议。以上这两首新歌行体诗，如果不深入到实际生活中去，而是把自己关在屋子里，它们是无论如何也写不出来的。

鲁迅先生说：“不要看了就写，观察了又观察。”“留心各种的事情，多看看，不要看到一点就写。”写作如同人生，往往难在“进退行止”四个字上。2020年10月，参观《共渡——公元2020抗疫影像展》，被白衣将士们的火线壮举所深深感染，很想就这个题材写个组诗——《母女别》《夫妻别》《医患别》。虽然积累了一些素材，可是八个月过去了，还迟迟不能动笔。后来，反复翻阅了杜甫的“三吏”“三别”，它们达到了杜诗的高峰。这六首诗是诗圣从洛阳回到华州时在路上写的。当时的背景是，叛军打败了唐军，洛阳一带骚动起来，市民逃入山谷，于是，到处呈现出紊乱与不安。诗人经过新安、石壕、潼关，所接触的都是老翁老妪、征夫怨妇的愁眉苦脸，在官吏残酷的驱使下，担受着无处申诉的痛苦。杜甫把他看到的、听到的、亲身经历的人民的悲剧，凝结成“三吏”“三别”。他自己对于这一段的创作生活也是肯定的，认为“忆在潼关诗兴多”。可以这样说，当时离乱的社会生活和作者的爱国忧民情怀，成就了杜诗这组杰作。

反思自己的打算，因缺乏抗击疫情第一线的直接见闻，没有丰富的素材积累，是不应该去硬写的。总之，古代诗坛名家的实践经验和名篇佳作，无疑为我们的歌行体诗的写作，树立起一座座路标。

有的文友曾经感喟道：“最近自己的脑子都掏空了。”这时，我常用朱熹《观书有感》的诗句来回答他：“问渠哪得清如许，为有源头活水来。”既然生活之水源源不断，诗歌的素材就永远不会枯竭，关键是要迈开双脚，到群众中去，到实践中去。生活从来不缺少美，而是缺少对美的发现。谚语云：“咫尺也能起波澜。”它泛起的朵朵水花，不也闪现着诗性的美吗？

二、新歌行体的文化传承

文化的累积性，决定了我们必须继承中华优秀的文化遗产和外来文化的精华部分。“文艺无样板，文艺必借鉴。”我们只有从中外诗歌的名家名作中汲取营养，才能培育我们新歌行体这朵奇葩。

在新歌行体诗的写作中，我们无疑应从传统的优秀诗篇中学习和借鉴。仍以杜诗的“三吏”“三别”为例，其中或以叙事、或以对话等方式，来咏史赋诗，形式新颖，栩栩如生。“哀哉桃林战，百万化为鱼”，诗人夸张的艺术手法，深刻揭露了战争的残酷性。《石壕吏》则从作者所见所闻中提炼出经典事件，生动的白描手法，有着很强的感染力。这些便使这组史诗具有高超的艺术性。《社区疫苗接种歌》，文友看后提出没有突出的典型人物，读后给人留下的印象不深。其实这一点杜诗中早有范例。于是，拙作将一位因脑出血致残的同事和邻居，坐着轮椅就近参加社区接种，作为典型事例，做到了有点有面，点面结合。还有的文友，看了这首新作后，提出诗中的韵脚有几处用了重字。拙作共96句，如何避免此类现象，我又重读“三吏”“三别”、《木兰诗》，发现其中在多数情况下以平声字作韵脚，虽然如此，也不排除少数诗句的韵脚采用仄声字。虽然像新歌行体与格律诗用韵上存在区别，可是我们依然能够从传统诗歌中找出答案。

除此之外，外国的优秀诗歌，我们也要有所学习和了解。当年胡适、卞之琳在创作白话诗时，就是从翻译外国诗歌开始的。总之，古今中外诗歌中的名篇佳作，是我们创作新歌行体诗中，一座常学常新，取之不尽，用之不竭的宝库。

传承中华文化，涉及许多方面。“汝欲学诗，工夫在诗外。”戏剧，与写作新歌行体关系较密切的一种文艺形式。王国维先生说，戏曲是以歌舞讲故事。这点正与新歌行体在内容上相通。戏曲、戏剧讲究生动形象，诗歌要用形象思维，二者在形式上也有紧密契合。民族舞剧《丝路花雨》是一部深受观众喜爱的舞台精品力作。王力先生和郑尚可老师，在观剧后“感其事而歌之”，分别创作出《观民族舞剧〈丝路花雨〉》和《丝路花雨歌》，它们已经成为文友们写作新歌行体的典范。

关于写作历史题材的新歌行体诗歌，我们可以借助戏曲、戏剧剧目来进行。以上两位老师有关丝路的佳作证明：通过观剧听戏，以古代故事为题材，创作新歌行体，是一个切实可行的方式。因叙述古代事情，今人无法身临其境，观察场景细节、人物的表情神态，而真正的舞台艺术则为我们提供了一个极佳的途径。

我们写作现代题材的新歌行体诗，不一定都有机会到社会实践中去观察，这类新歌行体也可以在文艺工作者舞台创作的基础上，进行二次创作。两年前，我观看了宁夏眉户剧《六盘春雨》，便以这部闽宁携手、脱贫致富的剧目为题材，写成了新歌行体，结尾写道："春风度六盘，甘霖润山乡，致富秧歌扭，乐曲更悠扬！"上述所提郑老师的观剧诗和本人的拙作已收录于本书。

通过观赏戏曲，进行新歌行体诗的再度创作。走进剧院等演出场所，在剧场效应的作用下，不仅能够给人以声情并茂、生动形象的艺术享受，激发创作灵感，而且，能够将剧场的场景、环境、氛围融入文化生活中。舞台上演员的表演同观众之间能够形成交流和互动，观众之间也互相感染和影响，继而发生心灵上的共鸣。除此之外，剧场外仍有一定的观众们互相交流的空间。王立平先生曾为电视剧《红楼梦（1987版）》创造系列歌曲，此后若干年，又进行歌剧《红楼梦》的创作，他留给《红楼梦》爱好者的话是："还是等公演以后再请大家到现场感受。"关于文学艺术的环境，毛丹青先生写过一篇《文学翻译的中日文现场》的文章，其中提道："从事文学翻译工作这些年，最大的收获也许是翻译本身的现场。""至于译者是处于何种环境下，甚至包括怀有何种心情面对案头的译稿……对此，仅仅以我个人的经验而论，其影响是不能忽略的。"

观剧赋诗，老一辈文人多有此情怀，张伯驹先生77岁时。曾撰写《红氍纪梦诗注》，在序言中伯老写道："因回忆自七岁以来，所观乱弹昆曲、其他地方戏，以及余所演之昆乱戏，并戏曲之佚闻故事，拉杂写七言绝句一百七十七首，更补注，名《红氍纪梦诗注》。……同时同好者视之，则似重览日记，如在目前……"可见听戏演戏、题诗作注，已经成为张伯驹先生日常生活的一部分。

新歌行体诗文化传承的另一个领域是美术。古来素有"诗书画一体"之说，诗情画意，往往相伴相生。从古至今，不少诗家对书画也多有涉猎。印度诗人泰戈尔平生喜欢绘画，到晚年已经创作出两千余幅美术作品。20世纪40年代，美术大师徐悲鸿在印度举办展览。泰戈尔亲自撰写前言，在其最后泰戈尔特别推崇地说："我确信，我的艺术爱好者将从这些绘画中得到丰富的灵感。"当然一般的美术作品大多没有完整的故事性，而连环画在欣赏当中没有戏剧的剧场效应。尽管它们对于新歌行体的写作，缺乏戏剧的直接借鉴作用，但是，美术同音乐、文物等领域一样，无不承载着厚重的中华文化和世界文明，都能够对我们新歌行体创作有所启发和帮助，我们都可以从中博观约取，为我所用。

三、新歌行体的语言特质

新歌行体的语言特质，应当是文雅、精练、含蓄，它有别于其他文体。在《文心雕龙》中，刘勰分析文学作品的各种风格，有一种是“雅丽”，是作者最为推重的。精练和含蓄也是其语言特质，这一点和戏曲、曲艺稿本中的说唱词有所不同。戏曲中除了昆曲之外，其他剧种是不能纳入文学范畴的。尽管这些剧种和曲艺的稿本也提倡文雅，可是它们是借助演唱或说唱来传播的，这样就具有一过性的特点，要求观众一瞬间就能够听明白。现在的戏曲、戏剧演出虽然一般都有字幕，可是作为唱念作舞的综合艺术，观众在欣赏剧目的同时，不可能像看书那样盯着字幕。所以戏曲、曲艺的稿本，在追求文雅的同时，必须做到明白晓畅，让观众一听就懂。与诗歌相比较，它们要在保证观众理解剧情的前提下，把握好精练、含蓄的尺度。反观昆曲的演唱，如果不懂这个剧种的话，就较难听懂或较难完全听懂其中的唱词。由此也可以看出，作为文学范畴的诗歌，文雅、精炼、含蓄是它语言的特定要求，当然也是对新歌行体的要求。

新歌行体在用韵方面，应有自己的规律，这点上也与戏曲、曲艺有所不同。如京剧的某个唱段，可以每句都押仄声字；崂山快书则是一韵到底、平仄通押。由于它们还要经过演唱或说唱，所以丝毫不影响其表演效果。而诗歌则不然，它只能用来阅读或者诵读，因此，它必须遵守自身的押韵规则，以达到诗歌本身的韵律美。

新歌行体作为以叙事为主的诗体，在坚守诗歌特质的前提下，也要做到雅俗共赏。一位诗词名家说过，你可以不避俗，但是一定要避熟。俗语、平常话，如果能够“运用之妙，存乎一心”，在表达主题方面，也能为诗作增光添彩。王巨农先生有一首诗《戏赠内子》，最后两句是:“对汝不忠唯一事，月薪常为买书瞒。”法学家邵天任在特殊时期，写下《日记三则》，其三为“归为腰腿痛无休，妻子惊慌扶上楼。万事今宵全不管，喝他四两二锅头”。以上诗句平白如话，但更能表达诗人的真性情。所以，我们不能笼统地、一概地反对“俗”，而是应反对“俗”的滥用。

上述在提到“避俗”的同时，还提到一个“避熟”的概念。这也是新歌行体写作中需要注意的。何为“避熟”？从大的方面来说，一般公共领域的语言不宜入诗，因读者对它们已近耳熟能详。郑板桥的《题画竹》诗云："冗繁削尽留清瘦，画到生时是熟时。"可见，"生时"是美学的一种境界。外国诗歌界也主张诗要具有陌生感。很早以前就有一个比喻，第一个把姑娘比喻像花一样的人是天才，第二个是庸才，第三个则是蠢才。我们所追求的诗句应当是"人人心中有，人人笔下无"的，所以古人提出了"若无新创，不能代雄"的最高境界，它揭示的是文史写作的普遍规律，在诗歌的语言上亦是如此。歌行体诗一般篇幅较长，我们更应当知常守常，力争写出让读者耳目一新的诗作。

新歌行体诗讲古道今，以事实说话，用故事反映社会，多视角地揭示时代特点，我们要充分认识它的文学功能，更好地为读者服务。新歌行体在遵循诗歌创作一般规律的同时，又具有自身的一些特殊要求。通过深入社会实践，积极思考和写作，广泛地学习诗歌的优秀成果，我们对新歌行体诗的认识一定能够逐步丰富和深刻起来。以上仅是个人学习和写作中的一些粗浅认识，其中的不足和错误，尚请读者朋友不吝赐教。最后赋杂诗一首自勉：坚车能载重，犁地靠耕牛。草原驰骏马，江河万里舟。古今多少事，歌行笔底收。娓娓道情节，细细说缘由。音容和笑貌，诗句亮双眸。文辞崇雅美，悦读心愿酬。生活添力量，劳动争上游。艺苑开奇葩，文坛竞风流！

再谈新歌行体诗的写作

李乐年（2022）

新歌行体诗新在哪里？在写作中需要注意些什么问题？拙作《浅谈新歌行体诗的写作》，做了初步的探索和梳理，可谓管中窥豹。其目的和文友们一样，就是用这一容量较大、文白相间、雅俗共赏的诗体，吟咏神州风物，讲述中国故事，歌颂世间的真善美。本文将结合自己三年来的写作实践，再谈谈写作新歌行体诗的点滴体会。有些内容恐怕作家们早就谈过，或者语文老师曾反复讲过。但是，“纸上得来终觉浅，绝知此事要躬行”，在写作过程中，不断使这些规律内化，成为我们的自觉行动，还是摆在我们面前的现实问题。

一、用生活之水，浇灌新歌行体诗之花

关于生活和新歌行体诗的关系，与生活同任何一类文化艺术的关系一样，首先是有了生活，需要以新歌行体诗来表达或表述，而不是为了写诗而生活。前几年文友们编著《诗画品丝路》一书，我平常喜欢听戏观剧，戏曲、戏剧中有些古今丝绸之路上的故事。可是，我之所以走进剧场，是由于作为戏剧爱好者，它是我生活的一部分，而并非是肩负着写诗编书的任务，才坐在舞台前的。在和文友交谈中，我戏称如果是那样，先把写什么、怎样写的问题早早地罩在我的心头，恐怕我连什么也写不出来了。欣赏戏曲、戏剧是如此，生活中的旅游观光、参观展览、朋友聚会等活动也是如此，道理是相通的。这些生活实践与诗歌写作的关系，首先都是要有生活，如外出采风等各项活动，在这个过程中可以积累素材，开阔眼界，增长知识。至于写作的动机、安排、计划等，没有必要也不可能事先预定。

“出乎意料之外，又在情理之中”，既是生活的逻辑又是艺术的逻辑。三年前，早春正是观赏樱花的时节，我来到北京的玉渊潭公园，参加这里的第31届樱花文化节活动。走进园内，我忽然发现有个德化瓷都展

室。当时自己头脑中正装着编著《诗画品丝路》这件事，走进展室一看，虽然展厅规模不大，但内容集中翔实。于是我全神贯注，或用笔一行行的抄写，或用手机一张张拍照，从而积累了较丰富的素材。我一边观察记录，一边惊叹德化白瓷的悠久历史，深深地为德化几代陶瓷名家的高超技艺所折服。此后写作的冲动一直萦绕于心，它促使我完成了《德化瓷都歌》这首新歌行体诗。诗中将海上丝绸之路起点的辉煌、悠久的历史、丰厚的人文沉淀，歌以咏之，奉献给读者。人们常说，一个文艺作品的诞生，是作者长期积累，偶然得之的。这个偶然得之，既是生活的赐予，也需要我们深入生活，及时捕捉意象，深入开掘内涵。而这个过程就是我们细致观察和理解生活的过程。深入生活，书写内容新颖、贴近读者的新歌行体诗歌，是我们一项矢志不移的追求。

二、观察与理解社会生活，为写作新歌行体诗立意

鲁迅先生说，对于任何事物，必须观察准确、透彻，才好下笔。我们写作新歌行体诗歌，也离不开中外文学大家所揭示的这一共同规律。

70周年国庆前夕，在国家博物馆举办“万里同风——新疆文物精品展”，令我神往。当我走进展厅，即被该展览的辉煌气度、众多文物所震撼。我逐渐地感觉到仅参观一次，时间绝对不够用。于是次日又来到现场，以便完整、详细地收集素材。该展览分“丝路雏形”“丝路华章”“丝路梵音”三个单元。除文物之外，还有许多照片、图表、文字、录像等，它们展示了大美新疆的历史和各族人民的风情。我边参观边聆听讲解，还观看了《丝绸之路》的纪录片。这次参观，成为我撰写《诗画品丝路》诗稿的一次专题采风。

如此丰富的题材，在传统诗歌中，唯有歌行体诗方可容纳。除了现场观察之外，还需要调动自己的生活经验、阅历以及常识，开动脑筋思考，做到鲁迅先生所说的“透彻”，这样才能使客观的文物和我们的内心世界发生碰撞，产生意象，进而捕捉灵感。在这个意义上可以说，在观察和理解的过程中，既有”流”，也有“源”；既有“古”，也有“今”；既有“雅”，也有“俗”。

以下试举几例来说明，在西域文物中，经常出现胡人手牵骆驼的形象，其实它类似一种图腾，同汉族的赵公元帅相似，都表现人们对于富足

生活的向往。“要富先修路，驼队商旅行。骆驼与财富，手牵蕴象征”，这里有古今的联想，胡汉的沟通，西域与中原一脉相承的生活理念。拙作中有：“带流彩陶杯，饮品热腾腾。倾倒无遗洒，精致且实用。”“带流”的流就是豁口，位于陶器上沿，便于陶内的液体倒出来。比如陶里的最后一滴水，它被倒出来走的那条线和预留的豁口重合，好的工艺那条线是笔直的，就是中线位置，而且陶器最关注的就是流部的顺畅，直接决定此陶皿的优劣。在我们现实生活中，这种带豁口杯子可以说比比皆是，但是令人意想不到的是，在遥远的古代西域，当地民族的生活竟然也这般精致！“地毯毛毡厚，西北度严冬。抵御地下寒，双脚暖融融。”地毯在当地气候条件下的重要性，不言自明。而且它还牵涉到历史上的和田“三宝”。和田历史上的“三宝”，是指丝绸、地毯、玉石。丝绸来自东方；地毯来自西方；和田玉为本地所产。一件件文物折射出和田是古代丝绸之路上的重镇，连通中原和西方。

展台上一件件无言的文物，其实在向我们叙说着：一个个生活片段。一段段地理知识，一个个传说故事……向我们展示着一部西域风情的画卷。正是在这些日常的生活和劳动中，孕育和产生了西域的风俗习惯、文化艺术，不禁感叹：“文物一件件，关乎吃穿用。文学和艺术，皆由农牧生。兼收且博采，想象翅生风。”

观察和理解生活，既要了解全貌，也要抓住重点；既要留意一般，更要关注典型。那些生活中最能打动自己的，感受最深的，就是我们要浓墨重彩来书写的。在展览的后半部分，是一组彩绘泥塑女佣，四个女佣分别在簸粮、舂米、擀饼和推磨。这组文物是1972年吐鲁番阿斯塔那201号墓出土的。专家推断它反映的是唐代当地劳动人民的生活情景。或许是有权势或有钱财的墓主人留下遗嘱，或者是墓主的亲属作出决定。把这些劳作的女佣，作为随葬物，永远伴随逝者，让墓的主人在另一个世界依然享受过去的生活。这一极富生活气息的劳动场面，具有鲜明的西域特色，以新歌行体诗来吟咏，是最恰当不过的，于是眼前这些化作了一行行的诗句，出现在《诗画品丝路》一书中：“另有塑像群，随葬进坟茔。虽已阴阳隔，仍在用度中。女佣头微侧，双手擀面饼。身旁置鏊子，烙饼香气腾。有女发髻高，簸箕端手中。摇动造型美，粮中杂质清。绿衫彩裙女，持杵将谷捣。捣米白如棉，频传悦耳声。尚有唐装女，推磨把粮送。目随磨盘转，神态栩栩生。劳作与生活，文艺此中萌。不尽瑶池水，丝路汇文明。”

在观察和理解生活的基础上，写作新歌行体诗，如同进行美术作品创作，有的地方只需寥寥数笔带过，有的地方需要精描细写地勾画，从而使我们的新歌行体诗，既有生活的宽度，又有生活的厚度。把千余年前西域劳动人民栩栩如生的劳作场面，拉近到我们身边。

从观察和理解生活，到开始动笔写作，这中间有一个至关重要的环节就是立意。我们在观察和理解生活的过程中，已经开始认识生活的真谛，事物的本质。它就是我们要发掘的“意”。立意决定了我们所写诗歌的质量优劣，水平高低。“意”贯穿于全诗，是诗作的灵魂，立意是写作成功与否的关键，其次才是表现方式，遣词造句等。我们看到某些诗歌内容面面俱到，但是却平淡无味，就是缺乏中心思想。这样的诗作不能给读者留下深刻的印象；而有的诗歌格调平庸，不能给读者以启迪。作者也难以从写作中陶冶情操，这都是由于缺乏一个明确的深刻的立意。人间世物千千万，书中学问万万千，哪些可以入诗，哪些不能入诗；哪些需要详写，哪些需要略写，完全取决于作者的立意。京剧艺术家袁世海先生曾对弟子说，不是把你打碎了变成我，而是把我打碎了变成你。举一反三，触类旁通，我们写作诗歌也是如此，下笔之前首先要解决“立意”的问题。我们从生活实践中学习，向人民群众学习，通过观察与理解，确立了这首诗的立意，全诗才有了统领，才不至于使我们的诗句像漫流的河水，起不到灌溉农田，造福农民的作用。

观察和理解生活是我们写作新歌行体诗的前提，我们只有熟悉了生活，了解到生活的各个方面，弄清了生活的内部联系和外部联系，才称得上鲁迅先生说的“准确、透彻”。我们深入生活，就是在发掘生活的本原，这些生活中的哲理，描述着过去，映射着现实，也昭示着未来。

三、以丰富的语言文字，吟咏新歌行体诗之美

新歌行体诗的语言风格，首先要明白晓畅，易于读者理解。在学习和继承传统诗歌雅美的基础上，学习广大群众生动活泼的语言，只有这样我们的新歌行体诗才能贴近群众，更接地气。老舍先生是语言大师。他说过，没有一位语言艺术大师是脱离群众的，也没有一位这样的大师，只记录人民语言而不给它加工的。所以我们要将人民群众的语言加以提炼、加工，使之成为诗歌的语言，从而更加精练、含蓄和文雅。使我们写出来的

诗作，既通俗易懂又颇有深度，从而做到古今融通，雅俗共赏。

关于新歌行体诗是写七言诗还是五言诗？古代歌行体固然以七言诗为多，但也不乏五言诗，甚至六言诗。关于格律诗中五言诗与七言诗各自的特点，我曾向一位擅长格律诗的老年朋友请教，受到一些启发。第一，内容决定形式，作者要表达内容的多少决定了诗体。第二，五言诗每句字数虽少，但某种程度上可能更难一点，因用字不好搭配。诗歌的句子是不太严格遵照语法的，例如“枯藤、老树、昏鸦，小桥、流水、人家”，几个词互不搭配，可是却营造出一种意境。文学艺术有写实和写意两种风格。在我国的传统文化中，写意的理念占有很重要的比重。至于诗句中间字词的倒置现象更是时常出现。俗话说，长袖善舞，多钱善贾。从这一点看来，每句字数多一点，反而为字词的安置提供了宽裕的空间。

七言诗、五言诗，以至六言诗等，从事它们的写作，本无难易之别，主要取决于作者的习惯与爱好，对其感兴趣，写得多了，琢磨透了，掌握了其中的要领和规律，自然就比较得心应手。新歌行体诗的行数不固定，在每行字数的选择上给我们提供了更大的空间，我们尽可以从实际出发灵活选择。

笔墨当随时代，新歌行体诗作为面向大众、雅俗共赏的诗体，也要跟上当代语境的发展变化。这就涉及写诗时是使用平水韵，还是新韵、九韵等。

现实社会生活中流行一些新的词汇，如：“打卡”“网红”“主播”等，它们的发音都是以汉语拼音为基础的。20世纪早期，一些舶来名词如“沙发”“麦克风”，都是按英文的语音转换过来的。党内诗家董必武同志1958年11月9日，曾写《戏咏重庆曾家岩周公馆》，诗云：“八年抗日此栖身，‘三打维支’笑语新。戴笠为邻居在右，总看南北过门人。”董老在注释中写道：“‘三打维支’系英语译音，面包加火腿也。当时我住一、三两层，二层除进门右边一小部系我住外，全为国民党员居住。”董老诗中没有用我们后来流行的“三明治”一词，可能出于题诗有字数的要求。

对于外国词汇入诗，除了译音外，近代诗坛也有以英文字母直接写入诗句的。拙作《德化瓷都歌》，开篇两句便是：“华夏出瓷器，自古天下传。英译为“china”，国名似与兼”。在注释中注明，中国的英译为“China”，之所以说“似与兼”，在于词首的字母有大小写之分。

随着改革开放的不断推进，科技应用的推广，一些英文的称谓逐渐增多。2022年元旦，在京城望京地区路口，一座新的大熊猫雕塑取代了原有的路标。新熊猫头顶机甲头盔，胸前还有一枚醒目的WiFi标志，有的网友给它起名“赛博熊猫”，“赛博”一词出自“赛博朋克”也是英文译音。在写作《迎冬奥诗》二首中，就有“赛博新路标”的诗句。2021年夏季，北京环球主题乐园首次开放。在参观的景区，有的署名也是以英文译音的，如：“哈利·波特的魔法世界”“侏罗纪世界努布拉岛”等。

现实生活中这些英文译音的名称，无疑都是以汉语拼音为基础的新韵来表述的。如果使用平水韵译音，与社会流行的通用名称不尽相同，势必影响人们之间的交流和信息的传播。如果仅这些名称使用新韵，其他诗句内容依旧用平水韵，又犯了”新旧韵混用”的大忌。从上述情况看来，在反映现实生活中方面，使用新韵、九韵更适合我们写作新歌行体诗。

在写作方式上，我们也经历了或正在经历某些变化。从原来的手工书写纸质诗稿，到计算机录入文字再打印。现在的计算机、智能手机录入方式，也有了新的变化，由讯飞输入法为代表的语音输入方式，明显地提高了文字的录入效率。据介绍该输入法具有如下特点：一是速度快，一分钟可输入400字，即使是专业录入人员，采用盲打的方式，也很难企及这种速度。二是语种多，其中有方言25种，民族语言5种，外国语言12种，随声译24种（即中国语言与外国语言互译）。可是讯飞输入法不支持以平水韵输入文字。

放眼未来，在格律诗的写作中，如果应用平水韵的状况发生萎缩的话，那么从本质上讲，它并非是被新韵、九韵打败的，而是被当今这个开放的、快速发展的社会打败的，是被无线网络科技的推广和普及打败的。

近代以来，在诗歌界的中外交流一直没有停止过。一些国外著名诗人的作品，陆续被翻译、介绍到我国。我国的优秀诗作同样也走向海外。北京大学的许渊冲教授就被誉为“古诗英译第一人”。中外诗歌的交流，促进了各国诗歌的繁荣，它是世界文明海洋中的一条清泉。周有光先生曾被誉为“汉语拼音之父”，若干年前听过他的一次讲座。当时周先生已经90多岁了，他演讲的内容是比较文字学。从汉字的“象形”讲到”会意”等，还给每一位听众印发了一份材料，上面印有与汉字相像的各种图标。周先生说，要从世界看中国，不要从中国看世界。当代我国的外语人才大量涌现，许多外国朋友也热衷于学习中文，在现今的诗歌写作方面，我们提倡使用以汉语拼音为基础的新韵，无疑将比使用平水韵更有利于中外诗作的交流，更有利于把诗歌作为中外文化交融的一座桥梁，更有利于我们这个历史悠久的诗歌大国，在世界诗坛上的展现应有地位。

基于上述情况，应提倡以新韵、九韵来写作新歌行体诗，同时使平水韵与新韵、九韵等共处于诗坛，各美其美，成人之美，美美与共。研究和掌握平水韵，在学习和继承古代诗歌遗产中有着独特的不可替代的作用，它应当同新韵、九韵并肩而行，共同为我们新歌行体诗的发展，发挥应有的作用。

综上所述，我们新歌行体诗的写作，同任何一种文艺活动一样，都要一手伸向传统，一手伸向现实。我们要从我国诗歌宝库的丰厚遗产中，汲取一切具有生命力的营养，同时也要跟上时代的发展，深入人民群众的社会实践，从而使我们的新歌行体诗，更好地反映时代的脉搏，更好地为广大群众服务。

《倚杖赋诗话歌行》粗解

武冀新（2021）

始于庚子年前，那一场波及世界的疫情，千回百转，浩浩汤汤，宛如钱塘湾里的潮水。或许应了那句古语，国家不幸诗家幸，这五老村里，正好籍隔离而读书，驭网络而论谈，倚杖赋诗话歌行竟形成了一堆文稿。

对这文稿略做梳理，无非可分为倚杖、赋诗、话歌行三部分。

1. 倚杖

倚杖的第一重意思，倚杖者，借助外力也。这外力可概指古今中外一切诗学的、文学的成果。

倚杖的第二重意思可理解为：人入老境，步履不稳，唯倚杖助其徐行耳。不唯步履，其立场、观点、方法亦常不稳定，号称“三不稳”，倚杖或可使其稍持稳重之态。

倚杖的第三重意思，是与《倚杖赋诗话九韵》相呼应，为新歌行体诗铺设“韵”和“体”的两个基点。

倚杖的第四重意思，盖谓倚杖者，应有一定的阅历和学养，古称倚杖之年、朝杖之年，意思是年届八十就可以允许撑着拐杖入朝。

倚杖更有几分洒脱和超然，所谓第三只眼观世事，不以物喜，不以己悲，于诗坛大事，并不选边站队，自娱自乐足矣。

倚杖也是一种状态，一种古意，从上古先贤中，可理解其精义：

南朝·宋鲍照《代东武吟》：“腰镰刈葵藿，倚杖牧鸡豚。”唐·王维《辋川闲居赠裴秀才迪》诗：“倚杖柴门外，临风听暮蝉。”唐·杜甫《春归》诗：“倚杖看孤石，倾壶就浅沙。”唐·齐己《怀巴陵》：“垂白堪思大乱前，薄游曾驻洞庭边。寻僧古寺沿沙岸，倚杖残阳落水天。”唐·孟宾于《晚眺》：“倚杖残秋里，吟中四顾频。西风天际雁，落日渡头人。”宋·苏轼《临江仙·夜饮东坡醒复醉》：“夜饮东坡醒复醉，归来仿佛三更。家童鼻息已雷鸣。敲门都不应，倚杖听江声。”宋·左纬《春晚》：“试数交游看，方惊笑语稀。一年春又尽，倚杖对斜晖。”

噫！微斯人，吾谁与归？

2. 赋诗

当今诗家一多半是写白话自由体诗，一少半是写格律体诗，还有一部分诗作，既不是白话自由体诗，也不是严格的格律体诗。其中古雅的多称之为古风，通俗的或可称之为民间说唱，这说唱又带有古味古意，绝不等同于白话诗或顺口溜。偏这五老村里诸老在这第三类上试笔，并写出一批仿歌行体作品或称类歌行本作品，并憧憬未来，以为这是中国诗歌发展的重要一支，或可称之为“新歌行”。那鲁燕老，并提出未来将是“四轮驱动”格局云云。

3. 话歌行

朱光潜先生曾写道：“中国向来只有诗话而无诗学，诗话大半是偶感随笔，信手拈来，片言中肯，简练亲切，是其所长，但他的短处是凌乱琐碎，不成系统，有时偏重主观，有时过信传统。喜综合而不喜分析，长于直觉而短于逻辑的思考。”

检点前述文稿似乎连诗话都称不上，只能叫话诗，而话诗太宽泛，因而只能称之为话歌行，话歌行的目标是倡导新歌行体，那为什么不叫话新歌行体呢？只因为五老村里高谈阔论数年的新歌行体，至今尚属子虚乌有。若说有，也只是在五老村里自娱自乐而已，将来，世上果真有了新歌行诗体，甚或新歌行诗派，追踪寻迹，或许在这五老村里能考证出其萌芽。所以本书所话之歌行仍为传统歌行，而话歌行之目标，一是研讨传统歌行体之源流，二是探索新歌行体之前景。如此而已。

关于歌行体诗歌发展的几个节点随想

武冀新（2021）

一、中国民歌及发展

清代诗人沈德潜在《古诗源》中说：“帝尧以前，近于荒渺。虽有《皇娥》《白帝》二歌，系王嘉伪撰，其事近诬，故以《击壤歌》为始。”

“日出而作，日入而息。凿井而饮，耕田而食。帝力于我何有哉！”《论衡·感虚篇》

《击壤歌》是一首远古先民咏赞美好生活的歌谣。这首歌谣用极口语化的表述方式，吟唱出了生动的田园风景诗。太阳出来起来劳动，太阳下山休息养生，打一口井用以饮水，整理田地种出五谷丰登。歌谣般的风貌，仿佛听到了一个苍老而健硕的农人，在田地中对着无垠田畴悠扬地咏颂。这是他们怡然于简朴生活的自足的歌声，展现出了农耕时代上古先民的幸福生活场景，诠释出原始的自由安闲和自给自足的简单快乐。自然中见淳美，朴拙中见太平。全歌用语纯净，不染尘灰，意境高古，文字流畅。四言的写作形式，为诗歌增添了一种长短抑扬的韵致。最后一句点明题旨，这自然顺生的生存方式和其乐自得的生活，又何须外力的干涉和帝王的管理指导。

歌谣的发展经久不衰。古代以合乐为歌，徒歌为谣，现则统称为歌谣。

简言之，歌谣，即民间文学中的韵文作品，包括民歌、民谣和儿歌、童谣等。能唱的一般叫民歌；只说不唱的叫民谣。歌谣是群众口头流传的诗歌创作形式。

朱光潜说过，“我们研究诗的起源，与其拿《荷马史诗》或《商颂》《周颂》做根据，倒不如拿现代未开化民族或已开化民族中未受教育的民众的歌谣做根据，从前学者讨论诗的起源，只努力搜罗在历史记载中最古

的诗，把民间歌谣都忽略过去了，实在是大误。”（《诗论》第一章）

1932出版的《汉英对照北平歌谣》一书中收录了214首老北京的童谣。

民间歌谣不同于民间艺人的说唱体韵文，民间艺人要籍说唱而谋生。民间歌谣则纯属有感而发，无经济上的功利性。民间说唱若不能籍于谋生，或许会绝迹。而民间歌谣则不会绝迹。

新歌行体，当从民间歌谣中探源，可否从民间歌谣中汲取营养呢？

南北朝时期，中国民歌形成一定的特色。尽管之前已有以歌或行为题的古体诗歌，但形成稳定传承的以七言古体歌行为特征的新诗体，当从鲍照肇始。

古人关于地震灾异和灾害的文献汗牛充栋，包括大量的诗歌，在一个多地震国家，每人一生中都会亲历或耳闻目睹多次地震灾异、灾害事件，诗人的诗作中多有记述和反映。在整理辑选文献中发现一现象，即描述地震的诗作，几乎全用古风歌行体。

以中华诗词学会内著名诗词大家为主的作者，也多有“古风”体诗歌创作。百年前诗界革命期间，曾提到“新歌行”一词，主要指新歌谣。丁芒等曾倡导并创作“自由曲”，近于我们的新歌行体创新思路。

当下大家呼吁和期待新歌行体的诞生，那么关于倡导新歌行体的社会基础和群众基础在哪里呢？

我们不由得可以想到：诗界革命，文化创新，是自上而下发生、发动，还是自下而上产生、冲击，值得深思与研究。诗经中的风，产生于民间，文人下乡采集之；乐府中的乐，产生于民间，中央知之，设机构去收之；南北朝民歌，自然产生于民间，冲击和影响上层文人、诗坛，配合乐府诗，创新出歌行体。民间说唱及勾连上下层社会的戏曲，顽强地传承、发展、创新。这一现象值得重视。这或许就是新歌行体的社会基础和群众基础。

改革有时需要顶层设计和引领，有时发自基层揭竿而起，登高一呼。是否还可搞中层设计，上下其手，摇旗呐喊。这是我们可做的吗？！

二、民间说唱与新歌行体

民间说唱是地道的民族民间文化的产儿，是广大民众喜闻乐见的精神产品，千百年来在最广泛的地域由最广大的民众自编自演、自娱自乐，活跃于乡村田间地头和城镇地摊茶社。中华人民共和国成立以来，它已登上了“大雅之堂”，走上了文艺舞台并占领了一席之地。

民间说唱是以说说唱唱的形式来敷演故事或刻画人物形象的口头文学作品。有些论著称为“曲艺”和“民间曲艺”。其实民间说唱同民间曲艺既有密切的关系，又有明显的区别：曲艺是各种说唱艺术的总称，属于艺术的范畴，它是以文学为基础，配以音乐和表演的综合性艺术，包含着文学、声乐、器乐、表演等因素；而民间说唱侧重于文学方面，主要是从文学角度探讨作为曲艺表演底本的构成与特点，属于民间文学的范畴，据不完全统计，有300余种。

1. 唱故事类与说故事类

所谓唱故事，是指这一类作品的故事情节主要采用韵文形式表现出来。其中有腔有调、有辙有韵，并有鼓板丝弦伴奏的称为演唱体，包括大鼓、渔鼓（道情）、弹词、坠子、琴书、好来宝（蒙古族）、大本曲（白族）、甲苏（彝族）、八角鼓（满族）等；无乐器伴奏，只击节吟诵具有一定音乐性的则称为韵诵体，如山东快书、天津快板、金钱板、赞哈（傣族）、哈巴（哈尼族）等。无论是演唱体，或是韵诵体的民间说唱大都是从民歌、小调、民间曲牌的基础上发展演变而来的。内容上以反映广大民众的现实生活为主，有的表现历史题材，讴歌农民起义，揭露旧社会的黑暗，如《长坂坡》《闹荆州》等；有的抨击封建礼教，表达人们追求婚姻自主的美好愿望，如《小两口抬水》；有的则表现民众的诙谐情趣，洋溢着喜剧色彩，如河南坠子《偷石榴》，反映了旧时不合理的婚姻制度，“十九岁媳妇十岁郎”，未来的新郎不谙世事，偷石榴偷到了老丈人后花园里，随即被抓住，而抓“贼”者恰是未过门的媳妇。它以喜剧的形式揭露不合理的包办婚姻，女婿的无辜和媳妇的自强都显示了即使在农村也萌生了自由民主的思想。唱故事类的民间说唱艺术形式上篇幅不长，妙趣横生，唱词有的以精炼明快取胜，有的以细腻刻画见长，受到了广大群众的喜爱。

说故事是以说为主，采用散文叙述形式的作品，如北方的评书，南方的评话、评词。另有说笑话类，如相声、滑稽表演等。

2. 民间说唱的源流

我国民间说唱历史悠久，形成了富有民族特色的艺术传统。先秦时期的倡优（又称俳优）表演可以说是民间说唱最早的萌芽，《礼记》《国语》《左传》都有记载，《史记·滑稽列传》中专门记载了优孟、优旃、淳于髡三位俳优善于调笑，用戏谑的形式向统治者进谏，最终被君王所接受，带有一定的滑稽表演的因素。到了唐代说唱艺术正式形成，寺庙里和尚用来宣讲佛法经文的“变文”，可以说是民间说唱的直系祖先。为了吸引善男信女，“变文”讲经说法采取韵散结合的方法，有说有唱，声情并茂。除了讲唱佛经外，后来也用它演唱历史传说或民间故事，如敦煌石窟中发现的变文，就是唐至宋初“俗讲”的话本，其中的代表作有《伍子胥变文》《李陵变文》《王昭君变文》《孟姜女变文》，它们直接影响了宋代的小说和讲史。说唱艺术至宋代进入了繁荣期，商业经济的发展，促进了都市的繁荣，出现了一批专业艺人，并且有了作艺的场所“勾栏”和“瓦舍”，各种说唱活动十分活跃。北宋的“诸宫调”“合生”“商谜”“说浑话”，南宋的“像生”“杂扮”“陶真”及各种杂曲小调相当盛行。南宋诗人陆游诗《小舟近村三首》之三记述了宋代鼓书艺人的活动：“斜阳古柳赵家庄，负鼓盲翁正作场。身后是非谁管得，满村听唱蔡中郎。”从盲翁负鼓演唱蔡伯喈的故事中可知鼓书艺术流布之广。元代、明代有词话、弹词、鼓词等说唱形式兴起。清中叶以后，由于社会经济和生活方式的变化，大型的鼓词讲唱逐渐为“摘唱”所代替，民间艺人出于生计所需，常将大部鼓词中的精华部分摘出单唱，这样，讲说部分压缩，成为纯粹的唱类曲种，“子弟书”就是由鼓词蜕变而来的形式之一。

搞民间说唱最成功的范例，是洪秀全及其领导的太平天国运动，其创作的歌谣极具感染力和鼓动力，其章程纲领、施政报告、战斗动员令均采用歌谣形式。诗人造反且成功占据半壁江山，真空前绝后也。

中华人民共和国的成立，迎来了民间说唱发展的春天，它以其短小灵活，深刻有趣等特色而吸引着广大观众。进入新时期后，我国曲艺团体走出国门，到不少国家进行友好访问演出，受到外国观众的欢迎，这说明民间说唱正在走向世界，成为人类文化的宝贵财富。

3. 民间说唱的特点

民间说唱在长期的发展中形成了独自的特点，概括起来主要有三个方面：

（1）民间说唱为叙述体的口头文学，具有叙述性强的特点。它同代言体的民间小戏在表达方式上有明显的区别。民间说唱属于第三人称叙述体，叙述也叫“说表”“表叙表唱”，即民间艺人以第三者的身份给观众说故事、唱故事、说笑话，同时要求在叙述故事的过程中辅佐以适度的模拟性的表演。有人把戏剧的表演称作是“现身中的说法”，而把说唱比喻为“说法中的现身”，意思是说，戏剧表演中“现身”，即扮演、模拟是最主要的，“说法”即通过叙述阐明“法旨”则是辅助的；民间说唱则强调“说法”，是一种“表叙表唱为主，进退转换”为辅的艺术，“现身”即模拟表演只不过是辅佐说唱使之更形象生动的一种手段而已。在戏剧表演中行当分明，生、旦、净、末、丑各扮一个角色，很少兼跨；而民间说唱的演唱者却是“一人多角，跳进跳出”，可谓“众生万相，皆备于我”，生旦净末丑，老虎狮子狗，全由艺人一张口说出，往往根据演唱中叙述的需要时而模拟甲，时而模拟乙，既可客观地介绍，也可暂时进入角色唱叙，十分灵活。

（2）民间说唱演唱简便、灵活，具有轻便性。表现在说唱的作品短小精悍，演员少，道具简单，化妆也只是点缀，布景大可不必，它同群众见面，不受任何物质条件的限制，村头路口，街道巷尾，有台无台都可演，鼓板一打就开场，可以随时深入农村城镇演出，素有“文艺轻骑兵”之称。

（3）民间说唱的语言朴素易懂，具有通俗性。说唱是语言艺术，以口头语言为媒介，通过对言语的艺术处理，包括对口语的语音、语义、语调、节奏和韵律的处理，来唤起听众的想象，因此语言要求口语化，具有感染力，如山东快书《东岳庙》基本上是七字句，为“二、二、三”句型，但也间杂一些长句子，整散结合，句式灵活，非常接近生活中的活语言。

毫无疑问，民间说唱文学，受到了中国传统诗词曲赋等韵文文学的直接浸润和影响，有些精品，本身就具备了诗词曲赋特征，成为传统诗词曲赋的一部分。

当下，有些民间说唱已脱离了表演性质和口头文学性质，由一些具备较高文学素养的作者当作抒发诗情的载体。本书中收选的部分说唱体诗作，或多或少具备新歌行体诗的特征，把它们纳入新歌行体类，当是顺理成章之事。

民间说唱曾是中国诗歌发展的底层源泉，诗经、乐府、南北朝民歌以致以戏曲等，可以说都主要或部分产自民间说唱。

但今天，民间说唱呈衰落之势，它正在失去舞台，失去市场，失去传人，盖因为其登不上诗坛。

新歌行体能够救民间说唱于水火吗？

三、百年前“诗界革命”对新歌行体创立的启示

在近现代的诗歌发展史上，新文化运动产生现代白话诗，我们了解较多，而对于之前的“诗界革命”，亦有回顾和研究之必要。

“诗界革命”即戊戌维新失败之后，梁启超亡命海外，以“新民”即启发从觉悟为宗旨，提倡和发动文学界的全面革命，而最先提出的是“诗界革命”。

在1899年的《夏威夷游记》中，梁启超首次标示诗界革命，批评了千年的古典诗歌传统，第一个尖锐指出传统诗的终结性命运。

梁启超在对黄遵宪等人的新学之诗的经验教训作了检讨之后，提出诗界革命应以“新意境”“新语句”“古风格”三者具备为衡量标准。1902年，在其《饮冰室诗话》中，将诗界革命的标准修订为“以旧风格含新意境”，或“熔铸新理想以入旧风格”，成为诗界革命的纲领。诗界革命除黄遵宪这位代表作家之外，梁启超是发难者，康有为为巨擘，其余则有丘逢甲等。“诗界革命”对此后的旧体诗创作有深远影响，并在观念上为“五四”的新诗运动作了准备。

“诗界革命”，集中地阐发改良派在诗歌方面的一系列主张。他从进化论的哲学基础出发，肯定了“诗界革命”的必然性和合理性，反对贵古贱今，推进诗歌向前发展、不断进步。

“诗界革命”认为：“新意境”“新语句”“旧风格”是新诗歌的最高境界。所谓“新意境”“新理想”，是指诗歌的思想内容方面。具体是要有近代的哲学观念和社会理想以及自然科学方面的一些内容，以及爱国、尚武、要求变革等内容。

梁启超在形式变革方面找不到出路，所以提出“诗界革命”是“革其精神”，而“非革其形式”。所以他对以“新语句”入诗，既表示赞同，又反对简单套用西方语汇。他把黄庭坚作为“诗界革命”成功的典范。

晚清时期诗歌创作追求古与雅的写作原则，梁启超他们提出了新与俗的纲领。

所谓新，或者说新的意境，就是指反映新的思想和新的生活。因此，

他们认为，诗人应关心现实，熟悉生活，没有亲身的阅历，无法通晓世情不知现今的世事，就难以了解时势，就写不出新的意境。所以“儒生不出门，勿论当世事，识时贵知今，通情贵阅世”。

他们还认为，创造新的诗境，必须有新的思想，只有用新的思想来写新的生活，才能达到这一要求。他们所强调的，是诗歌应该融入西方现代的思想观念。

针对“求古求雅”的原则，破了诗体雅俗的界限，黄遵宪就主张诗歌创作的新与俗的理论，就是“以最浅之文字，存以深意”，而黄遵宪的诗作就是实践这种主张的典型代表。

这场目标在于“以旧风格含新意境”，只“革其精神，非革其形式”的“诗界革命”，实际上是一场以新思想与旧形式的糅合杂拌为奋进目标的改革。遗憾的是，这些主张并未结出诗歌的硕果，也没有开一代诗风。

120多年后的今天，回顾这场“革命”，怎不令人唏嘘！有幸的是，诗界革命的倡导者们，为我们留下了大量诗歌作品，这些作品，应比主张和口号更珍贵。这些诗作中，我以为尤以黄遵宪的古风诗为珍贵。

诗界革命的早期倡导者是夏曾佑、谭嗣同、梁启超三人。光绪二十二（1896）年至二十三（1897）年之间，他们开始试作“新诗”。戊戌维新运动失败后，梁启超逃亡国外，以主要精力从事文化宣传，推进文学改良，“诗界革命”成为其中一个重要方面。他在《清议报》《新民丛报》《新小说》等刊物上开辟专栏，发表谭嗣同、唐才常、康有为、黄遵宪、蒋智由、丘逢甲、夏曾佑等人的作品，又自撰《饮冰室诗话》，阐发理论观点，大力表扬黄遵宪等新派诗人，诗界革命于是形成了一定的规模和声势。而鲜明提出“诗界革命”口号的尽管是梁启超，但早已反映出诗歌变革趋向并获得创作成功，从而成为“诗界革命”旗帜的却是黄遵宪。

黄遵宪早年即经历动乱，关心现实，主张通今达交以“救时弊”。从光绪三年（1877）到光绪二十年（1894），他以外交官身份先后到过日本、英国、美国、新加坡等地。经过亲自接触资产阶级文明和考察日本明治维新成功的经验，他明确树立起“中国必变从西法”的思想，并在新的文化思想激荡下，开始诗歌创作的新探索。他深感古典诗歌“自古至今，而其变极尽矣”，再继为难。但他深信“诗固无古今也”“苟能即身之所遇，目之所见，耳之所闻，而笔之于诗，何必古人？我自有我之诗者在矣”。他沿着这条道路进行创造性的实践，突破古诗的传统天地，形成了足以自立、独具特色的“新派诗”，被梁启超誉为“独辟境界，卓然自立于二十世纪诗界中”，成为“诗界革命”的巨匠和旗帜。

明清时期，诗歌呈现衰落趋势，有识者早已表示不满，并力图改变。同治七年（1868），黄遵宪作《杂感》诗，批判沉溺于故纸，以剽盗为创作的俗儒，表示要“我手写我口”。光绪十七年（1891），他在《人境庐诗草序》中主张表现“古人未有之物，未辟之境”，提出了推陈出新的一整套纲领。光绪二十二年（1896），他更直接称自己的创作为“新派诗”。但是，黄遵宪的这些主张，一时还未能发生广泛的影响。

当时，资产阶级改良派正企图融合佛、孔、耶三教的思想，创立一种为维新运动服务的新学。因此，他们相约作诗“非经典语不用”。其代表作如谭嗣同的《金陵听说法》：“而为上首普观察，承佛威神说偈言。一任法田卖人子，独从性海救灵魂。纲伦惨以喀私德，法会盛于巴力门。大地山河今领取，庵摩罗果掌中论。”其中，“卖人子”一典取自《新约·路加福音》；“喀私德”为英语Caste的译音，用来指印度封建社会中把人分为几种等级的种姓制度；“巴力门”为英语Parliament的译音，指英国议会；“法田”“性海”“庵摩罗果”，均为佛家语。谭嗣同通过这首诗批判封建等级制，表达对资产阶级议会制的向往。夏曾佑的诗与谭嗣同类似，如他的《绝句》诗以冰期、巴别塔等地质学名词及《旧约》中的神话入诗。这类诗，当时称为“新学之诗”或“新诗”。谭嗣同等人力图开辟诗歌语言的新源泉，表现资产阶级新思想，有其积极可取的一面。但是，他们实际上使诗歌的语言源泉更为狭窄，写出来的作品又完全不顾诗歌的艺术要求，既脱离传统，又脱离群众，很快就丧失了生命力。诗界革命的作者都不同程度地要求取法西方。梁启超说：“欧洲之语句意境，甚繁富而玮异，得之可以陵轹千古，涵盖一切。”他表示要“竭力输入欧洲之精神思想，以供来者诗料”。康有为也说：“新世瑰奇异境生，更搜欧亚造新声。”这些意见反映了新派诗人追求新思想、新事物的努力。但是，梁启超强调所有这一切都必须和“旧风格”谐和，避免不伦不类，出现“移木星、金星之动物以实美洲”的状况。当时，部分留学生正在提倡音乐教育，歌词创作风行一时。在此影响下，黄遵宪写作了《出军歌》《幼稚园上学歌》等“新体”诗。对《出军歌》，梁启超大为赞赏，认为其精神雄壮活泼，沉浑深远，其文藻为两千年所未有，誉为“诗界革命之能事至斯而极”。光绪二十九年（1903），《江苏》杂志发表的几首歌词也得到梁启超的肯定，视为“中国文学复兴之先河”。他认为，有韵之文和音乐的结合是中国文学的悠久传统。清朝统治以来，这一传统中断，因而，文学对国民的影响也就因之隔绝。他希望有志者勇猛精进，“调和之以渊懿之风格，微妙之辞藻”，争取成为中国的莎士比亚和弥儿顿。

这一时期，民间歌谣体也得到了一定程度的改造和利用。光绪二十八年（1902），梁启超创办《新小说》期间，黄遵宪向他建议，刊物发表的诗歌应“斟酌于弹词、粤讴之间（《致饮冰主人手札》）”，或三言，或五言，或七言，或九言，或长短句，名之为杂歌谣。梁启超接受了这一建议，除刊出《爱国歌》《新少年歌》等歌词外，又发表了《粤讴·新解心》和《新粤讴》等作品。对于这些新创作的歌谣，梁启超赞美其“芳馨悱恻，有《离骚》之意”，称其作者为“文界革命之骁将”。

后期诗界革命要求“以旧风格含新意境”。梁启超说：“欲为诗界之哥伦布、玛赛郎，不可不备三长：第一要新意境，第二要新语句，而又须以古人之风格入之，然后成其为诗。”又说：“革命者，当革其精神，非革其形式。吾党近好言诗界革命，虽然，若以堆积满纸新名词为革命，是又满洲政府变法维新之类也。能以旧风格含新意境，斯可以举革命之实矣。”

他总结前期诗界革命的缺点，将“新意境”放在第一位，这就纠正了前期的形式主义偏颇。诗歌不同于政治宣传品，提出“意境”这一概念来，更加切合诗歌的艺术特征。但是，形式是和内容相联系的，新内容必然要求嬗变出新的形式。梁启超强调“革其精神，非革其形式”，也有其片面性。西方资产阶级民主文化的传播，扩大了人们的视野。晚期没落随着改良派政治上的堕落，诗界革命的旗帜逐渐收起。资产阶级革命派和改良派政治上对立，他们中部分人接受过诗界革命影响，但是，不愿意明确地以诗界革命相号召，有的人则企图“别创一宗”，于是诗界革命很快就衰落，乃至销声匿迹了。

从理论和创作上，“诗界革命”开辟道路的是黄遵宪，被梁启超称为“诗界革命”的一面旗帜。黄遵宪提出“我手写我口，古岂能拘牵”。梁启超提出，要“能以旧风格含新意境”；康有为提出“新世瑰奇异境生，更搜欧亚造新声”。

诗界革命中的新境界，新思想，较易理解，那“旧风格”指的是什么呢？需要我们今天去深入体味和研究的是旧形式吗？是旧形式中的格律诗形式，还是古风形式？从研读其作品，我们有可能得这样的结论，旧风格应是中国诗歌几千年传承和形成的精粹。新文化运动，取其新，发展成后来的样子被西化。舍其旧，又丢失了什么呢，难道不是古风格吗？

当下的新歌行体研讨，有以下几点值得关注：

（1）一种新的主张，只在少数文人中酝酿研讨，缺乏广泛的民众基础和社会呼应，则很难传播和传承。

（2）有人称“诗界革命”期间的歌谣体作品为“新歌行”，而终没有同中国传承千余年的歌行体相联系，随着“诗界革命”的终结，这个“新歌行”也消亡了。

（3）“诗界革命”者主张新境界、新思想、旧风格，最终走向失败。新境界、新思想本没有错，但为什么不考虑新风格呢？这或许是一种历史的、知识的、学养的局限性。我们今天何不将这一相对于旧风格的新风格，确定为一个新的诗体，即新歌行体呢。前人的“留白”，是否在冥冥之中，期待今人去填充呢？！

四、新歌行体与白话诗

按照鲁彦兄的愿景，将来新歌行体在诗坛得一席之地之后，将是四轮驱动之格局，白话体诗，歌行体诗，格律体诗，其他体诗，各居一轮，共驱共进。

百年以来，自白话诗产生以降，其与格律诗一直处于对抗、对立、对峙之势。而新歌行体的性质，则大可不必如此，互相借鉴，合作共赢，共荣共存之可能，值得探讨。

白话诗指五四运动和新文化运动后打破旧诗格律，不拘字句长短、用白话写的诗，也称“语体诗”“白话韵文”。现代不多用“白话诗”这个名称，只称“新诗”，把传统格律诗称为旧体诗。

现代白话诗的发现可以追溯到晚清，当时，一些从西方引进的诗作已开始用白话进行翻译，但是这些作品量不是很大，所以鲜为人知。1917年2月二卷六号《新青年》刊登了胡适的《蝴蝶》《赠朱经农》等八首诗而引起轰动，这是新诗运动中出现的第一批白话新诗。胡适的《尝试集》是我国第一本白话诗集。白话诗也叫“现代诗”，是诗歌的一种，与古典诗歌相对而言，一般不拘泥格式和韵律。现代诗名称，开始使用于1953年，纪弦创立“现代诗社”时确立。现代诗主要流派为新月派、九叶派、朦胧诗派等。

白话诗的成就是无可置疑的，其发展前景和生命力的也是毋庸置疑的。

白话诗过去主要由白话口语入诗和翻译西诗决定了其诗体和风格，现在许多白话体诗人呼吁从中国民间诗歌说唱，以及中国古诗吸收营养，以至于从古风体诗借鉴形式与内容，这是否与“新歌行体”殊途同归了呢。

可以设想，将来有一些新歌行体会很像现代白话体诗，而一部分现代白话体诗，则会很像新歌行体诗。

五、观感《丝路花雨》与《丝路花雨歌》

我们在本书“畅谈今声”部分，选录了部分今人文友创作的新歌行体作品，并特别指出，郑尚可老师的大作《丝路花雨歌》，无论是思想内涵还是艺术水平，都堪称新歌行体之典范。

近日读到王力老先生所作同题作品，极为惊奇，只能以异曲同工，英雄所见略同来形容了。他们两位估计未曾谋面，也未看到对方的诗作，为什么各自观看了舞台剧《丝路花雨》之后，都欣然命笔，要写一篇长歌行来咏之、叹之、赞之呢，虽郑老师作品篇幅更长一些，但其风格何其相似，其情志何其相近，真令人叹为观止。

《丝路花雨》是自1979年起首演的大型民族舞剧，是以举世闻名的丝绸之路和敦煌壁画为素材创作的。它歌颂了画工神笔张和歌伎英娘的光辉艺术形象，描述了他们的悲欢离合以及与波斯商人伊努斯之间的纯洁友谊。《丝路花雨》曾先后在20多个国家和地区演出，深受好评，被誉为“中国民族舞剧的典范”。

《丝路花雨》以中国唐朝极盛时期为背景，博采各地民间歌舞之长，歌颂了老画工神笔张和歌伎英娘父女俩的光辉艺术劳动，描写了他们的悲欢离合，高度颂扬了中国和西域人民源远流长的友谊，再现了唐朝内政昌明，对外经济、文化交往频繁的盛况。

该剧为六场历史舞剧。在丝绸之路上，各国商旅络绎不绝。突然狂风四起，老画工神笔张带着女儿英娘救起了昏倒在沙漠的波斯商人伊努思。但在途中，英娘被强盗劫去。数年后，在敦煌市场，神笔张找到了女儿，但英娘已沦为百戏班子的歌舞伎。伊努思为英娘赎身，父女团聚。莫高窟中，神笔张按照女儿的舞姿画出了代表作——反弹琵琶伎乐天。掌管贸易的市曹企图霸占英娘，英娘跟伊努思到波斯避难。英娘与波斯人们朝夕相处，互授技艺。伊努思奉命率商队使唐，英娘也相随回到祖国。市曹唆使戏班拦劫商队。神笔张点起烽火报警救下商队，自己却献出了生命……

“骤然狂飙落大漠，卷沙走石似飞刀。平地若闻雷霆吼，沙海顿化浪滔滔。旅客四散匍匐地，但求老天息咆哮。”郑尚可《丝路花雨》

“风尘滚滚卷黄沙，父女分离薄命花。沦入教坊第一部，轻挑重拨反琵琶。”王力《丝路花雨》

现仅选用这两篇七言长诗中的几句，来对照赏鉴感赋剧情的大作，以期对大家有所启示。

六、提倡写长诗和大诗

给诗歌简单分类：从字数和长度看，长的诗就是长诗，短的诗就是短诗。但是“长诗”和“短诗”并不是文学研究中的明确术语，也没有固定的定义。虽然有些说法，比如多少行以上的算是长诗，多少行以下的算是短诗，这些都是一些并不严谨，也很难在实际加以界定。

就拿中国的古典诗歌来看。一般来说，中国的古典诗歌主要分为诗、骚、乐府、词、曲等。但这些分类不是彼此平等的，从地位上看，当然是诗最高。我们从文学史的意义上说，又以诗、骚为主要源头，后代所有的诗歌都受其影响。

这两大源头里，就既有长诗，又有短诗。《诗经》里，既有很长的如《氓》等“长诗”，也有短如《卢令》的“短诗”，三句，24个字；骚，如屈原的《离骚》等，是长诗，2500字左右，绝大多数楚辞都很长。在这两大传统影响下，从秦汉到隋唐近体诗形成之前，主要的诗歌是古体诗，乐府与一般的古体诗不同，因为最初的乐府都是唱的。但也有把乐府笼统划为古体诗。

古体诗，就是不拘格律、不拘字数，而且可以长短相杂的诗歌。因此，这一时期有很长的古体诗，《孔雀东南飞》就是长诗，但也有很多短至三句、四句，甚至两句的。总之，古体诗并不以长短来分，多数是以每一句的字数，比如“四言古、五言古、七言古”等来区分。而自从南朝四声八病、永明体等“格律”兴起后，逐渐到隋唐形成了近体诗，也就是我们今天俗称的律诗，以及律诗的一半“截句”（绝句）。从长度来看，律诗和绝句基本都属于短诗，因为最长的律诗也就是八句。但是，古人常常写一整套律诗，比如杜甫《秋兴》八首、《咏怀古迹》五首，甚至到了清初钱谦益，根据杜甫的《秋兴》八首，写了十三叠、一百零四首《后秋兴》。这些成组成套的律诗，因为意思贯通，说是长诗也不为过。

“大诗”还可以有别的理解：气势磅礴的诗，气象阔大的诗；或写得很“大气厚重”的诗。前者是从作品风格的视角来看的，后者是从写作主体角度来看的。还有一种对“大诗”的理解或考察，是从作品题材是否广阔的角度，看其承载的社会内容是否丰富饱满。

以这三种角度给“大诗”定位，似乎都说得过去。如若仅此而已，我们对“大诗”的看法还是表象的，从文本风格角度看，气势磅礴、气象阔大的诗，有必要深入探讨其语感“格调”与语言“肌理”，作品的“骨格”即“组织架构”等特征。从写作主体角度，对写得“大气厚重”的诗，可考察其写作的动机与缘起，诗人拥有的“大诗”写作资源是否足够？作者情感的强度和浓度如何？其想象力足够壮盛与飞扬与否？思辨力的深邃与严密程度，乃至悟性与知解力到了何等高度等。而从题材内容考察所谓“大诗”，看该作品提供的情感思想含量与人、事、物、景等信息量是否足够丰富，组织构成是否合理等。

有人提出，大诗须满足以下几条：（1）思理崇高、主题宏伟；（2）题材重大，包括小中见大与小中拓大；（3）内容繁富、意涵丰赡、诗性饱满；（4）气象盛大、境界壮阔；（5）结构合理，构架雄伟；（6）语言雄健畅达，富于感性概括力；（7）“情气”浩荡，影响广泛且深远。如此等等。

谈“大诗”，有一点是共同的，即其作品的篇幅大都势必要“多”才能显其“大”，这就和“长诗”联系起来了。虽然“大诗”未必是“长诗”，“长诗”也未必就是“大诗”。所谓“长诗”，首先是篇幅，长诗作品呈现的行数“多”，有人将“长诗”的行数标准定在100行以上。“诗”这种文体，应以“精粹”为基本特征，中国古体长诗，一般歌行体不过数十行，至多一百至二百行。当然这里指的是汉语旧体长诗，不包括藏族史诗《格萨尔王传》那样的特例和其他边缘民族史诗。这是汉语的“字思维”方式自然形成的。

篇幅短小精粹，既缩短了阅读时间，同时却因“字思维”方式张大了阅读的想象空间与寻思咀嚼的趣味。这种优性的诗写传统与“字思维”赏诗特点，似乎没有引起当今中国诗人的足够重视。即使从白话口语角度看，汉语的“字思维”特征并没有消失，只是增加了“词思维”“句思维”方式而已。我们可以自然放宽白话长诗的行数标准一倍以上，这意味着，达到100行以上，就是长诗了。

鉴于白话长诗的写作，有的已经达到数千行，我们暂且不论其成功与否，大家不妨在这个事实上将白话长诗进一步划分为较小或较短的长诗与较大与较长或超长的长诗。

“长诗”因其篇幅大大地多于短诗，容易给人“长”即是“大”的错觉。篇幅大是否其承载的内容就多于短诗呢？不见得。须知，有无“诗性”才是衡量诗歌文本的唯一前提。而“诗性”通常是超乎于常规、常理、常态的。更何况，长诗的“诗性”要求在语言上应该比短诗更妥帖，结构上更为讲究。写短诗不存在的问题，进入长诗写作就显得捉襟见肘，没有相当的经验（人生、阅读、艺术）与写作技艺，“诗性”未必驯服于写作者的任性安排擅自认定。不少诗人自视甚高，但其长诗作品，门可罗雀，曾为某一群体爆炒的某些诗作亦终究无人问津。

古体诗诗人，写长诗必借助于古风，反观之，高层次古体诗诗人，往往都能写一些古风体长诗。

人们总感叹，中国的诗人太多了，几百万、上千万。若以是否写长诗来衡量之，又能有几千、几万呢。

以新歌行体来写长诗、大诗，不正是创作古体诗人们的选项之一吗？当白话诗、古体诗、民间说唱三者，在长诗、大诗领域能够走得更接近一些，互相借鉴融合，或许能融为一体。

朱光潜先生在其文中谈及中国的长诗何以不发达认为：中国诗和西方诗的发展的路径有许多不同点，西方诗同时向史诗、戏剧、抒情三方面发展，而中国诗则偏向抒情方面发展。我们试设想西方文学中没有荷马、埃斯库罗斯、索福克勒斯、维吉尔、但丁、莎士比亚、弥尔顿和拉辛诸人，或是设想歌德没有写过《浮士德》，莎士比亚只做过一些十四行体诗，就可以见出史诗和悲剧对于西方文学的重要了。长篇诗的不发达对于中国文学不能说不是一个大缺陷。

史诗悲剧的其他长诗在中国何以不发达呢？我以为有几种原因：

（1）哲学思想的平易和宗教情操的浅薄。史诗和悲剧不同抒情诗，抒情诗以一时一境的主观情趣为主，只需写出人生的片段。史诗和悲剧都同时从许多角色着眼，需写出整个人生、整个社会，甚至于全民族的哲学思想和宗教信仰。史诗和悲剧的作者都需有较广大的观照，才能在繁复多变的人生世相中看出条理线索来。同时又要较深厚的情感和较长久的“坚持的努力”，才能战胜情性和环境的障碍，去创造完整伟大的作品。广大的观照常有赖于哲学，深厚的情感和坚持的努力常有赖于宗教。

（2）关于史诗与悲剧。西方史诗都发源于神话。神话是原始民族思想和信仰的具体化，史诗则又为神话的艺术化。从《左传》《列子》《楚辞》《史记》诸书看，中国原来也有一个神话时代，不过到商周时代已成过去。神话时代是中华民族的婴儿时代。

中华民族是一个早慧的民族，很早就把婴儿时代的思想信仰丢开，脚踏实地的过成人的生活。孔子“不语怪力乱神”，可以说是代表当时一般人的心理。西方史诗所写的恰不外“怪力乱神”四个了，在儒教化的“不语怪力乱神”的中华民族，史诗不发达，自然不是一件奇怪的事。

西方悲剧发祥于希腊。希腊人岁祀狄俄倪索斯（Dionysus主酒及谷畜的神）时有合唱队在神坛前唱歌跳舞并扮演神的事迹。希腊悲剧便从这种祀典发达出来。近代悲剧一半是学希腊的，一半是起源于中世纪教会中所扮演的“圣迹剧”。

王静安在《宋元明戏曲史》里也说中国的戏曲发源于巫蛊祭祀。这种中西的暗合可证明悲剧与宗教关系密切。发源相同，何以后来中西的成就却不一致呢？西方悲剧不外两种：一种描写人与命运的挣扎；一种描写个人内心的挣扎。没有人与神的冲突，便没有希腊悲剧；没有内心中两种不同的情绪或理解的冲突，便没有近代悲剧。

中国人民的特点在处处能妥协，“上不怨天，下不尤人”是他们的处世方法。这种妥协的态度根本与悲剧的精神不合，因为它把冲突和挣扎都避免了。

（3）西方民族性好动，理想的人物是英雄。中国民族性好静，理想的人物是圣人。西方所崇拜的英雄为希腊的阿喀琉斯（Achilles）、拉丁民族的查理大帝（Charlemagne）和罗兰（Rolland），日耳曼民族的西格弗里（Siegfried）和贝奥武甫（Beowuef）都是气盖一世的伟男子，具有扛鼎搏虎的膂力，一生全在困苦艰难中过活，打过无数的胜仗，杀过无数的猛兽，如果没有他，全民族就要灭亡。

中国儒家所崇拜的圣人如二帝三王，大半都是在“土阶茅茨”之中的“端冕垂裳而天下治”的君主，敬天爱民之外，不必别有所为。圣人之中只有治水的夏禹颇似西方的英雄，但是孔子称赞他，却侧重“菲饮食而致孝乎鬼神，恶衣食而致美乎黻冕，卑宫室而尽力乎沟洫”三点，这些还是“太平天子”的美德。

中西的人生理想所以有这种分别者，也和社会开化的早晚有关。中国社会安定极早，没有很大的内忧外患，所以当时所需要的人物只是“无为而治”的“太平天子”。西方民族在文学初露萌芽时代，还在和天灾人祸奋斗，所以当时所需要的人物是“杀人不敢前，须如为猬毛磔”的战士。这种人生理想的差异在文学上也留下很深刻的影响。史诗和悲剧都必有动作，而且这种动作必须激烈紧张，才能在长篇大幅中维持观众中的兴趣。动作的中心必为书中的主角，主角必定为慷慨激昂的英雄，才能发出激烈紧张的动作，所以西方所崇拜的英雄最宜于当史诗和悲剧的主角。在西文中“主角”和“英雄”两个名词都只有“hero”一个词，也可以证明西方人生理想对于史诗和悲剧的影响很大。中国“无为而治”的圣人最不适宜于作史诗和悲剧和主角，因为他们根本就少动作。

（4）文艺上主观的和客观的一个分别固然不是绝对的，但是侧重主观或是侧重客观的是可能的。依荣格（Jung）的研究，民族和个人的心理原型有“内倾”“外倾”两种。“外倾”者好动，好把心力支到外面去变化环境，表现于文艺时多偏重客观。“内倾”者好静，好把心力注在自己的身上作深思内省，表现于文艺多重主观。中西民族相较，西方民族属于外倾类，中华民族属于内倾类，所在通盘计算，西方文学偏重客观，以史诗悲剧擅长，中国文学偏重主观，以抒情短章擅长。

中国诗偏重主观，所以史诗和悲剧所必要的客观的想象不发达，我们拿中国游仙派诗人所见到的仙境比较西方诗所描写的天国，立刻就可以见出客观的想象贫乏是长篇诗在中国不发达的一个大原因。游仙派诗人所见到的仙境大半根据道家的传说，它的意象很模糊隐约，在上篇《中国诗在情趣上的比较》已经说过。神仙的极乐仍是清静无为，所以我们在游仙诗中寻不出动作，找不出一个首尾贯串的故事来，最多只有骑鹤乘云、持芙蓉、吹玉笙、饮琼浆、启玉齿之类做哑戏似的静止的姿势。这种仙境的意象只产生图画雕刻而不能产生史诗。西方史诗中的天国却不如此简单，例如荷马所写的巴腊斯仙山、但丁所写的天堂、弥尔顿所写的乐园，都是一座轰轰烈烈的戏台，其中神仙仍然有婚嫁宴享，有刑赏争战，开很长的会议，起很激烈的辩论。他们所居的宫殿园囿，所用的衣服器皿，也件件都写得尽态极妍。一顶冠有几种颜色的宝石，一座楼台有几根楹柱，几扇窗牖，都很明了地呈现在我们眼前。李白以“遥见仙人彩云里，手把芙蓉朝玉京”。区区十四字就写尽仙境的状况和仙人的姿态，但丁和弥尔顿却要用一部书来写。郭璞以“灵妃顾我笑，粲然启玉齿，蹇修时不存，要之将谁使？”区区二十字写尽一篇仙境的浪漫史，法国诗人维尼（Alfred de Vigny）写仙女爱罗娃（Eloa）钟情于撒旦的故事却铺张到七八百行。客观想象的强弱于此可见。

（5）史诗和悲剧都是长篇作品，中国诗偏重抒情，抒情诗不能长，所以长篇诗在中国不发达。就这一点说，史诗悲剧和其他长篇诗的缺乏并非中国文学的弱点，也许还可以说是中国人艺术趣味比较精纯的证据。

西方从古希腊到十九世纪都特别看重长篇诗，以为长篇才可以有“庄严体”（Grand Style）。但是十九世纪以来，学者的意见已逐渐改变。有两点最值得注意。第一点就是西方学者现已看出一切诗都是抒情的，悲剧诗和史诗也还各是抒情诗的一种。首倡此说者为法国美学家幽佛罗瓦（Jouffroy），近来意大利美学家克罗齐（Croce）主张此说尤力。第二点值得注意的就是西方学者现已看出凡是抒情诗都不能长，长篇诗不必全体是诗。这一说倡于美国诗人爱伦·坡（Edgar Allan Poe）。他说：“‘长诗’简直是一个自相矛盾的名词。”他以为《荷马史诗》和《失乐园》之类的长篇诗，都是许多短诗凑合起来，其中有许多不是诗的地方。近代考据学者对于史诗为如形成一个问题所得的结论亦颇与爱伦·坡的学说暗合。古代史诗都是许多短篇叙事诗集成的。

（6）史诗和悲剧都是原始时代宗教思想的结晶，与近代社会状况与文化程度已不兼容。欧洲近代所以还有人做史诗做悲剧者，因为有希腊的蓝本可模仿。假使希腊人没有留下悲剧和史诗的形式和技巧，假使他们没有替史诗和悲剧在文学中占得一种极优先的地位，近代欧洲能否有这两种文学，也还是疑问。而且史诗和悲剧在近代文学中没有站得住脚。史诗已蜕化为小说，悲剧已蜕化为“问题剧”和“风俗剧”，都是由诗变为散文。这种变迁似乎可以证明人类的情趣已渐由委婉而趋直率，从前人须以诗表现的，现在用散文就够了。

中国散文发达极早，像《左传》《史记》一类的材料在西方古代都是史诗的材料，而在中国却只是散文作品，这也许由于史诗的时代在当时本已过去，而前此又无史诗可为蓝本。小说在中国发达比西方较早，汉魏六朝时记神仙鬼怪的散文极多。像《穆天子传》《汉武帝故事》《西京杂记》《飞燕外传》《搜神记》之类，都可以做长篇叙事诗的材料，但是因为史诗无蓝本而小说格式已成立，所以作者都取小说的形式，至于中国戏剧的形式的成立为时极晚，最早也不过在唐朝，悲剧的时代早已过去。最擅长戏剧的元人的作品大半仍是抒情诗，不能和西方戏剧相提并论。

以上几种原因凑合起来，似乎可以完全解释史诗悲剧和其他长篇诗在中国何以不发达的道理。这五种原因有些起于中华民族的弱点，也有些起于中华民族的优点。如依谨严的逻辑，我们似不应把它们相提并论。不过这个问题本来还没有定论，我们正不妨列举所见，以备将来研究这个问题者做参考。

七、新歌行体的用古特征

用古是诗歌语言保守倾向的典型体现之一，是汉英诗歌语言共同存在的现象。通过对19、20世纪英语的商籁诗和汉语的七律诗比较发现，用古在汉英诗歌中的总体表现形式（即用古在词汇、语法、语音三个语言层面上的体现）和文体功能是相似的。不同之处在于：语法上，英诗的用古主要体现于使用中古英语的代词系统及其动词屈折形式，汉诗的用古则体现在几乎对整个文言文语法系统的继承上。语音上，英诗的用古主要表现在某些词汇音节的增减以及为适应尾韵而改变单词的发音，汉诗的用古则表现为遵循中古时代的读音规则。有无用典要求也是汉英诗歌用古的重要差别。

对于新歌行体或当代古风体诗而言，在词和典两方面的用古是容易理解或者说是不言而喻的，而在韵上的是否遵古，则是一个值得深入研究并必将引起争论的大问题。推出《九韵》方案，正是针对韵的古今兼容问题，望能有更多的人参与讨论。

附录

九韵字表

九韵字表

刘承彦 李乐年（编纂）

一冬韵部	四痕韵部	七姑韵部
eng	en	u
ing	in	ü
ueng	uen (un)	ou
ong	ün	iou (iu)
iong	五微韵部	八豪韵部
响音	i	ao
二江韵部	ai	iao
ang	uai	九歌韵部
iang	ei	o
uang	uei (ui)	uo
三寒韵部	六麻韵部	e
an	a	ê
ian	ia	ie
uan	ua	üe
üan		

说　明

现在一般汉语字典或词典，都是按汉语拼音音节表排序。每个音节都有声母（个别音节是零声母）、韵母和声调三个要素组成，三者完全相同者，称为“同音字”。一般音节都是声母在前，韵母在后，声调标在韵母的主要元音上。字典或词典，涉及23个汉语拼音字母，多为声母；每个字母，又以阴平、阳平、上声、去声为序鱼贯排列。这种字典，可称之为“声母字典”。

“声母字典”，对于查询不熟悉的字十分方便。但对于赋诗、填词或制曲（还有“对联”这种特殊文体）等的韵文作者而言，其关注更多的是字的韵母及其韵脚字。故我们在《倚杖学诗话九韵》一书中编纂了一张《注音韵表》（简称《韵表》）。

《韵表》，采用的是三维表格形式，即以汉语拼音方案“韵母表”中的韵母为表题，以“声母表”中的声母为序，分阴、阳、上、去四行并行排列。这种按音节（不是每个音节都有四声，缺少者涂黑。汉字共有400多个这样的音节）的四声排列，犹如一幅画卷，一目了然，便于声调比较，不像鱼贯排列那样要前后翻来翻去。这不能不说是一种形式上的创新。

韵字如何选？当然以权威的《现代汉语词典》为依据最好。不过，字数多了点，估计有1万多字。若以6763个国标汉字为准，似乎又少了点。徐志刚编著的《诗词韵律》一书，收录了7738个汉字。我们以此为基础，适当增减，最后遴选出7000多个汉字作为韵字。其中平声字约占52%；仄声字约占48%。在7000多个韵字中，有1000多个古入声字转入新四声。其中转入去声的约占46%；其次是转入阳平的约占32%；转入阴平和上声的入声字很少。

近期，武冀新牵头编纂《对韵手册》。文友们一致认为，此《韵表》可作为手册的基础，并更名为《九韵字表》（简称《字表》）。《字表》对《韵表》主要作了如下调整、补充和完善。

一、对转入现代四声的古入声字作了两种标记。“*”为正常转入，标明此字原为“古入声”。“#”为特殊标记，表明在北方音系即普通话中原本就有该字，但古入声中也有此字。该入声字转入现代四声的读音，与普通话并不相同。如“白”字，普通话的读音是“bai”,属阳平；作为古入声字的“白”，其转入现代四声的规范化读音是“bo”,也属阳平。《韵表》的“副表”，列出了这些少量特殊古入声字的规范化读音。但1985年12月27日国家语言文字工作委员会、国家教育委员会、广播电影电视部发布的《普通话异读审词表》规定，“白”属“统读”字，即“表示此字不论用于任何词语中只读一音”，“白”只能读属于阳平的“bai”。鉴于此类情况，此次《韵表》改为《字表》后，将所有副表统统去掉了，即不再考虑这些少量特殊古入声字转入现代四声的规范化读音了。但仍注“#”符号，表明其曾是古入声字。

二、《字表》改为按九韵韵部编排。对同音字，根据GB2312-80信息交换用汉字编码字符集基本集（简称“国标汉字”），将“国标一级字”（即常用字）排在前（用字形加重表示），“国标二级字”（即不常用字或生僻字）排在后。

我们编纂《字表》的初衷之一，是想用按韵母排列的新声韵逐步取代按106韵目编纂的平水韵韵目字典。能否达此目的，我们将拭目以待。

一冬韵

eng	阴	阳	上	去
b	崩	甭	琫	迸
	绷		菶	泵
	祊			蹦
c	噌	层		蹭
		曾		
ch	称	城	逞	秤
	撑	成	骋	
	瞠	呈		
	琤	诚		
	赪	橙		
	铛	承		
	偁	乘		
	柽	惩		
	蛏	程		
	噌	裎		
		埕		
		郕		
		酲		
		塍		
		澄		
		枨		
		宬		
		丞		
d	登		等	凳
	灯		戥	邓
	磴			瞪
	簦			磴
				镫
				蹬
				嶝
				澄
eng	鞥			
f	风	逢	讽	奉
	封	缝	覂	凤
	枫	冯	唪	赗
	蜂			俸
	峰			
	烽			
	锋			
	疯			
	丰			
	沣			
	酆			
	葑			
	沨			
g	耕		耿	堩
	羹		埂	更
	庚		梗	
	更		哽	
	赓		鲠	
	鹒		绠	
h	亨	横		
	哼	衡		
		恒		
		姮		
		珩		
		鸻		
		蘅		
k	坑			
	吭			
	铿			
	硁			
l	棱	棱	冷	睖
		楞		
		崚		
		薐		
m	蒙	盟	猛	梦
		蒙	锰	孟
		檬	懵	
		萌	蜢	
		曚	艋	
		幪	猛	
		艨	蠓	
		蒙	獴	
		朦		
		甍		
		瞢		
		礞		
		虻		
n		能		
p	烹	朋	捧	碰
	砰	鹏		
	抨	蓬		
	怦	篷		
	嘭	彭		
		澎		
		膨		
		棚		
		硼		
		蟛		
		髟		
		芃		
		堋		
		弸		
r	扔	仍		
s	僧			

sh	声	绳	省	盛
	生		眚	剩
	升			圣
	甥			胜
	牲			晟
	笙			嵊
t	鼟	疼		
	熥	腾		
		誊		
		藤		
		螣		
		滕		
		縢		
z	增			赠
	憎			甑
	曾			
	罾			
	矰			
	缯			
zh	征		整	政
	怔		拯	正
	蒸			郑
	挣			症
	争			证
	睁			帧
	狰			怔
	筝			诤
	鬇			挣
	钲			
	峥			
	铮			
	症			
	烝			

ing				
	阴	阳	上	去
b	冰		秉	病
	兵		饼	并
			丙	
			炳	
			柄	
			昺	
			邴	
			禀	
d	丁		顶	定
	钉		鼎	订
	叮			锭
	盯			腚
	靪			碇
	疔			
	玎			
	町			
	仃			
j	京		井	竟
	经		景	境
	惊		警	镜
	鲸		颈	竞
	精		憬	净
	粳		刭	静
	睛		阱	靖
	茎		儆	敬
	荆			痉
	兢			径
	晶			倞
	泾			靓
	鼱			婧

	旌			胫
	麖			
	菁			
l		陵	领	另
		龄	岭	令
		铃		
		凌		
		菱		
		伶		
		灵		
		羚		
		零		
		玲		
		鸰		
		翎		
		绫		
		鲮		
		泠		
		囹		
		蛉		
		笭		
		舲		
		苓		
		聆		
		瓴		
		醽		
		酃		
m		明	酩	命
		鸣		
		名		
		铭		
		螟		
		暝		

		瞑		
		茗		
		冥		
		溟		
n		凝	拧	泞
		宁		佞
		狞		
		柠		
		聍		
		苎		
		咛		
		拧		
p	乒	萍		
	俜	凭		
	娉	平		
		屏		
		苹		
		瓶		
		评		
		坪		
		洴		
		帡		
		鲆		
		枰		
q	轻	情	请	庆
	清	晴	顷	箐
	倾	擎	苘	磬
	青	氰	綮	罄
	卿	黥	謦	
	氢	勍		
	圊	赗		
	蜻	檠		
	鲭			
t	厅	亭	艇	
	烃	停	挺	
	听	庭	侹	
	汀	廷	铤	
	桯	葶	珽	
		婷		
		霆		
		蜓		
x	腥	行	醒	幸
	兴	刑	省	杏
	星	形		性
	惺	型		姓
	猩	邢		悻
	骍	钘		婞
		硎		荇
		荥		
		陉		
ying	鹰	迎	影	硬
	缨	萤	颖	映
	樱	赢	瘿	媵
	英	营	郢	
	应	荧		
	婴	盈		
	膺	莹		
	瑛	蝇		
	霙	滢		
	锳	茔		
	媖	瀛		
	罂	嬴		
	璎	荥		
	蘡	蓥		
	撄	萦		
	嘤	潆		
	鹦	楹		
	莺	荥		
	缨	籯		

ueng				
	阴	阳	上	去
weng	翁		塕	瓮
	嗡		蓊	蕹
	滃		滃	齆

ong				
	阴	阳	上	去
c	葱	从		
	聪	丛		
	匆	淙		
	囱	賨		
	枞	藂		
	熜			
	骢			
	苁			
ch	冲	虫	宠	铳
	充	崇		冲
	茺	重		
	憃			
	忡			
	舂			
	憧			
	罿			
	艟			
d	冬		董	动
	东		懂	冻

	鸫			栋
				洞
				恫
				硐
g	功		巩	贡
	宫		汞	共
	恭		拱	供
	弓		珙	
	工		栱	
	攻			
	龚			
	供			
	公			
	躬			
	肱			
	觥			
	蚣			
h	轰	红	唝	澒
	哄	虹	哄	讧
	烘	鸿		蕻
	薨	弘		
	訇	宏		
		洪		
		𬭎		
		黉		
		竑		
		闳		
		翃		
		纮		
		荭		
		泓		
k	空		恐	控
	倥		孔	鞚

	崆			
	箜			
	悾			
l		龙	垄	
		隆	拢	
		笼	陇	
		咙		
		聋		
		窿		
		茏		
		泷		
		砻		
		昽		
		胧		
		癃		
		珑		
		栊		
n		浓		弄
		农		
		脓		
		秾		
		侬		
		哝		
r		荣	冗	
		融		
		茸		
		容		
		溶		
		熔		
		绒		
		蓉		
		戎		
		肜		

		榕		
		蝾		
		嵘		
s	松		怂	宋
	嵩		耸	讼
	淞		㧐	颂
	凇		竦	送
	菘		悚	诵
	忪			
	娀			
t	通	同	统	痛
	恫	童	筒	衕
	嗵	瞳	桶	恸
		桐	捅	
		彤		
		酮		
		铜		
		橦		
		艟		
		烔		
		茼		
		曈		
		峒		
		潼		
		侗		
		鲖		
		佟		
		僮		
z	宗		总	纵
	棕		偬	疭
	鬃			粽
	踪			
	综			

	阴	阳	上	去
	鬃			
zh	终		种	仲
	忠		肿	众
	钟		冢	重
	中		踵	蚛
	衷		穜	种
	盅			
	螽			

	阴	阳	上	去
	胸	雄		敻
	凶			
	匈			
	汹			
	讻			
	芎			
	恟			
yong	庸	颙	永	用
	雍	喁	泳	
	臃		咏	
	痈		勇	
	拥		涌	
	佣		恿	
	壅		蛹	
	镛		踊	
	鳙		俑	
	慵		甬	
	墉			
	邕			
	噰			

iong				
	阴	阳	上	去
j	扃		窘	
	坰		炯	
	駉		煛	
			颎	
			冏	
			泂	
			炅	
			迥	
			絅	
q		琼		
		穷		
		蛩		
		銎		
		穹		
		跫		
		邛		
		藑		
		䓖		
		茕		
		筇		
x	兄	熊		诇

响音				
	阴	阳	上	去
m	姆	呒		呣
		呣		
n		嗯	嗯	嗯
ng		嗯	嗯	嗯

二江韵

ang				
	阴	阳	上	去
ang	肮	昂		盎
		卬		枊
b	邦		榜	棒
	梆		膀	镑
	帮		绑	磅
				傍
				蚌
				谤
				搒
c	苍	藏		
	仓			
	沧			
	舱			
	伧			
	鸧			
ch	昌	肠	厂	唱
	猖	长	敞	倡
	阊	尝	惝	畅
	菖	偿	氅	玚
	鲳	常	昶	怅
	娼	场		
	伥	嫦		
		徜		
		苌		
d	当		挡	荡
	裆		党	档
	珰		谠	宕
	筜			砀
	铛			菪
f	芳	房	访	放
	方	肪	仿	
	坊	妨	纺	
	枋	鲂	舫	
	钫	防		
	邡			
g	缸		港	杠
	刚		岗	戆
	钢			
	纲			
	肛			
	冈			
	釭			
	杠			
	扛			
	罡			
h	夯	航		沆
		杭		
		行		
		颃		
		吭		
k	慷	扛		亢
	康			炕
	糠			抗
	槺			伉
				闶
l	啷	郎	朗	浪
		廊		埌
		榔		莨
		琅		蒗
		狼		阆
		阆		
		螂		
		桹		
		硠		
		锒		
		稂		
		嫏		
m		茫	莽	
		忙	漭	
		芒	蟒	
		盲		
		氓		
		杧		
		硭		
		铓		
		邙		
n		囊	攮	
		馕	曩	
p	乓	庞		胖
	滂	旁		
		磅		
		螃		
		彷		
		逄		
r	嚷	瓤	壤	让
		瀼	攘	
		禳	嚷	
		穰		
		儴		
s	桑		嗓	丧
			搡	
			磉	
sh	商		赏	尚

	墒		晌	上
	伤			
	觞			
	殇			
t	汤	唐	淌	烫
	铴	塘	倘	趟
	嘡	膛	躺	
	耥	糖	镋	
	趟	堂	傥	
	羰	棠	帑	
	镗	搪		
	蹚	螗		
		鄌		
		瑭		
		赯		
		樘		
		螳		
		镗		
		溏		
		饧		
z	脏		驵	葬
	赃			脏
	臧			奘
	牂			藏
zh	章		掌	瘴
	漳		涨	障
	樟		仉	丈
	彰		长	杖
	张			仗
	璋			帐
	獐			账
	嫜			胀

	鄣			嶂
	蟑			幛

iang				
	阴	阳	上	去
j	江		蒋	酱
	疆		桨	匠
	将		奖	降
	浆		讲	绛
	僵		膙	糨
	姜			将
	礓			弶
	茳			洚
	缰			
	豇			
l		粮	两	谅
		梁	俩	晾
		粱	魉	亮
		凉		辆
		良		量
		辌		悢
		椋		踉
				靓
n		娘		酿
q	腔	强	抢	
	羌	墙	襁	
	枪	蔷		
	呛	樯		
	蜣	嫱		
	锵			
	跄			
	锖			

	戕			
	斨			
x	香	祥	享	项
	襄	翔	想	巷
	镶	详	响	向
	乡	庠	饷	象
	相	降	鮝	像
	湘		鲞	橡
	厢			
	箱			
	缃			
	骧			
	瓖			
	芗			
yang	央	阳	痒	漾
	秧	扬	氧	样
	鸯	洋	仰	怏
	鞅	羊	养	恙
	泱	佯		
	殃	疡		
		杨		
		烊		
		玚		
		徉		
		飏		
		旸		

uang				
	阴	阳	上	去
ch	窗	床	闯	创
	疮	幢		怆
	创	噇		

g	光		广	逛
	桄		犷	
	胱			
h	荒	黄	谎	滉
	慌	煌	恍	榥
	肓	凰	晃	晃
		磺	幌	
		蟥		
		簧		
		皇		
		惶		
		湟		
		潢		
		隍		
		遑		
		喤		
		蝗		
		篁		
		锽		
		徨		
		艎		
		璜		
		鳇		
k	筐	狂		框
	匡	诳		矿
	洭			旷
	恇			况
	诓			纩
	劻			邝
				眶
				圹
				贶
sh	双		爽	
	霜		塽	
	孀			
	骦			
	鹴			
wang	汪	王	往	忘
		亡	枉	妄
			网	望
			惘	旺
			辋	
			蛧	
			魍	
			罔	
zh	妆			撞
	装			壮
	庄			状
	桩			僮

三寒韵

an				
	阴	阳	上	去
an	安		俺	案
	鞍		埯	按
	氨			胺
	谙			暗
	庵			岸
	媕			犴
	鹌			黯
	桉			晻
	腤			
b	班		板	瓣
	斑		版	半
	般		蝂	伴
	扳		坂	绊
	搬		阪	拌
	颁			扮
	瘢			办
c	餐	残	惨	灿
	参	蚕	黪	粲
	骖	惭	穇	璨
				掺
ch	掺	谗	产	颤
	觇	馋	铲	忏
	襜	蝉	阐	韂
	搀	缠	浐	
		蟾	啴	
		瀍	冁	
		廛	谄	
		躔	刬	
		婵	蒇	
		镡	骣	
		铤		
		潺		
		澶		
		巉		
		孱		
		禅		
		僝		
d	单		掸	氮
	丹		胆	惮
	担		亶	弹
	郸		疸	淡
	眈		赕	诞
	瘅		黕	旦
	襌			但
	箪			蛋
	殚			赗
	聃			髧
	甔			萏
	儋			禫
				啖
				澹
f	帆	凡	反	泛
	番	烦	返	范
	翻	繁		贩
	藩	矾		饭
	幡	樊		犯
		钒		梵
		璠		畈
		墦		
		蕃		
		蹯		
		鷭		
		膰		
		燔		
		蘩		
g	干		赶	赣
	竿		秆	旰
	甘		感	骭
	杆		敢	绀
	柑		橄	淦
	肝			干
	忓			
	玕			
	矸			
	泔			
	疳			
	坩			
	苷			
	尴			
h	酣	寒	罕	汗
	憨	韩	喊	焊
	鼾	含	阚	翰
	蚶	涵		旱
	顸	函		悍
		邯		捍
		汗		汉
		邗		撼
		琀		憾
		晗		睅
				瀚
				菡
				叹
				扞

				闬
				颔
k	**勘**		**坎**	**看**
	堪		**砍**	瞰
	刊		侃	磡
	龛		轗	衎
	戡		顑	阚
	看		欿	
l		**兰**	**揽**	**滥**
		栏	**懒**	**烂**
		阑	**览**	
		澜	**缆**	
		婪	榄	
		篮	漤	
		蓝	罱	
		拦		
		谰		
		襕		
		籣		
		斓		
		岚		
		褴		
m	**颟**	**蛮**	**满**	**曼**
		馒		**漫**
		瞒		**慢**
		鬘		蔓
		鳗		墁
		鞔		幔
		谩		镘
				嫚
				缦
				谩
n	囡	**男**	赧	**难**
		难	腩	
		南		
		楠		
		喃		
p	**攀**	**盘**		**盼**
	潘	**磐**		**判**
		蹒		**畔**
		磻		**叛**
		蟠		襻
		鞶		鋬
				袢
				泮
r		**然**	**染**	
		燃	冉	
		髯	苒	
		蚺		
s	**三**		**伞**	散
	叁		**散**	
	毵		糁	
			馓	
sh	**山**		**闪**	**擅**
	衫		**陕**	**缮**
	删		睒	**善**
	杉			**膳**
	煽			**扇**
	苫			**汕**
	姗			**赡**
	珊			鳝
	潸			鄯
	膻			嬗
	痁			掞
	埏			剡
	芟			墡
	跚			骟
	扇			蟮
				疝
				讪
				禅
				钐
t	**贪**	**谈**	**袒**	**探**
	滩	**谭**	**毯**	**叹**
	摊	**坛**	**坦**	**炭**
	坍	**潭**	钽	**碳**
	瘫	**檀**	菼	
		痰	忐	
		弹		
		锬		
		倓		
		郯		
		覃		
		燂		
		昙		
		醰		
		磹		
z	簪	**咱**	**攒**	**暂**
			趱	**赞**
			昝	錾
			噆	瓒
				酂
zh	**瞻**		**盏**	**湛**
	粘		**斩**	**蘸**
	沾		**展**	**栈**
	毡		**崭**	**占**

	詹		辗	站
	旃		黵	战
	邅		搌	绽
	鳣		飐	
	鹯			
	谵			
	占			

ian				
	阴	阳	上	去
b	鞭		扁	辨
	边		惼	辩
	编		褊	辫
	蝙		萹	卞
	鳊		碥	变
	笾		贬	遍
	砭			便
				汴
				抃
				弁
				昪
d	颠		点	淀
	滇		典	靛
	掂		碘	奠
	傎			垫
	巅			店
	癫			惦
				电
				佃
				甸
				殿
				坫
				阽
				玷
				钿
j	间		简	箭
	坚		茧	涧
	肩		柬	渐
	奸		拣	健
	歼		减	践
	监		碱	贱
	尖		检	溅
	艰		捡	饯
	笺		俭	荐
	煎		硷	键
	兼		揃	鉴
	缄		剪	件
	蒹		戬	槛
	搛		锏	见
	鹣		鬋	舰
	鳒		趼	剑
	缣		枧	建
	戋		笕	楗
	湔		睑	毽
	鞯		謇	牮
	櫼		蹇	僭
	菅		瀽	腱
	瑊		裥	监
	鲣			瞷
	鞬			谏
	渐			
	犍			
l		连	敛	恋
		镰	脸	链
		廉	琏	炼
		莲	蔹	练
		怜	裣	潋
		帘		殓
		联		楝
		涟		
		鬑		
		磏		
		蠊		
		臁		
		奁		
		濂		
		梿		
		鲢		
m		棉	缅	面
		绵	免	眄
		眠	冕	
			勉	
			娩	
			渑	
			愐	
			偭	
			丏	
			沔	
			眄	
			湎	
n	拈	年	撵	念
	蔫	粘	捻	埝
		鲇	碾	廿
		黏	蹍	
			涊	
			辇	

p	篇	骈	谝	骗
	偏	蹁		片
	片	跰		
	翩	胼		
	犏	楩		
		缏		
q	千	钱	浅	嵌
	牵	前	遣	歉
	迁	钳	肷	堑
	谦	潜	缱	欠
	仟	黔	嗛	茜
	钎	干		綪
	扦	掮		芡
	签	钤		纤
	铅	虔		慊
	悭	荨		倩
	佥			椠
	汧			
	岍			
	芊			
	磏			
	阡			
	愆			
	鸧			
	搴			
	骞			
t	天	甜	腆	掭
	添	田	舔	
	黇	填	淟	
		恬	觍	
		湉	殄	
		菾	忝	
		阗		
		钿		
		畋		
x	仙	贤	险	宪
	鲜	闲	显	羡
	纤	嫌	冼	腺
	掀	弦	跣	献
	锨	舷	筅	县
	先	咸	铣	现
	籼	涎	藓	限
	氙	衔	燹	线
	祆	挦	猃	馅
	暹	痫	蚬	陷
	跹	鹇	狝	苋
	忺	娴		岘
	铦			霰
yan	烟	言	演	堰
	淹	颜	衍	彦
	咽	炎	眼	谚
	焉	盐	奄	雁
	阉	岩	掩	唁
	胭	阎	蝘	焰
	燕	研	偃	验
	恹	沿	鼹	宴
	鄢	蜒	罨	晏
	崦	严	黡	厌
	腌	妍	俨	艳
	嫣	檐	甗	燕
		筵	弇	砚
		延	魇	赝
		芫	兖	餍
			扊	滟
			琰	赝
				焱
				谳
				喭
				鷃
				咽
				酽

uan				
	阴	阳	上	去
c	蹿	攒		窜
	撺			篡
	汆			爨
	镩			
ch	穿	船	喘	串
	川	传	踳	钏
		椽	舛	
		遄		
d	端		短	断
				段
				锻
				缎
				椴
				碫
g	观		馆	贯
	关		管	惯
	冠		辖	灌
	官		痯	罐
	棺			鹳
	倌			瓘
	瘝			冠
	鳏			祼

	纶			掼
				盥
				涫
				丱
h	欢	还	缓	宦
	獾	桓		患
	讙	环		豢
		鬟		涣
		寰		痪
		萑		焕
		洹		换
		澴		唤
		阛		幻
		圜		擐
		鹮		奂
		嬛		鲩
		缳		浣
		镮		睆
		郇		
k	宽		款	
	髋		窾	
l		峦	卵	乱
		滦		
		挛		
		孪		
		栾		
		鸾		
		脔		
		娈		
n			暖	
r		堧	阮	
			软	

			朊	
s	酸			蒜
	狻			算
sh	拴			
	栓			
	闩			
t	湍	团		彖
		抟		
wan	弯	丸	碗	万
	湾	顽	皖	腕
	豌	烷	宛	忨
	剜	玩	惋	
	蜿	完	婉	
		汍	挽	
		刓	晚	
		抏	菀	
		纨	琬	
			莞	
			脘	
			绾	
z	钻		纂	
	躜		缵	
zh	专		转	赚
	砖			撰
	肫			篆
	颛			瑑
				𬣙
				籑
				馔
				啭

üan				
	阴	阳	上	去
j	鹃		卷	倦
	娟		锩	眷
	捐		涓	绢
	镌			卷
	朘			睊
	蠲			罥
				鄄
				狷
q	圈	全	犬	券
	悛	权	畎	劝
	棬	泉	绻	
		拳		
		颧		
		醛		
		鬈		
		蜷		
		荃		
		痊		
		惓		
		辁		
		筌		
		铨		
		鳈		
x	宣	旋	癣	昡
	喧	悬	选	绚
	轩	玄	烜	眩
	暄	漩		泫
	煊	痃		炫
	瑄	璇		铉

	萱			旋
	揎			渲
	儇			楦
	谖			碹
yuan	**鸳**	**缘**	**远**	**院**
	渊	**元**		**愿**
	冤	**园**		**怨**
	眢	**源**		**苑**
	鹓	**圆**		媛
	蜎	**原**		掾
	鸢	**辕**		瑗
		垣		
		援		
		猿		
		袁		
		员		
		媛		
		羱		
		螈		
		嫄		
		鼋		
		爰		
		沅		

四痕韵

en				
	阴	阳	上	去
b	奔		本	笨
	贲		苯	坌
	锛		畚	
c	参	岑		
		涔		
ch	郴	尘	碜	衬
	嗔	忱	趻	趁
	琛	沉		龀
	綝	辰		称
	瞋	晨		榇
	抻	臣		谶
		陈		
		宸		
		谌		
d				扽
en	恩			
f	分	焚	粉	粪
	芬	坟		份
	酚	汾		奋
	纷	鼢		愤
	氛	濆		偾
	吩	棼		忿
	玢			瀵
	棻			
	雰			
g	根	哏		亘
	跟			艮
				茛

h		痕	很	恨
			狠	
k			肯	
			啃	
			恳	
			垦	
m	闷	门		闷
		扪		焖
				懑
n				嫩
				恁
p	喷	盆		
		湓		
r		人	忍	认
		仁	荏	刃
		壬	稔	任
		任		韧
				纫
				牣
				仞
				轫
				饪
				妊
				衽
s	森			
sh	身	神	沈	慎
	深	什	审	甚
	绅		婶	肾
	娠		哂	渗
	申		矧	瘆
	砷		瞫	葚
	呻		谂	蜃

	伸			
	绅			
	诜			
	侁			
	骁			
	莘			
	棽			
z			怎	谮
zh	真		诊	震
	珍		枕	阵
	针		疹	振
	砧		轸	镇
	斟		畛	圳
	贞		袗	揕
	侦		缜	朕
	臻		稹	赈
	甄			纼
	箴			鸩
	獉			
	蓁			
	浈			
	禛			
	桢			
	榛			
	针			
	胗			

in				
	阴	阳	上	去
b	宾			摈
	彬			殡
	濒			髌

	滨			鬓
	斌			膑
	镔			
	傧			
	缤			
	槟			
	邠			
	豳			
j	**金**		**仅**	**进**
	巾		**谨**	**晋**
	津		**紧**	**烬**
	襟		**锦**	**劲**
	斤		馑	**浸**
	筋		瑾	**尽**
	今		槿	**靳**
	衿		堇	**禁**
	紟			**近**
	矜			噤
	禁			唫
				瑨
				搢
				缙
				墐
				浕
				殣
				荩
				赆
				妗
l	**拎**	**林**	**凛**	**吝**
		鳞	廪	**赁**
		霖	懔	蔺
		淋	檩	躏

		临	菻	
		邻		
		磷		
		琳		
		遴		
		粼		
		璘		
		辚		
		瞵		
		嶙		
		麟		
		綝		
m		**民**	**悯**	
		忞	**闽**	
		旻	**抿**	
		珉	**皿**	
		苠	**敏**	
		岷	黾	
		缗	泯	
			愍	
			慜	
			笢	
			暋	
			愍	
			闵	
n		**您**		
p	**拼**	**贫**	**品**	**聘**
	姘	**频**		牝
		颦		
		嫔		
		玭		
		蘋		

q	**侵**	**芹**	**寝**	**沁**
	钦	**秦**	锓	吣
	亲	**琴**		揿
	衾	**禽**		
	嵚	**勤**		
	骎	**擒**		
		溱		
		螓		
		懃		
		檎		
		噙		
x	**心**	镡	伈	**信**
	新			**衅**
	欣			囟
	辛			
	薪			
	忻			
	芯			
	锌			
	馨			
	鑫			
	炘			
	昕			
	歆			
yin	**阴**	**吟**	**饮**	印
	音	**银**	**尹**	鮣
	茵	**寅**	**引**	胤
	荫	**淫**	**隐**	窨
	姻	霪	吲	慭
	因	垠	蚓	荫
	喑	夤	瘾	
	禋	訚	靷	

	洇	狺		
	湮	鄞		
	愔	蟫		
	铟	崟		
	氤	龂		
	堙	银		
	骃	龈		
	絪			
	殷			
	溵			

uen (un)

	阴	阳	上	去
c	村	存	忖	寸
	踆		刌	
	皴			
ch	春	淳	蠢	
	椿	唇		
	輴	醇		
		纯		
		鹑		
		漘		
		錞		
		莼		
d	敦		盹	顿
	墩		趸	囤
	蹲			钝
	吨			盾
	惇			遁
				沌
				炖
g			滚	棍
			辊	
			绲	
			鲧	
			衮	
h	昏	魂		混
	婚	浑		诨
	荤	珲		圂
	惛	馄		溷
	阍			慁
k	昆		悃	困
	坤		捆	
	鲲			
	髡			
	焜			
	琨			
	昆			
	锟			
	鹍			
l	抡	伦		论
		论		
		轮		
		沦		
		仑		
		抡		
		纶		
		囵		
r		瞤		闰
				润
s	孙		损	
	飧		笋	
	荪		榫	
	狲		隼	
			簨	
sh			吮	舜
			楯	瞬
				顺
t	吞	屯	氽	
	暾	豚		
		忳		
		魨		
		饨		
		臀		
wen	温	闻	吻	问
	瘟	文	紊	揾
	辒	纹	稳	纹
	蕰	蚊	刎	汶
	榅	阌	抆	
		雯		
z	尊		撙	捘
	遵			
	樽			
	鳟			
zh	谆		准	
	肫		埻	
	窀			

ün

	阴	阳	上	去
j	军			浚
	君			俊
	钧			骏
	均			郡
	菌			焌

	麇			馂
	莙			珺
	皲			捃
				隽
				竣
q	逡	**群**		
	囷	**裙**		
		宭		
x	**熏**	**寻**		**训**
	勋	**旬**		**汛**
	埙	**询**		**讯**
	獯	**循**		**迅**
	醺	**巡**		**殉**
	曛	浔		**逊**
		洵		驯
		恂		巽
		鲟		噀
		荀		徇
		栒		
		峋		
yun	氲	**云**	**陨**	**蕴**
	晕	**耘**	**允**	**晕**
	赟	**匀**	狁	**运**
	煴	**郧**	殒	**酝**
		芸		**韵**
		筠		**孕**
		涢		愠
		筼		恽
		纭		熨
		昀		缊
		畇		韫
				郓

五微韵

i				
	阴	阳	上	去
b	逼*	鼻	比	碧*
		荸*	鄙	蓖
			笔*	蔽
			彼	毕*
			俾	毙
			匕	毖
			秕	币
			妣	痹
				闭
				敝
				弊
				必*
				辟*
				壁*
				臂
				避
				陛
				濞
				愎*
				毙
				泌
				閟
				邲
				愊
				鷩
				荜
				跸*
				筚*
				梐
				狴
				畀
				箅
				赑
				庳
				裨
				萆
				髀
				婢
				篦
				襞*
				璧*
				诐
				弼*
				滗*
				庇
				薜
				躄
				嬖
				髲
c	疵	茨	此	刺
	跐	磁	泚	赐
		雌		次
		辞		佽
		慈		伺
		瓷		
		词		
		薋		
		鹚		
		茈		
		祠		
ch	痴	池	耻	斥*
	吃*	驰	尺*	炽
	螭	迟	齿	赤
	魑	持	侈	翅
	眵	匙	豉	叱*
	哧*	弛	褫	敕*
	摛	茌		抶
	黐	漦		瘛
	絺	坻		瘈
	笞	踟		傺
	胵	篪		啻
	鸱	墀		彳*
	蚩			饬*

	嗤			
	媸			
d	低	敌*	底	帝
	滴*	涤*	诋	第
	堤	笛*	坻	递
	氐	嫡*	柢	蒂
	羝	迪*	砥	缔
	樀*	狄*	抵	弟
		翟*	骶	地
				禘
		镝*	邸	睇
		頔*		谛
		髢		杕
		觌*		棣
		荻*		踶
		籴*		玓
		嘀		的*
				菂*

j	鸡	疾*	济	寂*
	机	辑*	挤	继
	肌	嫉*	己	悸
	迹*	汲*	几	剂
	饥	集*	脊*	纪
	姬	及*	麂	忌
	讥	极*	虮	计
	击*	吉*	给	记
	激*	籍*	掎	既
	缉*	棘*	戟*	蓟
	畸	级*		季
	积*	急*		技
	基	即*		妓
	箕	戢*		寄
	圾*	蕺*		冀
	稽	岌*		祭

	犄	伋*		际
	觭	亟*		罽
	乩	殛*		觊
	唧*	踖*		稷*
	羁	蒺*		偈*
	笄	瘠*		洎
	嵇	蹐*		垍
	剞	鹡*		骥
	几	佶*		漈
	叽	姞*		穄
	畿	耤*		鲚
	錤	楫*		鲫*
	赍*			哜
	芨			暨
	玑			髻
	屐*			惎
	矶			伎
	齑			跽

	跻			芰
				霁
				荠
				绩
l	哩	梨	礼	立*
		篱	李	粒*
		离	理	荔
		漓	里	隶
		厘	鲤	力*
		狸	娌	历*
		犁	澧	丽
		黎	醴	栗*
		嫠	鳢	傈*
		喱	俚	吏
		氂	逦	厉
		鹂		励
		鲡		利
		骊		痢
		缡		莉
		梩		俐
		醨		例
		劙		砾*
		蓠		篥*
		罹		溧*

		釐		溧*
		蜊		疠
		璃		粝
		藜		砺
		黧		蛎
		蠡		詈
		褵		栎*
				轹*
				跞*
				沥*
				疬*
				雳*
				俪
				郦*
				鬲*
				莅
				笠*
				戾
				坜*
				苈*

				枥*
				呖
				唳
				沴
				盭
m	眯	迷	米	泌
	咪	糜	靡	幂*
		谜	敉	蜜*
		醚	弭	密*
		靡	芈	觅*
		弥		秘*
		祢		宓*
		縻		谧*
		猕		汩*
		麋		
n	妮	霓	拟	逆*
		泥	你	匿*
		尼	旎	溺*
		倪		惄*

		怩		堄*
		鲵		昵
				腻
		猊		睨
		麑		腻
		輗		
		呢		
		蜺		
p	批	皮	痞	譬
	披	脾	匹*	僻*
	劈*	疲	嚭	屁
	坯	琵	庀	媲
	霹*	啤	圮	澼
	砒	毗	仳	䴙*
	鈚	蚍	癖*	辟
	纰	貔	擗*	淠
	铍	裨	吡	鈲
	丕	埤	否	睥
	邳	枇		埤
	怌	椑		
		蜱		
		罴		
		鼙		
q	栖	旗	启	泣*
	妻	棋	企	弃

	柒	奇	乞*	契
	期	骑	起	迄*
	欺	齐	岂	砌
	漆*	祈	杞	器
	戚*	畦	屺	气
	七*	脐	绮	汽
	沏*	祁	芑	讫*
	凄	崎		憩
	桤	其		磜
	郪	岐		碛*
	蹊	麒		槭*
	桤	祺		葺*
	蛣	琪		汔
	攲	萁		
	嘁*	蜞		
		綦		
		骐		
		歧		
		琦		
		淇		
		锜		
		亓		
		荠		

		蛴		
		圻		
		颀		
		蕲		
		祇		
		芪		
		耆		
		鳍		
r				日*
				驲*
s	思		死	肆
	丝			寺
	嘶			四
	斯			伺
	私			嗣
	司			似
	撕			饲
	厮			巳
	蛳			姒
	罳			涘
	锶			俟
	飔			笥
	缌			汜
	澌			祀
	咝			泗
	鸶			驷
	虒			兕
sh	诗	时	史	室*
	师	食*	使	市

	湿*	实*	驶	柿
	虱*	识*	矢	适*
	尸	十*	屎	氏
	狮	石*	始	视
	失*	蚀*	豕	式*
	施	什		试
	葹	拾*		拭*
	鸤	湜*		噬
	䴓	寔		嗜
	蓍	埘		饰*
	浉	鲥		示
				士
				仕
				恃
				侍
				事
				誓
				逝
				势
				是
				释*
				世
				贳

				螫*
				莳
				轼*
				弑
				筮
				铈
				谥
				峙
				舐
t	梯	题	体	涕
	锑	提		屉
	剔*	啼		剃
	擿	遆		替
	踢*	蹄		嚏
		鹈		惕*
		绨		裼
		醍		逖*
		鳀		倜*
		騠		薙
		缇		悌
x	西	席*	喜	戏
	稀	习*	洗	隙*
	犀	檄*	铣	系

	嘻	袭*	徙	细
	昔*	媳*	蓰	阋*
	惜*	霫*	屣	饩
	熙	隰*	玺	盻
	膝*	觋*	枲	禊
	硒	郋	禧	舄*
	牺		葸	潟*
	析*			
	晰*			
	锡*			
	吸*			
	希			
	溪			
	烯			
	息*			
	熄*			
	悉*			
	夕*			

	汐*			
	蹊			
	觿			
	奚			
	谿			
	傒			
	鼷			
	徯			
	曦			
	熹			
	茜			
	僖			
	嬉			
	浠			
	豨			
	唏			
	晞			
	睎			
	郗			
	欷			
	兮			
	粞			
	窸*			
	蟋*			
	翕*			
	噏*			
	羲			

	淅*			
	螅*			
	晳*			
	樨			
	穸*			
	肸*			
	蹊			
y	依	移	乙*	意
	医	颐	椅	绎*
	衣	沂	矣	翌*
	一*	宜	倚	译*
	壹*	疑	蚁	臆*
	铱	夷	已	翼*
	伊	姨	以	艺
	揖*	遗	苡	亦*
	猗	仪	钇	役*
	鹥	胰	酏	忆*

	毉	彝	迤	裔
	黟	扅	旖	益*
	噫	簃	踦	溢*
	咿	嶷	舣	诣
		诒		逸*
		眙		肄
		贻		疫*
		饴		屹*
		怡		谊
		圯		亿*
		痍		议
		荑		义
		咦		异
				抑*
				易
				毅
				翳
				嫕
				弋*
				埸*
				蜴*
				悒*

				挹* 勚 鹝* 浥* 懿 殪 刈 泆* 轶* 佚* 曀 仡 佾* 嗌 螠 镒* 鹢* 奕* 弈* 薏 呓 怿* 镱 峄* 驿* 寱 癔* 翊* 缢 熠* 羿
z	资 兹 姿 孜 淄 咨 滋 嗞 嵫 镃 訾 赀 觜 粢 趑 辎 鲻 缁	—	滓 子 仔 紫 籽 姊 秭 梓 呰	字 自 渍 胾 眦 胔 牸 恣
zh	芝 枝 知 汁* 之 脂 支 吱 肢 织* 蜘 稙 栀 卮 胝 只* 祗	执* 侄* 职* 直* 植* 殖* 值* 埴* 絷* 踯* 摭* 跖*	止 指 址 纸 旨 只 枳 轵 咫 抵 祉 芷 趾	滞 置 治 志 炙* 致 痔 质* 峙 稚 至 智 掷 挚 帜 制 秩*

	阴	阳	上	去
				铚*
				郅
				桎
				贽
				厔
				鸷
				轾
				豸
				窒*
				彘
				帙*
				蛭*
				痣
				雉
				畤
				栉*
				锧*
				陟*
				骘*

ai

	阴	阳	上	去
ai	哀	癌	蔼	隘
	埃	皑	矮	艾
	挨	𫘤	霭	碍
	哎	挨		爱
	欸			叆
				薆
				暧
b	掰	白#	百#	败
			柏#	拜
			摆	稗
			伯#	
			捭	
c	猜	才	采	菜
	偲	裁	踩	蔡
		财	彩	縩
		材	睬	
			寀	
ch	拆#	柴	茝	瘥
	差	豺		虿
	钗	侪		
d	呆		歹	戴
			傣	带
			逮	逮
				贷
				待
				代
				袋
				怠
				殆
				黛
				岱
				玳
				迨
				轪
				甙
				骀
				绐
				叇
				埭
g	该		改	盖
	垓			钙
	陔			溉
	荄			概
	赅			丐
h	咍	孩	海	害
	咳	骸	醢	亥
		还		氦
				骇
k	开		慨	欬
	揩		楷	愒
			凯	忾
			恺	
			闿	
			垲	
			剀	
			铠	
			锴	
l		来		赖
		莱		赉
		徕		睐
		涞		濑
				癞
				籁
m		埋	买	麦#

		霾	荬	卖
				迈
				脉
				劢
				霡
n			乃	奈
			奶	耐
				鼐
				柰
p	拍#	牌		湃
		排		派
		俳		
		徘		
		簰		
s	腮			塞
	鳃			赛
	塞#			
	揌			
	毸			
sh	筛			晒
	酾			
t	胎	台		泰
	苔	抬		太
		苔		汰
		骀		态
		鲐		酞
		炱		钛
z	灾		宰	再
	栽		载	在
	哉		崽	儎

zh	斋	宅#	窄#	寨
	摘#	翟#		债
		择#		瘵
				砦

uai				
	阴	阳	上	去
ch	搋	膗	揣	踹
	揣			膪
				揣
g	乖		拐	怪
h		怀		坏
		槐		
		淮		
		徊		
		踝		
k			蒯	块
			㧟	筷
				侩
				快
				浍
				狯
				郐
				哙
				脍
sh	衰		甩	帅
	摔			率#
				蟀#

wai	歪		崴	外
zh	拽		跩	拽#

ei				
	阴	阳	上	去
b	杯		北#	焙
	碑			倍
	悲			背
	卑			辈
	陂			贝
				狈
				备
				惫
				钡
				被
				鞴
				蓓
				孛
				悖
				糒
				鞁
d	嘚		得	
ei	欸			
f	飞	肥	诽	吠
	啡	腓	匪	废
	菲	淝	悱	肺
	非		棐	沸
	妃		斐	费
	霏		榧	狒
	𬳶		篚	痱
	蜚		翡	

	扉		朏	
g			给*	
h	嘿			
	黑#			
k	克			
l	勒	雷	蕾	泪
		镭	磊	类
		擂	儡	肋#
		羸	垒	擂
		罍	累	累
		累	耒	颣
		蔂	诔	酹
		嫘		
		缧		
m		眉	美	昧
		梅	镁	妹
		媒	每	媚
		没	渼	袂
		煤		魅
		酶		痗
		玫		沬
		枚		寐
		霉		
		莓		
		禖		
		脢		
		湄		
		楣		
		嵋		
		鹛		

		猸		
		郿		
n			馁	内
p	胚	陪		沛
	呸	培		配
	衃	裴		佩
	醅	赔		霈
		锫		帔
				旆
				辔
z		贼#		
		鲗#		

uei (ui)

	阴	阳	上	去
c	摧		璀	粹
	崔			淬
	催			脆
				翠
				萃
				啐
				倅
				瘁
				悴
				毳
ch	炊	垂		
	吹	捶		
		锤		
		椎		
		槌		
		圌		
		棰		
		陲		
d	堆			对
				兑
				队
				碓
				怼
				憝
g	归		癸	桂
	圭		鬼	贵
	规		轨	跪
	龟		诡	刽
	闺		宄	桧
	瑰		匦	鳜
	硅		垝	刿
	皈		佹	
	鲑		姽	
	邽		簋	
	傀		庋	
	瓌		晷	
	鬶			
	妫			
h	辉	回	悔	汇
	灰	蛔	毁	讳
	恢	茴		卉
	挥	洄		慧
	徽			绘
	袆			诲
	晖			晦
	翚			烩
	诙			秽
	隳			惠

	麾			贿
	隳			会
				蟪
				阓
				哕
				澓
				翙
				喙
				蕙
				蔧
				浍
				槥
				嘒
				荟
				恚
				彗
k	亏	葵	傀	愧
	窥	魁	跬	溃
	盔	奎		馈
	岿	蝰		襀
	悝	逵		蒉
	刲	櫆		聩
		揆		匮
		戣		篑
		睽		愦
		暌		喟
		骙		
		夔		
r	—	绥	蕊	锐
	—	蕤	橤	瑞
	—			睿
	—			汭
	—			芮
	—			枘
	—			蚋
s	虽	隋	髓	岁
	睢	随		穗
	尿	绥		遂
	荽	遂		祟
				燧
				隧
				邃
				谇
				碎
sh	—	谁	水	税
	—			睡
	—			帨
t	推	颓	腿	蜕
	忒			退
				褪
				侻
wei	微	桅	纬	未
	危	为	伪	味
	巍	违	尾	畏
	威	潍	萎	蔚
	薇	惟	苇	喂
	煨	韦	委	胃
	椳	唯	伟	渭
	偎	维	洧	谓
	隈	帏	痏	魏
	溦	圩	鲔	位
	葳	嵬	韪	卫
	逶	围	痿	尉
	崴	涠	诿	慰
	葳	沩	隗	霨
	委	鮠	頠	猬
	揻	闱	猥	罻
	隈	帷	炜	碨
			玮	鳚
			骫	
			娓	
z	朘	—	嘴	醉
		—		最
		—		罪
		—		蕞
		—		槜
		—		晬
zh	追	—	—	坠
	锥	—	—	赘
	椎	—	—	缀
	隹	—	—	缒
	骓	—	—	醊
		—	—	辍
		—	—	惴
		—	—	膇

er				
	阴	阳	上	去
er	—	儿	尔	二
	—	而	耳	贰
	—	洏	洱	樲
	—	輀	饵	佴
	—	胹	迩	刵
	—	鸸	珥	弍
	—	鲕	铒	
	—	栭	駬	

六麻韵

a				
	阴	阳	上	去
a	**啊**	嗄		
	阿			
	腌			
b	**八***	**拔***	**靶**	**霸**
	巴	**跋***	**把**	灞
	疤	**茇***		**罢**
	芭	**魃***		**爸**
	捌	菝*		**耙**
	扒			**坝**
	叭			鲅
	吧			
	笆			
c	**擦***		礤*	
	嚓			
ch	**插***	**茶**	叉	**诧**
	杈	**搽**	衩	**岔**
	喳	**查**		**差**
	叉	**察***		刹
	锸*	**茬**		侘
	差	**碴**		姹
		叉		诧
		槎		叉
				汊
d	**搭***	**达***	打	**大**
	嗒*	**答**		阘*
	答*	怛*		
	耷*	靼*		
	褡*	笪*		
		荙*		
		妲*		
f	**发***	**罚***	**法***	珐*
	酦	**乏***		
		伐*		
		阀*		
		筏*		
		垡*		
g	嘎			尬
h	**哈**	蛤		
k	**咖**		**卡**	
	喀		**咯**	
l	**拉**		**喇***	**辣***
	垃			蜡*
	啦			落
	邋*			剌*
				瘌*
				腊*
				镴*
m	**妈**	**麻**	**马**	**骂**
		蟆	**玛**	蚂
			码	
			蚂	
			吗	
n		**拿**	**哪**	**娜**
			那	**那**
				呐*
				纳*
				捺*
				钠*
				衲*
p	**趴**	**爬**		**怕**

	阴	阳	上	去
	啪	琶		帕
	葩	扒		
		杷		
		耙		
S	撒*		洒	萨*
	仨		靸*	飒*
	挲			卅*
sh	沙		傻	煞*
	纱			啥
	刹			箑*
	砂			歃*
	杀*			嗄
	莎			厦
	煞*			霎*
	铩*			唼*
	裟			
	痧			
t	他		塔*	蹋*
	它		獭*	踏*
	她			挞*
	塌*			拓*
	趿			榻*
	踏			汰*
			褟*	闼*
z	匝*	砸*	咋	
	扎*	杂*		
	臜			
	咂*			
	拶			
zh	渣	闸*	眨*	炸
	喳	札*	拃*	诈
	扎*	铡*	砟	乍
	哳	轧	鲊	榨
	挓			栅*
	咤			咋
				蚱
	札			痄
	揸			咤
				咤

ia				
	阴	阳	上	去
d			嗲	
j	家	荚*	贾	稼
	嘉	颊*	甲*	嫁
	佳	蛱	假	价
	夹*	郏*	钾*	架
	加	恝*	胛*	驾
	枷	戛*	瘕	
	跏	铗*	槚	
	筴		岬*	
	葭			
	浃*			
	笳			
	痂			
	袈			
	迦			
	珈			
l			俩	
q	掐*			洽*
	袷			恰*

x	虾	霞		下
	瞎*	暇		夏
	呷*	辖*		罅*
		峡*		吓*
		侠*		
		狭*		
		匣*		
		黠*		
		柙		
		硖*		
		狎*		
		瑕		
		遐		
		硖*		
ya	鸦	芽	哑	亚
	丫	涯	雅	讶
	押*	崖		揠*
	压*	衙		轧*
	呀	牙		娅
	鸭*	蚜		迓
	桠	岈		砑
		玡		
		睚		

ua

	阴	阳	上	去
ch	欻*			
g	瓜		寡	褂
	刮*		剐	挂
	栝*			卦
	鸹*			罣
	呱			诖
	胍			
h	花	华		话
		哗		画
		滑*		化
		猾*		划*
		搳		桦
		铧		华
		骅		婳
		划		
k	夸		垮	跨
				挎
				胯
r		挼		
sh	刷*		耍	
wa	蛙	娃	瓦	袜*
	洼			瓦
	哇			
	挖*			
	娲			
zh	抓		爪	
	挝			

七姑韵

u				
	阴	阳	上	去
b	逋	醭*	捕	部
	晡		哺	不*
	峬		卜*	布
			补	怖
			鹔	簿
				步
				篰
				瓿
				埠
c	粗	徂		促*
		殂		簇*
				醋
				蔟*
				蹴*
				猝*
				蹙*
				踧*
				憱
ch	初	除	储	触*
	出*	锄	楚	处
	摴	厨	础	搐*
	樗	雏	杵	矗*
		躇	楮	亍*
		橱	褚	畜*
		滁		柷*
		篨		諔*
		鉏		俶*
		刍		怵*
		蜍		黜*
		蹰		绌*
				滀*
				臅*
				歜*
d	都	毒*	堵	度
	督*	独*	睹	镀
	嘟	读*	赌	杜
	阇	犊*	笃*	肚
		髑*		妒
		牍		渡
		椟*		蠹
		黩		
		渎*		
f	夫	浮	府	父
	孵	涪	腐	傅
	肤	福*	俯	缚*
	敷	氟	腑	富
	铁	拂*	甫	副
	佚	辐*	辅	讣
		幅*	脯	赴
	痡	扶	抚	赋
		服*	斧	复
	稃	袱*	釜	覆
	柎	伏	滏	腹*
	麸	符	簠	付
	趺	弗*	拊	咐

	砆	**俘**		**妇**
	趺	孚		**附**
		莩		**阜**
		桴		**负**
		枹		蝮*
		蜉		馥*
		罦		鲋
		郛		驸
		洑*		蚹
		茯*		赙
		芾*		
		芣		
		罘		
		祓*		
		栿*		
		苻		
		绂*		
		凫		
		匐*		
		菔*		
		箙*		
		韨		
		佛*		
		髴*		
		茀*		
		芙		
		刜*		
		艴*		
		绋*		
		蚨		
		蝠*		
g	**姑**		**鼓**	**雇**
	孤		**股**	**顾**
	辜		**古**	**故**
	沽		**骨***	**固**
	估		**谷***	痼
	菇		**蛊**	崮
	箍		牯	锢
	咕		嘏	梏*
	蛄		罟	牿*
	鸪		榾*	
	菰		鹘*	
	酤		盬	
	蓇		鹄	
	轱		羖	
	軱		瞽	
	呱		毂*	
	罛		汩*	
	觚		贾	
h	**呼**	**湖**	**虎**	**户**
	乎	**壶**	**唬**	**互**
	忽*	**糊**	琥	**沪**
	惚*	**瑚**	浒	**护**
	呼*	**葫**		祜
	糊	**弧**		岵
	滹	**蝴**		鄠
	烀	**胡**		韄
		狐		鳠
		搰		瓠
		囫		戽
		鹕		沍
		斛*		楛
		槲*		笏*
		鹄*		扈

		醐		怙
		猢		
k	枯		苦	酷*
	窟*		楛	库
	哭*			裤
	骷			绔
	刳			喾
	矻*			
	堀			
l	噜	庐	卤	鹿*
	撸	颅	掳	录*
		炉	鲁	麓*
		芦	橹	戮*
		卢	虏	赂
		鲈		潞
		垆		露
		胪		路
		鸬		禄*
		栌		碌*
		轳		陆*
		泸		六*

		舻		醁*
				僇*
				睩*
				簶*
				騄*
				辘*
				簏*
				甪*
				鹭
				辂
				漉*
				渌*
				逯*
				琭*
				璐
m		模	亩	墓
			牡	暮
			母	幕
			姆	慕
			拇	募

			钼	木*
			坶	目*
				睦*
				牧*
				穆*
				霂*
				仫
				沐*
n		奴	努	怒
		孥	弩	傉
		驽	砮	
p	铺	蒲	普	曝*
	扑*	菩	谱	瀑*
	仆*	莆	埔	
	噗*	葡	浦	
		蒱	圃	
		酺*	朴*	
		匍	蹼*	
		濮*	溥	

		镤	氆	
		璞*		
r		如	汝	入*
		蠕	乳	褥*
		儒	辱*	蓐*
		獳	鄏*	缛*
		茹	擩	洳
		嚅		
		濡		溽*
		襦		
		薷		
		铷		
		颥		
s	酥	俗*		宿
	苏			溯
	稣			塑
	窣*			僳
				肃*
				诉
				素
				速*
				粟*

				愫
				谡
				嗉
				觫*
				涑*
				夙*
				蹜
				鹔*
				骕*
sh	书	孰*	暑	述*
	殊	熟*	署	树
	梳	赎*	薯	竖
	舒	秫*	曙	束
	疏	塾	蜀*	漱
	蔬		黍	恕
	枢		鼠	数
	叔*		癙	术*
	抒		属	戍
	输			墅
	淑*			庶
	摅			鉥

	鄃			腧
	倏*			澍
	殳			沭
	姝			裋
	纾			
	菽*			
t	突*	图	土	兔
	凸*	徒	吐	菟
	秃*	涂	钍	
		屠		
		途		
		瘏		
		荼		
		酴		
wu	乌	吾	武	物*
	污	吴	侮	误
	呜	芜	舞	勿*
	巫	梧	五	悟
	诬	毋	伍	晤
	屋*	无	捂	戊
	钨	浯	午	务
	邬	铻	牾	雾
	洿	鼯	迕	坞
	圬	郚	仵	杌*

		蜈	鹉	鹉
			庑	庑
			忤	扤*
				怃
				芴*
				兀*
				鋈*
				痦
				骛
				婺
z	租	卒*	诅	
	菹	足*	祖	
		族*	组	
		镞*	阻	
		崒*	俎	
zh	珠	烛*	主	筑*
	朱	竹*	拄	贮
	株	逐*	麈	助
	猪	竺*	煮	着

	诛	蠋*	渚	注
	诸	躅*	嘱*	铸
	蛛		瞩	祝*
	铢		劚	柱
	侏			驻
	邾			蛀
	槠			住
	茱			炷
	潴			伫
	橥			砫
	洙			箸
				翥
				杼
				纻
				苎

ü				
	阴	阳	上	去
j	居	菊*	举	聚
	驹	局*	咀	巨
	鞠*	湨*	沮	惧
	疽	鶪*	矩	炬
	狙	跼*	踽	具

	拘	桔*	龃	拒
	雎	车	莒	距
	趄		筥	句
	掬*		蒟	据
	鞫*		榉	踞
	泃		弆	剧
	跔			锯
	苴			俱
	琚			澽
	椐			飓
	挶*			苣
	梮			粔
	锔*			倨
				窭
				遽
				屦
l		驴	旅	率*
		闾	履	虑
		榈	屡	滤
			缕	氯
			吕	律*
			铝	绿*
			侣	捋
			褛	𬬭
			稆	

			膂	
			葎	
n			女	恧*
			籹	衄*
				朒*
q	区	渠	取	趣
	屈*	衢	娶	去
	躯	蕖	龋	觑
	趋	磲	曲*	阒*
	驱	璩		
	蛆	蘧		
	曲*	籧		
	蛐*	瞿		
	麴*	癯		
	岖	欋		
	胠	蠼		
	黢*	氍		
	诎*	鸜		
	袪	鼩		
	佉	鸲		
		朐		
		劬		

x	虚	徐	许	蓄*
	墟		诩	酗
	须		栩	畜
	嘘		湑	叙
	需		糈	婿
	戌		醑	绪
	𬣙		姁	续*
	盱		盨	恤*
	顼*			旭*
	繻			序
	嬃*			絮
				芧
	魆*			溆
	谞			洫*
	歔			煦
	胥			勖*
	吁			
	湑*			
yu	纡	渔	宇	育*
	淤	榆	禹	芋
	瘀	愚	语	吁
	迂	舆	羽	玉*

	纡	隅	雨	域*
		余	与	郁*
		于	圄	誉
		予	敔	狱*
		盂	屿	寓
		鱼	圉	遇
		逾	俣	浴*
		渝	伛	愈
		愉	瘐	喻
		俞	龉	峪*
		虞	瑀	欲*
		娱	偊	豫
		雩	鄅	预
		禺	庾	驭
		欤	窳	裕
		髃		衙
		嵎		鹆*
		窬		堉
		玙		罭*
		邘		谕
		瑜		钰*
		揄		阈*

		蝓		毓*
		嵛		燠*
		覦		薁*
		歈		棫*
		艅		饫
		狳		昱*
		舁		煜*
		臾		澦
		谀		蓣
		萸		矞*
		腴		潏*
		竽		燏*
		妤		遹*
		伃		鹬*
				聿*
				霱*
				淯
				妪
				彧*

				蜮*

ou				
	阴	**阳**	**上**	**去**
c				凑
				辏
				腠
ch	**抽**	**愁**	**瞅**	**臭**
	瘳	**酬**	**丑**	殠
	紬	**筹**	杻	
	犨	**仇**	偢	
		稠		
		绸		
		畴		
		踌		
		帱		
		惆		
		俦		
		裯		
d	兜		**斗**	**豆**
	篼		**抖**	**痘**
			陡	窦
			枓	逗
			蚪	脰
				饾
				酘
				读
f			**否**	
			缶	
g	**钩**		**苟**	**购**
	沟		**狗**	**够**
	勾		耇	**构**

	枸		枸	**垢**
	篝		笱	彀
	鞲			诟
	佝			媾
	缑			遘
				觏
h	齁	**侯**	**吼**	**厚**
		喉		**后**
		猴		**候**
		糇		堠
		篌		逅
		瘊		鲘
		骺		郈
				鲎
k	**抠**		**口**	**寇**
	芤			**扣**
	眍			蔻
	彄			筘
				叩
l	搂	**楼**	**搂**	**漏**
		娄	**篓**	**陋**
		偻	嵝	镂
		髅		瘘
		溇		
		耧		
		蒌		
		喽		
		蝼		
		剅		
m	哞	**谋**	**某**	
		牟		
		缪		
		眸		

		蛑		
		麰		
		鍪		
		侔		
n				耨
ou	鸥		呕	沤
	殴		藕	怄
	欧		偶	
	讴		耦	
	沤			
	瓯			
p	剖	抔		
		裒		
		掊		
r		柔		肉#
		揉		
		煣		
		鞣		
		糅		
		輮		
		蹂		
s	搜		擞	嗽
	艘		薮	
	廋		叟	
	馊		瞍	
	螋		嗾	
	锼			
	溲			
	飕			
sh	收	熟#	守	售
			首	兽
			手	寿
			艏	受
				授
				瘦
				狩
				绶
t	偷	头	钭	透
		投		
		骰		
z	邹		走	奏
	诹			揍
	鲰			
	郰			
	緅			
	驺			
zh	舟	轴#	肘	昼
	州	妯#	帚	咒
	洲	碡		骤
	诌			皱
	周			宙
	盩			胄
	辀			伷
	鸼			荮
	诪			籀
	赒			甃
	掫			咮
	粥#			㑇
	侜			酎
				绉
				纣
				僽

iou (iu)				
	阴	阳	上	去
d	丢			
j	玖		酒	就
	究		韭	咎
	纠		九	疚
	阄		久	厩
	樛		灸	救
	揪		玖	旧
	啾			臼
	赳			舅
	鸠			桕
				僦
				柩
				鹫
l	溜	流	柳	六#
	熘	刘	罶	溜
	蹓	瘤	绺	鹨
		琉		陆#
		硫		
		馏		
		榴		
		留		
		鎏		
		镠		
		浏		
		遛		
		旒		
		飗		

		骝		
m				**谬**
				缪
n	妞	**牛**	**扭**	拗
			纽	
			钮	
			狃	
			忸	
			杻	
q	**秋**	**求**	糗	
	丘	**球**		
	邱	**囚**		
	湫	酋		
	萩	遒		
	楸	蝤		
	鹙	逑		
	鳅	裘		
	蚯	赇		
	鞧	銶		
		俅		
		璆		
		虬		
		泅		
		鼽		
x	**修**		**朽**	**袖**
	休		滫	**嗅**
	羞			**秀**
	馐			**锈**
	庥			**绣**
	髹			溴
	咻			琇
	貅			宿
	鸺			岫
you	**悠**	**游**	**友**	**又**
	幽	**油**	**酉**	**右**
	忧	**铀**	**有**	**佑**
	优	**由**	铕	**诱**
	攸	**犹**	莠	**幼**
	呦	**尤**	卣	**釉**
	麀	**犹**	黝	柚
		邮	牖	蚴
		蝣	羑	鼬
		鲉		狖
		輶		宥
		疣		囿
		鱿		侑
		斿		
		莸		
		蚰		
		猷		

八豪韵

ao				
	阴	阳	上	去
ao	凹	熬	袄	傲
	熬	翱	媪	澳
		敖	拗	懊
		鏖		奥
		謷		骜
		廒		奡
		遨		隩
		璈		坳
		聱		拗
		嶅		
		嗷		
		螯		
		鳌		
b	褒	雹#	宝	报
	苞	薄#	保	暴
	胞		饱	爆
	剥#		堡	抱
	包		葆	豹
			褓	趵
			鸨	鲍
c	操	曹	草	
	糙	槽	懆	
		漕		
		嘈		
		螬		
		艚		
ch	超	潮	炒	耖
	抄	朝	吵	
	钞	嘲		
	怊	巢		
	弨	晁		
	剿			
d	刀	捯	祷	盗
	忉		蹈	悼
	叨		倒	道
	魛		岛	纛
			捣	到
			导	稻
g	高		搞	告
	羔		稿	诰
	糕		鎬	郜
	膏		槁	
	篙		缟	
	皋		杲	
	槔			
h	蒿	豪	好	耗
	嚆	壕	郝#	号
	薅	毫		浩
		嚎		滈
		嗥		颢
		貉#		灏
		濠		昊
		蚝		鄗
		号		鄗
				皓
k	尻		烤	靠
			考	犒
			拷	
			栲	
l	捞	劳	潦	涝
		牢	老	酪#
		痨	佬	烙
		唠	姥	络
		崂	栳	落
		醪	嫪	
m	猫	毛	卯	茂
		锚	铆	貌
		矛	昴	贸
		茅	泖	帽
		髳		冒
		蝥		娼
		蟊		耄
		旄		芼
		髦		眊
		酕		鄚
		牦		旄
				瑁
				袤
				懋
				瞀
n	孬	挠	恼	淖
		硇	脑	闹
		蛲	瑙	臑
		铙		
		呶		
		猱		
		峱		

p	**抛**	**咆**	**跑**	**泡**
	脬	**刨**		疱
		袍		炮
		庖		奅
		匏		
r		**饶**	**扰**	**绕**
		荛		
		桡		
		娆		
s	**骚**		**嫂**	氉
	搔		**扫**	埽
	臊			
	缫			
sh	**梢**	**韶**	**少**	**哨**
	烧	**勺**#		**绍**
	捎	**芍**#		**邵**
	蛸	苕		劭
	筲			潲
	稍			
	艄			
t	**滔**	**桃**	讨	套
	涛	**陶**		
	掏	**逃**		
	绦	**淘**		
	饕	**萄**		
	焘	咷		
	韬	匋		
		梼		
		洮		
		醄		

		啕		
		绹		
z	**遭**	**凿**#	**枣**	**灶**
	糟		**早**	**燥**
			藻	**噪**
			蚤	**躁**
			澡	**造**
			璪	皂
				慥
zh	**昭**	着	**沼**	**肇**
	招		**找**	**赵**
	钊		**爪**	**照**
	着			**罩**
	啁			**召**
				兆
				旐
				棹
				诏
				笊
				曌

iao				
	阴	**阳**	**上**	**去**
b	**标**		**表**	鳔
	彪		裱	
	膘		婊	
	藨			
	镳			
	穮			
	杓			
	飙			

	瘭			
	熛			
	幖			
	摽			
	镖			
	飑			
	骠			
	猋			
	瀌			
	滮			
d	**凋**			**调**
	叼			窎
	刁			掉
	碉			吊
	雕			铫
	鲷			钓
	貂			
j	**娇**	**嚼**#	**狡**	**窖**
	焦	矫	**铰**	**轿**
	浇		**饺**	**较**
	交		**绞**	**教**
	骄		**搅**	**酵**
	胶		**矫**	**叫**
	蕉		**侥**	藠
	礁		**缴**	峤
	郊		**脚**#	醮
	椒		**角**#	噍
	艽		**剿**	觉
	姣		敫	珓

	轇		皦	爝#
	鷮		徼	嚼
	茭		湫	
	蛟		挢	
	鲛		佼	
	嶕		皎	
	僬			
l	**撩**	**聊**	**了**	**廖**
		潦	蓼	**料**
		撩	憭	**僚**
		寥		**撂**
		僚		镣
		疗		钌
		燎		尥
		辽		
		寮		
		嘹		
		獠		
		嫽		
		缭		
		漻		
		鹩		
		髎		
m	喵	**苗**	**藐**	**庙**
		描	**秒**	**妙**
		瞄	**渺**	缪
		鹋	杪	
			缈	
			邈	
			眇	
			淼	

n			**鸟**	**尿**
			袅	溺
			茑	
			嬲	
p	**飘**	**瓢**	瞟	票
	漂	**朴**	殍	嘌
	慓	薸		僄
	螵	嫖		骠
	剽			
	缥			
q	**敲**	**桥**	**巧**	**窍**
	悄	**谯**	悄	**撬**
	橇	**侨**	愀	**鞘**
	锹	**乔**		**翘**
	劁	荞		**峭**
	硗	鞒		**俏**
	跷	峤		撽
	幧	樵		躈
		憔		壳#
		翘		帩
		憔		诮
		瞧		
		荍		
t	**挑**	**条**	窕	**眺**
	佻	**迢**	朓	**跳**
	祧	蓨		粜
		鲦		
		蜩		
		调		
		苕		
		龆		

		岧		
		髫		
		笤		
x	**宵**	**淆**	**小**	**校**
	霄	洨	𫍲	**效**
	消	崤	晓	**孝**
	萧	郩	筱	**肖**
	硝			**笑**
	销			**啸**
	嚣			哮
	削			
	逍			
	箫			
	潇			
	魈			
	绡			
	猇			
	枵			
	鸮			
	哓			
	翛			
	枭			
	蟏			
	骁			
yao	**腰**	**瑶**	**咬**	**耀**
	妖	**遥**	**舀**	**药**#
	邀	**摇**	窅	**要**
	幺	**尧**	窈	鹞
	吆	**谣**	杳	袎
	喓	**窑**		瀹#

	天	姚		钥
		珧		鞠
		徭		曜
		鳐		
		猺		
		飖		
		繇		
		轺		
		肴		
		峣		

九歌韵

	o			
	阴	阳	上	去
b	波	脖*	跛	檗*
	玻	渤*	簸	擘*
	拨*	铂*		簸
	播*	搏*		
	钵*	勃*		
	菠	博*		
	嶓	膊*		
	剥*	泊*		
	饽*	箔*		
		帛*		
		伯*		
		舶*		
		驳*		
		鹁*		
		髆*		
		薄*		
		僰*		
		钹*		
		镈*		
		礴*		
		亳*		
		浡*		
		馎*		
f		佛*		
m	摸*	磨	抹*	末*
		模		沫*
		魔		默*
		摩		漠*
		摹		寞*
		蘑		莫*
		膜*		陌*
		馍		墨*
		嫫		瘼*
		麽		貘*
		谟		蓦*
				茉*
				靺*
				秣*
				嘿*
				眽*
				殁*
				脉*
				貊*
				镆*
o	噢	哦	嚄	哦
p	坡	婆	叵	破
	颇	皤	笸	粕*
	泼*	鄱		迫*

	陂			魄*
				珀*

io				
	阴	阳	上	去
yo	育			
	哟			
	唷			

注：yo音节实际是io的零声母音节。io可看作是o韵母的齐齿呼。但韵母表中并无此韵母，表外说明也未提及。

uo				
	阴	阳	上	去
c	磋	瘥	脞	挫
	搓	嵯		措
	撮*	痤		错
		嵳		莝
		矬		剒
				莝
				厝
				锉
ch	戳*			绰*
	踔*			婼*
	逴*			辵*
				惙*
				歠
				辍*
				啜*
				婼*
				龊*
d	多	夺*	朵	舵
	哆	铎*	垛	惰
	掇*	踱*	躲	堕
	裰*		埵	剁
	咄*		驮	跺
			柮	
g	锅	国*	果	过
	郭*	帼*	里	
	聒*	腘*	蜾	
	蝈*	馘*	馃	
	埚	虢*	椁*	
	过	掴*		
	彉*			
h	豁	活*	火	祸
	耠*		伙	霍*
	劐*		漷	获*
	嚄*			或*
	攉*			惑*
	騞*			货
				镬*
				豁*
				藿*
				臛*
				蠖*
k				廓*
				扩*
				阔*

				括*
				鞟*
				蛞*
				筈*
l	捋	螺	裸	落*
		罗	瘰	骆*
		萝	蠃	络*
		骡	蓏	洛*
		逻		烙*
		箩		珞*
		锣		荦*
		椤		雒*
		啰		漯*
		猡		摞*
		啰		泺*
		脶		硌*
n		挪		懦

		傩		糯
				诺*
				喏
				搦*
r		挼		若*
		撋		弱*
				蒻*
				偌*
				鄀*
				婼*
				爇*
				箬*
s	梭		索	
	唆		琐	
	缩*		锁	
	蓑		所	
	嗍		唢	
	羧			
	莎			
	桫			
	娑			
	睃			

sh	说*			朔*
				烁*
				硕*
				搠*
				蒴*
				槊*
				铄*
				妁*
t	脱*	鸵	椭	拓
	拖	陀	妥	唾
	托*	驼	鬌	跅*
	讬*	砣		萚*
	侂*	陁		柝*
	饦*	跎		
	挩*	佗		
		鼧		
		沱		
		坨		
		酡		

		橐*		
		鼍		
wo	窝		我	握*
	涡			沃*
	挝			斡*
	蜗			卧
	倭			硪
	踒			渥*
	莴			涴
				龌*
				幄*
				偓*
z	嘬	昨*	左	坐
		笮*	佐	座
		捽*		做
				作*
				凿*
				柞
				岞

				怍*
				胙
				阼
				祚
				酢*
zh	桌*	酌*		
	捉*	着*		
	拙*	茁*		
	倬*	灼*		
	棁*	卓*		
	涿*	啄*		
		浊*		
		琢*		
		椓*		
		诼*		
		镯*		
		浞*		
		鷟*		

		禚		
		斫*		
		斮		
		濯*		
		擢*		

e				
	阴	阳	上	去
c				测*
				册*
				厕*
				侧*
				策*
				恻*
ch	车		扯	澈*
	砗			撤*
	唓			彻*
				掣*
				坼*

d	嘚	得*		
		德*		
e	阿	鹅		饿
	婀	蛾		恶*
	痾	讹		扼*
	屙	娥		鄂*
	婀	俄		厄*
		额*		遏*
		峨		愕*
		囮		呃*
		莪		轭*
		哦		噩*
				垩*
				谔*
				萼*
				鹗*
				腭*

				鳄*
g	歌	革*	舸*	个
	哥	葛*	哿	各*
	戈	隔*	葛*	铬*
	割*	鬲*		
	疙*	阁*		
	鸽*	格*		
	胳*	骼*		
	搁*	镉*		
	咯*	嗝*		
	袼	蛤*		
	仡			
	圪			
h	呵	和		鹤*
	喝	禾		赫*
		河		贺
		荷		褐*
		涸*		和

		合*		荷
		核*		壑*
		盒*		
		貉*		
		阖*		
		翮*		
		曷*		
		鞨*		
		何		
		劾*		
		颌*		
		盍*		
		合*		
		龁*		
		纥*		
k	柯	壳	渴*	刻*
	科	咳*	可	客*

	苛	搭*	坷	克*
	磕*		岢	课
	棵			锞
	颗			骒
	坷			溘*
	窠			嗑*
	瞌*			恪
	疴			缂*
	揢*			
	轲			
	痾			
	珂			
	颏			
	髁			
	稞			
	蝌			
l				乐*
				勒*
n		哪		讷*
r			惹	热*
s				涩*
				瑟*
				色*
				穑*
				啬*
				铯*
				塞*
sh	奢	蛇	舍	涉*
	赊	舌*		设*
	畲	佘		社
				赦
				射
				摄*
				滠*
				歙*
				慑*
				麝
				舍
t				特*
				忑*
				忒*
				铽*
z		责*		仄*
		则*		昃*
		泽*		
		择*		
		箦*		
		赜*		
		啧*		
		帻*		
zh	遮	折*	锗	浙*
	蜇*	蛰*	者	这
	螫*	哲*	赭	蔗
		辙*		嗻
		谪*		鹧
		磔*		柘

	阴	阳	上	去
		詟*		
		辄*		
		蛰*		

ê				
	阴	阳	上	去
ê	欸	欸	欸	欸

ie				
	阴	阳	上	去
b	憋*	别*	瘪*	
	鳖*	蹩*		
d	爹	谍*		
	跌*	迭*		
	跕*	碟*		
		叠*		
		蝶*		
		喋*		
		蹀*		
		牒*		
		鲽*		
		垤*		
		耋*		
		绖*		
		堞*		
		昳*		
		瓞*		
		揲*		
j	皆	结*	解	戒
	阶	节*	姐	诫
	街	洁*	檞	介
	秸	截*		疥
	揭*	劫*		芥
	接*	桔*		借
	结	杰*		届
	疖*	捷*		藉
	节*	睫*		界
	喈	竭*		褯
	嗟	鲒*		玠
	湝	劼*		蚧
	痎	蛣*		骱
		拮*		
		倢*		
		婕*		
		羯*		
		楬*		
		碣*		
		偈*		
		榤*		
		讦*		
		诘*		
		孑*		

		颉*		
		絜*		
l			咧	烈*
				列*
				劣*
				猎*
				裂*
				趔*
				鴷*
				捩*
				洌*
				躐*
				埒*
				浰*
m	乜*			灭*
	咩*			蔑*

				篾*
n	捏*	苶*		聂*
				镊*
				蘖*
				涅*
				啮*
				嗫*
				孽*
				蹑*
				陧*
				颞*
				臬*
				嵲*
				臲*
				镍*
p	撇*			嫳*

	瞥*			
q	切*	茄	且	窃*
		伽		怯*
				挈*
				锲
				朅*
				惬*
				箧*
				妾*
				切*
				趄
t	贴*		铁*	帖*
	帖*			餮*
	怗*			
x	楔*	鞋	写	泻
	些	挟*	血*	械
	蝎*	邪		泄*

	歇*	谐		蟹
	揳*	携		懈
		斜		谢
		协*		屑
		撷*		卸
		叶		灺
		缬*		躞*
		偕		媟*
		胁*		屟*
		勰*		燮*
				瀣
				榭
				澥
				廨
				绁*
				邂
				渫*
				嶰
				獬
				亵
				薤
ye	椰	爷	也	液
	耶	铘	冶	夜
	噎*	揶	野	掖*
	暍*	耶		腋*
	掖			叶*
				页*
				业*
				曳
				烨*
				晔*
				靥*
				馌*
				咽*
				谒*

üe［九歌（波邪）韵］				
	阴	阳	上	去
j	撅*	攫*	蹶	倔*
	噘*	决*		

	撅*	诀*		
	嗟	抉*		
	屩	掘*		
		爵*		
		觉*		
		绝*		
		倔*		
		玦*		
		珏*		
		砄*		
		桷*		
		駃*		
		崛*		
		脚*		
		觖*		
		厥*		

		傕*		
		劂*		
		谲*		
		蕨*		
		獗*		
		橛*		
		噱*		
		鐍*		
		角*		
		蹶*		
		矍*		
		嚼*		
		爝*		
		孓*		
		镢*		
l			掠	略*

				掠*
				锊*
n				疟*
				虐*
q	炔*	瘸		却*
	缺*			雀*
	阙*			确*
				鹊*
				榷*
				阕*
				埆*
				碏*
				阙*
				悫*
x	靴	穴*	雪*	血
	薛*	学*	鳕*	谑*

	削*	峃*		
		踅*		
		噱*		
yue	曰*		哕*	月*
	约*			岳*
	矱*			钥*
	彟*			跃*
				越*
				粤*
				阅*
				悦*
				钺*
				樾*
				篗*
				龠*
				瀹*

				乐*
				刖*
				轨*
				玥*

新九韵对仗歌说明

刘承彦 李乐年

“九韵对杖歌”是《倚杖赋诗话九韵》（简称《话九韵》）中的一节。其中写道：

对称，是普遍存在的一种自然和社会现象。反映在文学上，特别是诗词歌赋中叫对仗或对偶，它是一种包括歌行体在内的重要的修辞手法。训练对仗，是古人教育习诗者，特别是少年儿童的启蒙课、基本功。目前我们见到的对仗歌主要有三种。较早的是明人司守谦的《训蒙骈句》，影响最大的当属清人车万育的《声律启蒙》和戏剧理论家李渔的《笠翁对韵》。这些“老对仗歌”，都以平水韵上平十五、下平十五共30韵目为序，每韵目一般分3段，约90段。各段由一至五字对、七字对、甚至十一字对组成，形式活泼，结构新颖，深受习诗者青睐。但平水韵系以旧四声编排，韵目分得过细，内容也多陈旧。故有必要编一套适合现代大众口味的新的对仗歌。

“九韵对仗歌”，采用新四声，基本采用“老对仗歌”的结构和形式。

《话九韵》出版后，受到包括专家在内的大多数人的好评，同时也指出了存在的问题和不足。如对仗歌中仍将已转入平声的某些入声字当作“仄声”对待，这就有些不伦不类了。此次修正版重点解决了这一问题，并就结构和内容做了一些调整和改进，还纠正了原对仗歌中的个别错句。

（1）严格按新四声（只有如“一”等个别字和人名、地名或成语等例外）和格律诗的基本规则选字、选词、选句。如“花灼灼，草茸茸”，“灼”在古汉语是入声字，但现在已转为“阳平”，将其改为“花烁烁”就可与“草茸茸”相对了。“梅须逊雪三分白，雪却输梅一段香”中的

“白”是古入声字，属仄声，现已转入阳平。类似的字句，我们都一一作了替换或调整。

（2）由于篇幅限制，原九韵对仗歌中的注释大多取消了，但新增当代诗家的引用句或引自我们自编图书的前人诗句则注明了出处。引用时，根据平仄对仗和押韵的需要，对个别字句作了调整。

（3）每大段对仗歌，参照老对仗歌的结构和范例，根据格律诗句内要平仄相拗、句间或相对或相粘的原则及尽量多增加一些平声韵脚字的追求，创新设计了一套新的结构和形式。

Δ 对 |，| 对 Δ。
| | 对— Δ。
— Δ 对 | |，| | 对— Δ。
— | |，| — Δ。
| | 对— Δ。
| | — — |，— — | | Δ。
— — | | — — |，| | — — | | Δ。
| | — Δ，| | — — — | |；
— — | |，— — | | | — Δ 。

其中，“—”代表平声，即阴平或阳平；“|”代表仄声，即上声或去声；“Δ”代表平声韵脚字（第一行第一句“Δ对|”、第3行第一句“—Δ对||”，“韵脚”放在了“韵头”位置，有点“头足倒置”了，这是为了多增加两个平声韵脚字之缘故）。每段共72字（不计其中“对”字），其中36个仄声字，36个平声字。平声字中，有11个韵脚字（原对仗歌一般每大段只有5或8个韵脚字）。对韵脚字，实行字型加重。

（4）这种结构设计，每大段共分9行8小段，最后的8行和9行为2个分句，为一小段，其他每行视为一小段。每大段有两个“一字对”（原对仗歌的第一个“一字对”不要求入韵），四个“两字对”（原对仗歌的第二个“二字对”也不要求入韵），一个“三字对”，一个“五字对”，一个“七字对”，一个“十一字对”。其中“十一字对”，可看作是“四字对”与“七字对”的组合，实际上是一副对仗工整的长联。在“老对仗歌”中，“四字对”是不押本韵目之韵的，同样是为了多增加一个韵脚字，特使其押本韵部韵。由五或八个韵脚字一下子变成十一个韵脚字，无疑增加了很大难度。“二字对”采用的是“— —对｜｜”而非“｜—对—｜”模式。

（5）各韵部第一大段的第一、第二行，主要是嵌入本韵部别名。如“一冬韵”的别名是“冬青城”，其对韵为“冬对夏，紫对青。四市对三城”。各种韵书的韵目代表字（简称“韵目字”），都是经过编纂者经心挑选的常用字。如与“一冬韵”有关的《佩文诗韵》（即平水韵）为“上平一东、上平二冬”和“下平八庚、下平九青、下平十蒸”，《中原音韵》为“东钟”，《十三辙》为“中东”，《诗韵新编》为“十七庚、十八东”等。在第二、第三大段的第一、第二行，我们已将“东、庚、蒸、中、钟”嵌入其中。其他各韵部也采取同样处理方法。

（6）各小段在内容上要尽量有所关联，如二江歌中的“强对弱，狗对狼。啧啧（zè)对汪汪”，就有点流水对的味道。各大段，要尽量做到围绕一个主题，如一冬歌第二大段，内容多为方位时空、山海云雾日月星、花草鸟虫等大自然景观。这样，与原对仗歌相比，从内容到形式，都更加容易记、容易背诵了。

（7）这套修正版的对仗歌，只有近2000字。其中有近300个不重复（原老对仗歌中的重复韵脚字比比皆是）的平声韵脚字，基本涵盖了常用韵字。熟记这些韵字，对包括歌行体在内的各种体裁的韵文作者都会有所裨益。

一冬歌

其一

冬对夏，紫对青。四市对三城。葵倾对柳袅，绿草对浮萍。
天浩浩，日融融。打虎对拍蝇。
雨润琼蕾挺，风和玉蕊盈。
挥扦喜看山楂落，负篓晚归烟树濛。
一介书生，气吞危峡千重水；三尺宝剑，灼烧蜀汉众雄兵。

其二

东对北，地对空。雾散对云蒸。来鸿对去燕，宿鸟对鸣虫。
花烁烁，草茸茸。柳暗对花明。
海酿千钟酒，山栽万仞葱。
接天莲叶无穷碧，映日荷花别样红。
渺渺云穹，夜半高遮千里月；茫茫雾海，霄中远映一天星。

其三

中对外，午对庚。暮鼓对晨钟。溪童对野叟，牧子对渔翁。
雷隐隐，雾腾腾。久雨对新晴。
两水夹明镜，双桥落彩虹。
身无彩凤双飞翼，心有灵犀一点通。
战士邀功，必借干戈成勇武；庙堂褒奖，须凭苦干立威风。

二江歌

其一

桑对梓，海对江。阻塞对通航。天罡对地煞，浪子对新娘。
风月洞，水云乡。夏雨对秋霜。
精卫怜衔累，愚公诧作忙。
金花猛溅长虹舞，彩雾飞腾瑞雪扬。
龙涧风狂，万壑松涛连海气；鹫峰雾敛，千年桂月印湖光。

其二

强对弱，狗对狼。啧啧（zè）对汪汪。三皇对五帝，宝剑对银釭。

麟应瑞，凤呈祥。树影对花香。
寂寞新文苑，平安旧战场。
张骞西域狼烟暗，三保南洋怒水茫。
僧占昆冈，云绕茂林藏古殿；客栖胜地，风飘落叶响空廊。

其三

阳对暗，汉对唐。玉液对琼浆。螳螂对蚂蚁，舞调对歌腔。
花盈槛，酒满缸。晚眺对晨妆。
学子黧黧面，师尊辘辘肠。
红橙靛绿黄蓝紫，胖瘦高低曲短长。
夏日池塘，出没浴波鸥对对；春风帘幕，往来营垒燕双双。

三寒歌

其一

寒对暖，里对边。日月对山川。撒盐对咏絮，苦辣对酸咸。
山垒垒，水潺潺。改正对当删。
偶见飞蝶舞，常观瑞鸟钻。
花荫缝里鸣飞鸟，玉带河中荡画船。
陌上芳妍，弱柳当风披彩线；池中净澈，碧荷承露捧珠盘。

其二

先对后，地对天。五岳对三山。朱帘对画栋，白鹤对青鸾。
春既老，夜将阑。体胖对腰纤。
海日生残夜，江春入旧年。
柔情满腹三堂会，豪气萦怀百味筵。
三亚天涯，帆影姗姗凭目远；海南地角，椰风习习可心安。

其三

言对动，后对前。腐败对清廉。朝烟对暮雨，放任对督监。
山泼黛，水浮蓝。旧历对公元。
晓战随金鼓，宵眠抱玉鞍。
出门频把爷爷唤，领路常将奶奶牵。
岸边茅庵，十渡清流依壁嶂；山巅古寺，三坡烟雨暗穹颜。

四痕歌

其一

痕对痣，木对林。去火对升温。来今对往古，北魏对西秦。
松郁郁，竹森森。好友对嘉宾。
户外一峰秀，阶前众壑深。
南天北地歼倭日，异域他乡抗战心。
秋色流金，桂树丛中招隐士；湖光照面，荷花香里坐诗尊。

其二

人对兽，假对真。偃武对修文。忠君对事父，瑞雪对甘霖。
金翡翠，玉麒麟。野兽对山禽。
海内存知己，天涯若比邻。
沉舟侧畔千帆过，病树前头万木春。
屈子江沉，处处舟中争系粽；牛郎渚渡，家家台上竞穿针。

其三

侵对让，躲对寻。日月对星辰。龙吟对虎啸，旅舍对军屯。

茶已热，酒初醺，暴富对清贫。
息事明探病，缘情暗抚琴。
南山有幸埋诗骨，京畿难容刺世身。
元亮[①]归村，新竹旧松多逸趣；子期去世，高山流水少知音。

【注释】
①元亮：陶渊明，字元亮。

五微歌

其一

微对巨，散对堆。荡荡对巍巍。春雷对朔雪，草舍对柴扉。
戈倒握，笛横吹。意懒对心灰。
树树皆秋色，山山唯落晖。
景明楼上燕巢古，玉带桥边桑苑肥。
滕阁声蜚，秋水共长天一色；王勃笔秀，落霞与孤鹜齐飞。

其二

思对念，袜对衣。后至对先期。花堤对绿苑，旧历对干支。
桃烁烁，柳依依。意乱对心齐。
边地荒连岁，惊沙起霎时。
乱花渐欲迷人眼，草浅才能没马蹄。
能语能嘶，鹦鹉啭音劳舌底；有经有纬，蜘蛛结网费心机。

其三

哀对乐，笨对乖，胜败对兴衰。桃腮对粉颈，陋屋对清斋。
梅可望，桔可怀。布袄对荆钗。

谷暗千旗出，山鸣万乘来。
黄莺未解林间啭，红蕊先从殿里开。
天欲霜飞，塞上有鸿行已过；云将雨作，庭前多蚁阵先排。

六麻歌

其一

麻对缕，户对家。绿叶对红花。钢叉对木筷，碧玉对丹砂。
挑荠女，采莲娃。丑陋对妍姱。
梁燕寻居处，浮鸥卧暖沙。
夜闻啼雁生乡思，病入新年感物华。
帝里欢哗，巷满莺花添锦路；仙家静寂，云穿虬树锁丹崖。

其二

杂对粹，丑对佳。弃置对开发。三巴对五岭，屋角对檐牙。
梁上燕，井中蛙。冻雀对昏鸦。
瘦地翻宜粟，阳坡可种瓜。
寒侵染得千株老，冷袭惊由万木夸。
夹道新桠，释放阴凉招客爱；穿篱老笋，平分善意惹人嘉。

其三

巴对蜀，等对差。橄榄对枇杷。蒹葭对杞柳，壁画对窗纱。
驰驿骥，泛仙槎。品笛对吹笳。
蟋蟀丛中躲，蜜蜂窝里趴。
融融度日枝含乐，款款经营树映霞。
诸葛结跏[①]，落落轮前挥羽扇；昭君出塞，匆匆马上拨琵琶。

【注释】

①跏：读 jiā，盘膝而坐。

七姑歌

其一

姑对舅，士对侯。弋雁对求鱼。皇都对暗阙，傅粉对施朱。
鸠哺子，燕调雏。狡兔对妖狐。
脉脉争新宠，申申詈故夫。
出关高铁穿瀚漠，载货巨轮涉海流。
唱晓鸡讴，两翅拍斜茅店月；排云鹤孤，一声泪落海天秋。

其二

苏对浙，自对由。有难对无虞。松枯对柏秀，杞梓对桑榆。
虎类狗，蚁如猴。野马对沙鸥。
暖意腾霞纸，冰心在玉壶。
横眉冷对千夫指，俯首甘为孺子牛。
风吹深湫，天上一星常耀彩；杯邀明月，人间万斛尽消愁。

其三

吾对汝，给对求。五帝对蚩尤。春游对夜宴，玉兔对金乌。
花易赏，酒难沽。陋室对匡庐。
湘水春花美，西山秋色幽。
千寻铁锁沉江底，一片降幡出石头。
旷野平畴，猎士马蹄轻似箭；斜风细雨，牧童牛背稳如舟。

八豪歌

其一

豪对佞，近对遥。漫漫对迢迢。征袍对钺斧，巨蟒对长蛟。
红芍药，绿芭蕉。橄榄对葡萄。
有意荣枯草，无心饰萎苗。
无情勾写千家面，一气挥呵万顷涛。
春暖花雕，燕语风光浮草际；夜清云散，鹃啼月色映花梢。

其二

萧对瑟，块对条。美酒对佳肴。琼瑶对锦绣，地迥对天高。
双凤翼，九牛毛。水怪对花妖。
深院惊寒雀，空山泣老鸮。
晨曦漫赏西湖水，暮霭闲闻葛岭谣。
攻苦阿娇，不敢光阴容易掷；耐勤绣女，漫将春色等闲抛。

其三

昭对暗，贬对褒。夏昼对春宵。东郊对北野，鸿爪对兔毫。
藜杖叟，布衣樵。猛虎对神獒。
海色晴看雨，江声夜听潮。
天连五岭银锄落，地动三河铁臂摇。
管鲍不孬，能交忘形胶漆友；蔺廉有隙，终为刎颈死生交。

九歌歌

其一

佛对道，浪对波。有意对无邪。风和对日丽，夏韭对春菠。
雷霹雳，雨滂沱。笑傲对吟哦。
沙斧千秋剁，风刀万载刻。
冲开海路擒凶浪，治理民生斩怪萝。
千尺帘泼，今古无人能手卷；一轮月镜，乾坤何匠用功磨。

其二

梭对笏，少对皆。正视对斜乜。哥哥对弟弟，放鹤对观鹅。
歌婉转，语婆娑。玉律对金科。
苟苟空忙碌，营营苦蹉跎。
目中困窘思援手，笔下真诚情满车。
林下风多，黄发村童推牧笠；江头日丽，皓眉溪叟晒渔蓑。

其三

苛对虐，剑对戈。北海对东坡。萧何对李靖，青女对素娥。
裁细葛，剪香罗。银鹿对铜驼。
醉意伤鬓雪，别情诉坎坷。
蜂虫爱凑花心闹，翠鸟专飞顶上歌。
雪舞婀娜，错认空中飘柳絮；岩飞瀑泻，误疑天半落银河。

参考文献

[1] 四库全书研究所整理．钦定四库全书总目 [M]．北京：中华书局，1997.

[2] [清] 沈德潜．古诗源 [M]．北京：中华书局，1963.

[3] 周振甫．唐诗宋词元曲全集 [M]．合肥：黄山书社，1999.

[4] 姜葆夫，韦良成．常用古诗 [M]．南宁：漓江出版社，1982.

[5] 林庚，冯沅君主编．中国历代诗歌选（上编）（一）[M]．北京：人民文学出版社，1979.

[6] 吕自扬．历代诗词名句辞典 [M]．北京：作家出版社，1988.

[7] 白居易诗选 [M]．北京：大众文艺出版社，2009.

[8] 辞海（缩印本，1989 年版）[M]．上海：上海辞书出版社，1990.

[9] 辞海（缩印本，1999 年版）[M]．上海：上海辞书出版社，2000.

[10] 石建英．中华全景百卷书•巨著系列•中国古代诗词名著（63）[M]．北京：首都师范大学出版社（出版年不详）．

[11] 曹操集 [M]．北京：中华书局，1959.

[12] [清] 蘅塘退士．唐诗三百首 [M]．北京：中华书局，1959.

[13]《李贺诗选读》编写组．李贺诗选读 [M]．郑州：河南人民出版社，1978.

[14] 张燕瑾．唐诗选析 [M]．成都：天津人民出版社，1979.

[15] 刘达科．辽金元诗选评 [M]．西安：三秦出版社，2004.

[16] 严迪昌．金元明清词精选 [M]．南京：凤凰出版社，2004.

[17] 黄天骥，康保成．元明清散曲精选 [M]．南京：凤凰出版社，2004.

[18] 钱仲联．明清诗精选 [M]．南京：凤凰出版社，2004.

[19] 牟宜之．牟宜之诗 [M]．北京：人民出版社，2009.

[20] 吴明贤．李白诗选 [M]．成都：四川文艺出版社，1997.

[21] 刘新生．诗圣杜甫 [M]．成都：四川文艺出版社，1997.

[22] 鲁燕，刘双起，李乐年，等．倚杖学诗话九韵 [M]．北京：华龄出版

社，2016.

[23] 鲁燕 . 诗画品三国 [M]. 北京：中国铁道出版社，2015.

[24] [日] 高比良光司 . 民族魂 [M]. 刘承彦，译 . 北京：中国戏剧出版社，2000.

[25] 鲁燕 . 醉游悟吟：鲁燕游踪选 [M]. 北京：中国铁道出版社，2014.

[26] 刘双起 . 夕阳余韵（双起白话律诗选）[M]. 北京：华龄出版社，2017.

[27] 李乐年，刘双起，刘承彦 . 诗画品春秋战国 [M]. 天津：百花文艺出版社，2017.

[28] 徐文斗，徐苗青选注 . 鲁迅选集 • 书信卷 [M]. 济南：山东文艺出版社，1996:311.

[29] 中共中央文献研究室编 . 毛泽东诗词集 [M]. 北京：中央文献出版社，2003.

[30] 郑尚可 . 雪泥留踪 [M]. 北京：大众文艺出版社，2005.

[31] 赵克勇 . 诗词曲联入门 [M]. 北京：光明日报出版社，1996.

[32] 夏传才 . 诗词入门——格律 • 作法 • 鉴赏 [M]. 天津：南开大学出版社，1995.

[33] 李忠勇，何福琼 . 歌词写作常识 [M]. 北京：人民音乐出版社，1978.

[34] 辽宁第一师范学院中文系 . 陈毅诗词选注 [M]. 北京：北京出版社，1978.

[35] 陶铸诗词选 [M]. 北京：人民文学出版社，1979.

[36] 沫若诗词选 [M]. 北京：人民文学出版社，1977.

[37] 郭沫若全集 • 文学编第三卷 [M]. 北京：人民文学出版社，1983.

[38] 郭沫若选集 • 第三卷诗歌 [M]. 成都：四川人民出版社，1982.

[39] 天津师范学院中文系注解 . 鲁迅诗歌选 [M]. 天津：天津人民出版社，1977.

[40] 唐诗一百首 [M]. 上海：上海古籍出版社，1978.

[41] 宋诗一百首 [M]. 上海：上海古籍出版社，1978.

[42] 李元洛 . 唐诗之旅 [M]. 北京：中国青年出版社，2013.

[43] 贺敬之，等 . 雷锋之歌 [M]. 石家庄：花山文艺出版社，1990.

[44] 阿瓜选编．徐志摩抒情诗 [M]．北京：作家出版社，1988.

[45] 张我军．乱都之恋 [M]．沈阳：辽宁大学出版社，1987.

[46] 中共中央文献研究室编．毛泽东诗词集 [M]．北京：中央文献出版社，2003.

[47] 李清河．踏地飞歌 [M]．北京：大众文艺出版社，2010.

[48] 李清河．岁月天籁 [M]．北京：线装书局，2011.

[49] 金大业．乐府故事 [M]．北京：燕山出版社，1987.

[50] [汉] 司马迁．史记 [M]．长沙：岳麓书社，1988.

[51] 贺松桂．《涂鸭吟》续集 [M]．香港：天马出版有限公司，2009.

[52] 章培恒，骆玉明．中国文学史（全三册）[M]．上海：复旦大学出版社，1996.

[53] 王向荣．大亚湾百吟 [M]．北京：中国言实出版社，2011.

[54] 吴树平．十三经 [M]．北京：北京燕山出版社，2007.

[55] 黄莽．诗韵乾坤 [M]．北京：中国言实出版社，2012.

[56] 中国社会科学院语言研究所词典编辑室．现代汉语词典（第2版）[M]．北京：商务印书馆，1983.

[57] 中国大百科全书出版社《简明不列颠百科全书》编辑部．简明不列颠百科全书（1-10 卷）[M]．北京：中国大百科全书出版社，1988.

[58] 中国社会科学院语言研究所词典编辑室．现代汉语词典（汉英双语，2002 年增补）[M]．北京：外语教学与研究出版社，2002.

[59] 陈羽纶，党凤德，任永长，等．英汉小词典 [M]．北京师范大学外语系审订．北京：商务印书馆，1982.

[60] 郑易里，等．英华大辞典（修定缩印本）[M]．北京：时代出版社，1965.

[61] 吴雪梅．唐诗三百首 [M]．北京：中国书店出版，2000.

[62] 中华书局编辑部．怎样赏诗（诗词中国普及读物）[M]．北京：中华书局，2014.

[63] 周振甫．诗词例话（第 2 版）[M]．北京：中国青年出版社，1979.

[64] 杜建民．中国历代帝王世系年表 [M]．济南：齐鲁书社，2011.

[65] 万国鼎．中国历史纪年表 [M]．万斯年，陈梦家补订．北京：中华书局，1978.

[66] 淄川区志编纂委员会．淄川区志（1986-2002）[M]．北京：中华书局，2008.

[67] 孟庆泰，鸭福腾．淄川方言志 [M]．北京：语文出版社，1994.

[68] 张川着．淄川方言 [M]．香港：中国图联出版社，2016.

[69] 黄玉庆．武松新传 [M]．济南：山东文艺出版社，1993.

[70] 黄玉庆．黄快板板话 [M]．香港：香港天马图书有限公司，2002.

[71] 黄玉庆．乐在板话人生 [M]．北京：团结出版社，2017.

[72] 古代白话小说选（上下册）[M]．上海：上海古籍出版社，1979:1-16.

[73] [清] 蒲松龄．聊斋志异（全二册）[M]．上海：上海古籍出版社，1995.

[74] [清] 蒲松龄．聊斋志异选 [M]．北京：人民文学出版社，1978.

[75] 中国图书馆图书分类法编辑委员会．中国图书资料分类法（第三版）[M]．北京：科学技术文献出版社，1989.

[76] [清] 吴敬梓．儒林外史 [M]．北京：人民文学出版社，1978.

[77] 蔡义江．红楼梦诗词曲赋鉴赏 [M]．北京：中华书局，2001.

[78] 涂宗涛．诗词格律纲要 [M]．北京：人民出版社，2010.

[79] [北宋] 郭茂倩．乐府诗集 [M]．张小燕注．北京：北京联合出版公司，2017.

[80] 林下风．张伯驹与京剧 [M]．北京：中国戏剧出版社，2005.

[81] 钱理群，袁本良．二十世纪诗词注评 [M]．桂林：漓江出版社，2011.

[82] 邵天任．邵天任诗词选 [M]．北京：学苑出版社，1999.

[83] 淄川区志办公室编．淄川区简志（1985 年 6 月）．（内部资料）．

[84] 淄博市地方史志办公室编．淄博 2017 市情手册．（内部资料）．